KB251800

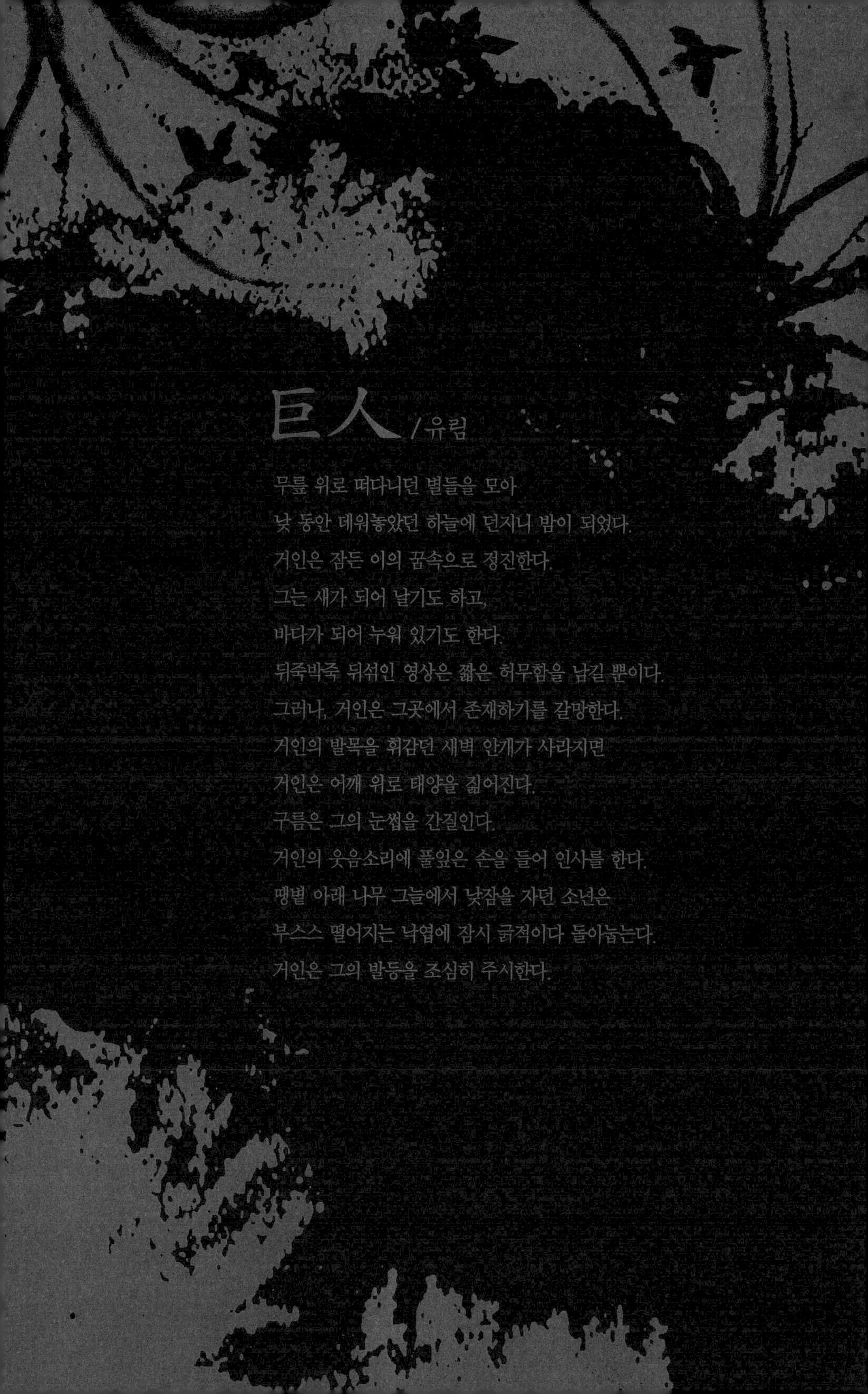

巨人 /유림

무릎 위로 떠다니던 별들을 모아
낮 동안 데워놓았던 하늘에 던지니 밤이 되었다.
거인은 잠든 이의 꿈속으로 정진한다.
그는 새가 되어 날기도 하고,
바다가 되어 누워 있기도 한다.
뒤죽박죽 뒤섞인 영상은 짧은 허무함을 남길 뿐이다.
그러나, 거인은 그곳에서 존재하기를 갈망한다.
거인의 발목을 휘감던 새벽 안개가 사라지면
거인은 어깨 위로 태양을 짊어진다.
구름은 그의 눈썹을 간질인다.
거인의 웃음소리에 풀잎은 손을 들어 인사를 한다.
땡볕 아래 나무 그늘에서 낮잠을 자던 소년은
부스스 떨어지는 낙엽에 잠시 글적이다 돌아눕는다.
거인은 그의 발등을 조심히 주시한다.

광마도법

狂魔刀法

광마도협 5

백향목 新무협 판타지 소설

초판 1쇄 찍은 날 § 2006년 2월 7일
초판 1쇄 펴낸 날 § 2006년 2월 17일

지은이 § 백향목
펴낸이 § 서경석

편집장 § 문혜영
편집책임 § 이재권
편집 § 서지현

펴낸곳 § 도서출판 청어람
등록번호 § 제1081-1-89호
등록일자 § 1999. 5. 31
어람번호 § 제2-0831호

주소 § 경기도 부천시 원미구 심곡1동 350-1 남성B/D 3F (우) 420-011
전화 § 032-656-4452 팩스 § 032-656-4453
http://www.chungeoram.com
E-mail § eoram99@chollian.net

ⓒ 백향목, 2005

ISBN 89-5831-979-8 04810
ISBN 89-5831-731-0 (세트)

※ 파본은 본사나 구입하신 서점에서 교환하여 드립니다.
※ 저자와 협의하여 인지를 붙이지 않습니다.

Fantastic Oriental Heroes
백향목 新무협 판타지 소설

광마도법

狂魔刀法

5

암흑 공간

도서출판 청어람

목차

수풀이 빽빽이 우거진 숲을 가로지르는 서너 명의 사내들이 있었
다. 한참을 빠르게 뛰어가던 그들이 멈춘 곳은 음습한 그늘이 있는 작
은 공터 앞이었다. 그곳에는 생전에 무엇이었는지 형체를 알아볼 수
없을 만큼 부패된 짐승의 사체가 있었다.

웨에엥! 웨엥……!

짐승의 사체에는 수백 마리의 파리들이 들러붙어 있었다. 이십대 후
반 흑의청년이 잠시 파리들을 쳐다보다가 말했다.

"이곳에 없습니다. 죽었거나 다른 곳으로 간 것 같습니다."

"음……."

사십대 후반의 흑의 중년인이 고개를 끄덕였다. 그때 주위를 훑어
살피던 한 명의 청년이 외쳤다.

"그 파리의 무덤입니다!"

청년은 땅바닥의 낙엽 몇 장을 드러내며 땅을 살짝 파헤쳤다. 썩은 쉬파리의 사체가 흙 속에 섞여 나왔다. 중년인은 눈살을 찌푸렸다.

"죽은 것은 맞군. 그런데 누가 이 무덤을 만들었단 말이냐."

"……!"

청년들의 표정이 약간 굳어졌다. 죽은 파리가 스스로 무덤을 만들었을 리는 없는 것이다.

"…우연이겠지요. 사실 이것은 무덤이라고 보기 힘듭니다."

"그렇겠지. 설령 누군가 무덤을 만들었다 해도 상관없다."

"예. 이제 한 달만 기다리면 되는 것이겠지요."

중년인은 고개를 끄덕였다.

"쯧… 쉬파리라니."

그는 윙윙 거리는 파리 떼를 잠시 쳐다보다가 돌아섰다.

"이곳이에요. 드디어 도착했군요."

날이 저물고 있었지만 시장 입구에서부터 사람들이 북적이고 있었다. 환가영은 그대로 말을 타고 시장에 들어섰다. 얼굴을 대부분 가리는 서장여인들이 입는 옷으로 갈아입었기에 특별히 눈에 띄지는 않았지만 그래도 여인이 홀로 말을 타고 있자 힐끔힐끔 쳐다보는 자들도 있었다. 환가영은 내심 가슴이 콩닥거려 나직이 말했다.

"혹시라도 저를 알아보지는 않겠지요?"

"그럴 것이오. 이미 죽은 것으로 알려져 있고 복장까지 바꿔 입었으니 걱정하지 마시오."

"알았어요. 일단 배가 고프니 식사부터 해결해야겠어요."

"그렇게 하시오."

이유강은 환가영의 오른쪽 어깨에 붙어 있었다. 졸고 있던 여왕독봉이 깼는지 조심스레 앞다리를 비비적거렸다.

『대왕님, 저희들도 음식을…….』

『조금 전에 먹지 않았느냐!』

『한참 전이었어요. 배가 고파요.』

여왕독봉은 징징거렸다. 뒤에 있는 독봉들도 눈치를 슬금슬금 보며 다리를 비비적거리고 있었다. 이미 사탕의 맛에 중독되었는지 자다가 눈만 뜨면 사탕 타령이었다.

『자꾸 보채면 가만두지 않겠다.』

『…헉! 잘못했어요!』

『잠시 후에 말해볼 테니 기다려라.』

『…예.』

독봉들은 반색하며 다리를 비비적거렸다. 이것들은 매일같이 두들겨 맞으면서도 악착같이 따라다니고 있었다.

'가끔은 귀찮기도 하지만 그래도 충성심 하나는 대단하니 데리고 다닐 만하군.'

환가영은 식당에 들어가 음식을 주문하고는 기다리고 있었다. 이유강은 말했다.

"나는 잠시 돌아다녀 봐야겠소."

"어디를요?"

환가영은 조금 걱정된다는 표정을 지었다.

"걱정 마시오. 멀리 가지는 않을 것이오."

"천천히 먹고 있을게요. 조심히 다녀오세요."

“금방 오겠소.”

이유강은 그렇게 말한 후 독봉들을 쳐다봤다.

『너희들은 나를 따라와라.』

『…손볼 놈들이 있나 보군요.』

『눈치 한 번 빠르구나.』

『후훗, 재미있겠군요.』

이유강은 식당 밖으로 날아갔다. 독봉들은 이유강의 뒤에 바짝 붙어 따라왔다.

'일단 이 시장에서 살고 있는 녀석들을 장악해야 한다.'

시장이 워낙 넓으니 비혼의 동상을 찾으려면 한참이 걸릴 것이다. 게다가 날도 어둑어둑해지고 있어서 조금만 지체해도 내일 장이 열릴 때까지 기다려야 할 것이다. 한 시라도 빨리 비혼을 찾아야 했다.

『대왕님, 저기 파리들이 있어요.』

『흠…….』

푸줏간을 비롯한 고깃집들이 끝없이 늘어선 거리를 보니 수를 헤아릴 수 없을 만큼 많은 파리들이 보였다. 이유강은 가장 가까이에 있는 수백여 마리의 파리가 모여 있는 곳을 향해 날아갔다. 여왕독봉이 급히 따라오며 물었다.

『대왕님께서 직접 손보시게요?』

『손이 근질근질해서 그러니 구경이나 해라.』

『…그럼 저희들은 저쪽 끝에서부터 몰아오겠어요.』

『그것도 좋겠군.』

이유강이 허락하자 독봉들은 신나는 듯 빠른 속도로 멀리 날아갔다.

단 한 마리만 이유강을 따라왔다. 이유강은 파리 떼를 향해 다가가 물었다.

『두목이 누구냐?』

『……!』

파리들은 이유강의 커다란 덩치에 놀란 듯 흠칫 몸을 떨었다. 그러나 이유강이 혼자란 것을 알고는 비웃었다.

『못 보던 놈이구나.』

『킥킥! 네놈 혼자 어쩌겠다는 거냐?』

『심심한데 잘됐구나.』

십여 마리의 제법 날렵해 보이는 파리들이 이유강을 에워쌌다. 이유강은 피식 웃고는 파리들을 곧바로 후려갈겼다.

휘리릭! 휘리리릭! 팍! 파팍! 파파파팍!

『끄워억!』

『끄웍……!』

『끄워어억!』

십여 마리의 파리는 이유강의 앞발에 달린 칼에 의해 모두 수십 조각으로 잘려진 채 바닥으로 떨어졌다.

『……!』

『……!』

파리들은 모두 겁에 질린 채 그 자리에 굳어졌다. 이유강은 차갑게 물었다.

『더 해볼 놈 있느냐?』

『사, 살려주십시오!』

『…살려주십시오!』

파리들은 모두 다리를 비비적거렸다. 이유강은 뒤에 있는 독봉을 향해 눈짓을 했다. 그러자 독봉이 강하게 날개를 움직이며 앞으로 나갔다. 부우우웅 하는 소리가 맹렬히 들리자 파리들은 모두 겁에 질린 듯 움직이지 않았다. 독봉은 크게 소리쳤다.

『두목이 누구냐? 냉큼 튀어나와!』

『……!』

제법 굵직한 파리 한 마리가 잽싸게 날아왔다. 그것은 이유강 앞에 멈춰 선 채 벌벌 떨었다.

『이분은 대왕님이시다. 앞으로 어찌하겠느냐?』

『대왕님으로 모시겠습니다.』

『대왕님으로 모시겠습니다.』

두목 파리뿐만 아니라 주변에 모여 있던 모든 파리들이 다리를 비비적거리며 충성을 맹세했다. 이유강은 계속해서 수십 군데의 파리 떼를 복속시켰다. 어느덧 휘하의 파리가 수천 마리를 넘어서고 있었다. 그때 앞에서 웅웅거리는 소리가 들리며 파리 떼가 시커멓게 몰려오고 있었다.

'빨리도 모았구나.'

무슨 방법을 썼는지 시장에 있는 파리란 파리는 다 모여든 것 같다. 어림잡아도 수만 마리는 되어 보였다. 그것들은 여왕독봉의 눈치를 보며 모두 주눅이 잔뜩 들어 있었다. 여왕독봉이 말했다.

『대왕님, 모두 끌어모았어요.』

『수고했다. 이제 전달 사항을 전파하도록.』

『존명!』

여왕독봉은 공손히 앞다리를 비비적거리고는 파리 떼를 향해 크게 외쳤다.

『이제부터 모두 흩어져서 내가 말하는 것과 똑같이 생긴 것을 발견하면 즉시 보고해야 한다!』

웅웅웅웅……!

파리들은 일제히 다리를 비비적거렸다. 여왕독봉이 비혼의 생김새에 대해 설명을 마치자 파리들은 다시 다리를 비비적거리고 사방으로 흩어졌다. 갑자기 몰려든 파리 떼로 인해 푸줏간 근처에 있던 사람들이 기겁을 하며 도망치는 모습이 보였다.

'이제 식당으로 돌아가 기다려야겠군.'

수만 마리의 파리 떼가 시장을 돌아다니며 찾고 있을 것이니 오래지 않아 찾을 수 있을 것 같았다. 이유강은 느긋한 심정으로 식당을 향해 날아갔다. 그때 독봉 한 마리가 급히 날아와 말했다.

『대왕님! 찾았답니다.』

『정말이냐?』

『예..』

수십 마리의 파리가 독봉 뒤에서 이유강의 눈치를 살피고 있었다. 이유강은 말했다.

『그곳으로 안내해라.』

『존명!』

파리들은 언제 배웠는지 '존명'을 외치며 다리를 비비적거리더니 한쪽을 향해 빠르게 날아갔다.

'이렇게 빨리 찾다니… 숫자가 많으니 편하구나.'

이유강은 흐뭇한 마음으로 독봉들과 함께 파리들의 뒤를 따라갔다. 잠시 후 수천 마리의 파리가 우글거리는 곳에 도착하니 과연 비혼의 동상들이 보였다. 파리들은 속속히 모여들고 있었다. 이유강은 크게 외쳤다.

『모두 수고했다! 나중에 다시 부를 테니 그만 돌아가라!』

『존명!』

파리들은 일제히 다리를 비비적거리고는 흩어졌다. 이유강은 독봉 뒤에서 눈치를 살피고 있는 수십 마리의 파리를 향해 말했다.

『너희들이 가장 먼저 보고를 했으니 상으로 가장 좋은 구역을 주겠다.』

『가, 감사합니다.』

『오오! 대왕님, 감사합니다.』

파리들은 생각지도 못한 횡재에 흥분한 듯 감사를 연발하며 다리가 부러져라 비비적거렸다. 이유강은 여왕독봉을 향해 말했다.

『가서 이놈들이 원하는 구역을 뺏어줘라.』

『존명!』

여왕독봉은 뒤에 있는 독봉 중 한 마리에게 뭐라고 말했다. 그러자 독봉은 여왕독봉을 향해 다리를 비비적거리고는 파리들과 함께 어디론가 사라졌다. 이유강은 다시 동상들을 향해 눈을 돌렸다. 바깥으로 울타리가 쳐져 있는 커다란 공터에 수많은 동상들이 서 있었다. 그중에 비혼의 동상도 많았다.

'……!'

어처구니없게도 비혼의 동상은 수십 개가 넘었다.

'제길! 언제 이토록 많이 만들었단 말인가.'

암흑마기로는 감지되지 않으니 비혼을 찾으려면 모든 동상에 일일이 앉아서 알아보는 것 외에는 방법이 없었다.

'이곳에 있어야 할 텐데…….'

이유강은 수십여 개의 동상을 일일이 확인해 보았다. 슬쩍 내려앉기만 해도 알 수 있기에 모든 동상들을 확인해 보는 것은 그리 오랜 시간이 걸리지 않았다. 마지막 동상까지 확인한 이유강은 잠시 멍하니 앉아 있었다.

'…대체 어디로 갔단 말인가.'

비혼은 없었다. 모두 누군가에 의해 만들어진 동상들이었던 것이다. 힘이 빠졌지만 일단은 환가영에게 돌아가야 할 것 같았다.

식당으로 돌아오니 환가영은 후식으로 차를 마시고 있었다. 이유강이 말했다.

"동상들이 있는 곳을 찾았소. 문을 닫기 전에 급히 가봐야 할 것 같소."

"그래요. 식사도 마쳤으니 지금 바로 가요."

환가영은 반색하며 자리에서 일어났다. 잠시 후 그녀는 동상들을 파는 상점에 도착했다. 상점 주인은 사십대 후반의 사내였다.

"어서 오시오. 무얼 사러 오셨소?"

"저 동상 말이에요……."

"아, 영웅 동상 말씀이시오?"

"네. 저것들 이곳에서 만든 것인가요?"

그러자 실실 웃던 주인은 싸늘한 표정을 지었다.

"그건 왜 묻소? 안 살 거면 가시오."

"제 말에 대답해 주면 모두 살 수도 있어요."

환가영은 품속의 주머니에서 손톱만한 크기의 붉은색 보석을 꺼내 보였다. 홍강옥(紅鋼玉)이었다. 순간 주인의 시선이 보석에 고정되더니 입을 쩍 벌렸다.

"오오……! 루비라니!"

"어찌할 건가요?"

환가영은 홍강옥을 다시 품속에 집어넣었다. 주인은 아쉬운 듯한 표정을 짓더니 이내 양볼을 씰룩이며 미소 지었다.

"무엇이든 물어보시지요."

"저 영웅 동상의 원본이 어디 있는지 알려주면 조금 전 보여준 보석을 드릴게요."

"원본이라면……."

주인은 놀라는 눈치였다. 환가영은 내심 기대하며 물었다.

"원본을 본 적 있군요?"

"물론이오. 따라오시오."

주인은 약간 의아한 표정으로 돌아서더니 건물 안으로 들어갔다. 환가영은 주인 뒤를 따라갔다. 이유강은 내심 설레는 마음으로 지켜봤다. 잠시 후 주인은 횃불을 하나 집어 들더니 지하로 연결되어 있는 계단을 향해 내려갔다.

끼기잉!

두꺼운 철문이 열리고 안으로부터 차가운 한기가 느껴졌다. 환가영이 물었다.

"그곳에 있나요?"

"그렇소."

주인은 짤막하게 대답하고는 횃불을 들고 지하실 안쪽을 향해 걸었다. 지하실에는 온갖 종류의 동상들이 많았는데 상당히 괴기스럽게 보였다.

"저 앞에 있소."

주인은 지하실 벽에 있는 등불들을 밝혔다. 그러자 제법 실내가 환해졌다. 과연 비혼의 동상이 보였다. 이유강은 반색하며 동상의 이마에 앉아 보았다. 혼돈 상태로 정지해 있는 암흑마기의 기운이 느껴졌다.

'오오, 비혼이 분명하다.'

드디어 본신으로 돌아갈 수 있게 된 것이다.

츠츠츠웃!

이유강은 비혼의 이마에 내려앉아 암흑마기를 주입했다. 그러나 순간 비혼에게서 강한 반탄력이 느껴지는 것이었다.

'…우욱!'

이유강은 그 힘에 건너편 벽으로 밀려가 부딪쳤다. 벽이 조금 파였으나 다행히 환물 쉬파리의 몸은 부서지지 않았다. 그러나 도무지 믿을 수 없게도 비혼과 일체가 되지 않는 것이었다.

'이게 어찌 된 일인가……'

그때 환가영이 급히 벽으로 다가와 걱정스러운 표정을 지었다. 이유강은 환가영의 귀로 날아가 조그맣게 말했다.

"괜찮으니 걱정 마시오. 저 동상을 사줄 수 있겠소?"

“그렇게 할게요.”

환가영은 고개를 끄덕였다. 그러자 주인이 의아한 표정으로 물었다.

“무엇을 그렇게 한다는 것이오?”

“그냥 혼잣말이었으니 신경 쓰지 마세요. 이 동상을 사고 싶은데 얼마면 될까요?”

“이건 팔 수 없소. 약속대로 아까 그 루비나 주시오.”

주인은 단호하게 고개를 저었다.

“제게 꼭 필요한 물건이에요. 부탁이니 값을 말해보세요.”

“그럴 수 없소. 이것은 신기한 물건이라 내게도 매우 소중하오.”

“무엇이 신기하다는 것이죠?”

“아무리 충격을 줘도 부서지지 않는 특이한 물건이오. 게다가 생각보다 가볍소. 그러니 내 어찌 이것을 팔 수 있겠소? 무슨 재질로 만들어진 것인지 반드시 알아낼 작정이오.”

환가영은 품속에서 조그만 금강석(金剛石) 한 개를 꺼내고는 미소 지었다.

“이 정도면 되겠어요?”

“오……!”

주인은 매우 놀라는 표정을 짓더니 고개를 끄덕였다.

“…그 정도를 쳐준다면 어쩔 수 없군. 제길! 가져가시오.”

“고마워요. 밖으로 좀 가져다주세요.”

환가영은 주인에게 금강석을 건네주었다. 주인은 황급히 그것을 받아 요리조리 살피더니 환한 표정을 지었다.

“대체 이토록 비싸게 사는 이유가 무엇이오?”

"그럴 일이 있어요. 참, 이것을 가져가야 하니 마차도 한 대만 불러 주셨으면 해요."

"그렇게 하겠소. 어쨌든 나중에 딴소리하기 없기요."

"걱정 마세요."

"하하하, 화통하시오. 한데 아까부터 소저의 어깨에 큼직한 쉬파리 가 붙어 있소. 어서 쫓아내시오."

주인이 환가영의 오른쪽 어깨 위를 가리키며 말했다.

"…괜찮아요. 제가 키우는 쉬파리예요."

"엥? 쉬파리를 어떻게 키운단 말이오?"

"후훗, 그렇게 되었어요."

"거참… 암튼 내 금방 마차를 준비해 주겠소."

주인은 고개를 갸웃거리더니 비혼을 들고 밖으로 나갔다. 환가영은 묵묵히 따라 나갔다. 이유강은 말했다.

"소저, 정말 감사하오. 돌아가면 오늘 치른 값을 꼭 돌려주겠소."

"그런 식으로 말씀하시다니 섭섭해요. 그까짓 보석쯤은 얼마든지 쓸 수 있어요."

"…섭섭했다면 미안하오. 어찌 되었든 오늘 소저의 도움 잊지 않겠 소."

"후훗… 당연하죠. 설마 잊을 생각이었나요?"

환가영은 손가락으로 어깨 위의 이유강을 살짝 건드렸다. 그리고는 귀엽게 웃었다.

"불쌍한 파리를 도와준 은혜 잊지 마세요."

"…물론이오."

잠시 후 마차가 도착했고 환가영은 마차에 올랐다. 마차는 제법 컸다. 뒤에 따로 짐칸이 존재해 비혼을 그 안에 넣어놓았다. 마차는 곧바로 출발했다.

다가닥! 다가닥!

밖이 캄캄해졌는지라 환가영은 마부에게 가까운 객잔으로 마차를 몰라 말했다.

『짭짭! 쭈압 짭……!』

『우걱! 우걱……!』

마차 바닥에 놓인 사탕에는 독봉들이 붙어 게걸스럽게 식사를 하고 있었다. 환가영은 잠시 독봉들을 쳐다보다가 이유강을 향해 말했다.

"이제 어떻게 하죠?"

"잠시 시간이 필요하오. 며칠 쉴 곳을 찾는 게 좋을 것 같소."

"그래요."

환가영은 고개를 끄덕였다.

"끄으으윽!"

지하 밀실에서 한 명의 흑인이 칠공에서 피를 흘리며 쓰러지고 있었다. 서서히 녹기 시작하던 흑인의 몸은 검붉은 액체로 화했고 흑인의 주위에 원형으로 앉아 있던 일곱 명의 인물의 몸으로 흡수되었다.

뭉클뭉클.

사이한 붉은색의 안개가 사방에 피어올랐고, 일곱 명의 인물은 알 수 없는 괴이한 주문을 외우기 시작했다. 바로 그때였다.

콰앙!

"이 사악한 놈들!"

검을 든 한 명의 청년이 밀실 문을 박차고 들어와 분노의 일갈을 퍼부었다. 그러자 주문을 외던 일곱 명의 인물이 주문을 멈추고는 청년을 노려보았다.

"이곳은 금지인데 어찌 들어왔느냐?"

"이런 사악한 대법을 펼치다니 하늘이 무섭지 않은가?"

"흥! 네놈 걱정이나 하는 것이 좋을 것이다."

"내 지금껏 이토록 패역한 무리는 본 적이 없구나. 네놈들은 마교보다 더 사악한 놈들이다. 절대 살려두지 않겠다."

청년은 눈에 살기를 띠고 걸어왔다. 그러자 앉아 있던 인물 중 한 명이 자리에서 일어나더니 청년의 앞에 섰다.

"네놈은 누구냐?"

"나는 도상이라 한다."

"처음 듣는 이름이구나. 크흐흐… 제법 용기는 가상하다만 이곳에 들어온 이상 살아 돌아갈 수 없다."

"닥쳐라!"

도상의 검이 황색으로 빛남과 동시에 허공을 빠르게 갈랐다.

팟!

허공에 황색의 곡선이 생겨났다. 미처 피할 수도 없는 빠른 검이었다. 도상의 앞에 있던 인물은 믿을 수 없다는 표정으로 전신을 떨었다.

"…이, 이게 무슨!"

분명히 불은 아니었다. 그러나 검에 베인 가슴팍으로부터 황색의 빛이 일어나 마치 불꽃처럼 전신을 휘감았던 것이다. 그와 함께 엄청난 고통이 엄습해 왔다.

"크아아아악!"

그는 목이 찢어져라 비명을 질렀고 전신이 시커멓게 변해 바닥에 쓰러졌다. 절명이었다. 순간, 대경실색한 여섯 명의 인물이 자리에서 벌떡 일어났다.

"네, 네놈은 대체 누구냐?"

그러나 도상은 곧바로 달려가 검을 휘둘렀다. 순식간에 세 명의 인물이 쓰러졌다. 나머지 세 명은 깜짝 놀라며 급히 뒤로 물러났는데 그들의 몸이 액체처럼 흐늘거렸다. 그와 함께 투명하게 변하더니 어디론가 사라져 버렸다.

"…시술을 펼치다니!"

도상은 분한 표정을 지으며 주위를 돌아봤다. 멀찍이 보이는 철창 안에서 두려운 표정으로 이곳을 바라보고 있는 흑인들이 보였다.

"사악한 놈들, 육축이라도 이토록 취급하지는 않을 것이다."

도상은 급히 달려가 검으로 철창을 부수고는 흑인들을 풀어주었다. 흑인들은 어리둥절하며 잠시 멍하니 서 있다가 이내 자신들을 풀어준 것을 눈치채고는 알 수 없는 소리로 뭐라고 소리치며 허리를 굽실거렸다.

"빨리 그들에게 이 사실을 알려야 한다."

도상은 밀실 밖으로 나와 곧바로 신형을 날렸다. 숲을 빠르게 타고 넘으며 한참을 갔을까. 그는 갑자기 신형을 멈추고는 크게 외쳤다.

"누구냐?"

나뭇가지에 신형을 지탱하며 사방을 살피자 주위에 이상한 것들이 나타나고 있는 것이었다. 그것들은 붉은색의 커다란 악마 형상을 하고 있었다. 도상은 일순 가슴이 철렁했다.

‘…심상치 않다. 말로만 듣던 사령체들이 분명하다.’

도상은 내심 긴장했지만 담담하게 외쳤다.

“이따위 사술을 펼치다니 가소롭구나. 그러나 제황검법 앞에서는 그 어떤 사술도 통하지 않는다!”

그 말과 함께 도상의 검에서 황색의 빛이 일어나 거대한 황색 검의 형상을 이루었다. 또한 도상의 전신도 황색 빛에 뒤덮였다. 그러자 사령체들은 사이한 웃음을 흘렸다.

“쿠쿠쿠쿠… 건방진 놈!”

“감히 본 교의 인물들을 해치다니 살려둘 수 없다.”

“쿠쿠쿠쿠……!”

나타난 사령체의 숫자는 도합 다섯이었다. 도상은 가장 가까이에 있는 사령체를 향해 달려가며 검을 휘둘렀다.

휘잉! 휘잉!

황색의 거대한 검이 빠르게 움직이며 커다란 불꽃을 이루었고 그것에 휘말린 사령체는 산산이 조각나 부서졌다.

“…쿠아아악!”

처참한 비명을 지르며 부서진 사령체는 다시 복원되지 못하고 붉은 핏물의 액체로 녹아 땅에 스며들었다.

화아아악!

도상을 향해 네 줄기의 붉은 광선이 쇄도했다.

‘……!’

예상치 못한 공격이라 도상은 깜짝 놀라며 잽싸게 몸을 날려 피했다. 그러나 하나의 광선이 그의 왼쪽 어깨를 스치고 지나갔다.

“으윽……!”

일순 머리가 어질거리며 중심을 잃었는데 그 순간 네 개의 사령체가 빠르게 다가와 도상을 후려갈겼다. 도상은 공격을 피하며 검을 휘둘렀다.

“쿠아악!”

하나의 사령체가 다시 그의 검에 분시되었다. 그러나 남은 세 개의 사령체의 공격에 도상은 그대로 노출되었다.

퍼억! 퍽! 퍼억……!

“크으윽……!”

도상은 가슴과 복부를 심하게 걷어차였고 그 힘에 밀려 서너 장 뒤로 나가떨어졌다. 도상은 벌떡 일어나 사령체들을 노려봤다.

‘으윽… 내상을 입었군.’

머리가 어지러웠고 가슴과 복부에서 고통이 느껴졌다. 내상뿐 아니라 외상도 심한 것 같았다.

‘이 상태로는 위험하다.’

도상은 곧바로 뒤쪽을 향해 신형을 날렸다. 비록 내상을 입었으나 제황천풍신법상의 제풍비행(帝風飛行)을 펼칠 수는 있었다.

휘이이이잉!

마치 바람이 산과 산을 건너뛰는 것 같았다. 도상의 신형은 순식간에 아득히 멀어졌다. 그러나 사령체들은 새처럼 하늘을 날아 도상의 뒤를 어렵지 않게 쫓아오는 것이었다.

“쿠쿠쿠쿠… 네놈이 도망갈 수 있을 것 같으냐?”

“목숨을 내놓거라!”

도상은 혼신의 힘을 다해 내공을 끌어올렸다. 그러자 그의 속도가 더욱 빨라졌다. 그래도 사령체들을 떨칠 수는 없었다.

화아아악!

"크윽!"

사령체가 쏘아 보낸 붉은 광선이 옆구리를 스치고 지나갔다. 스친 부위가 찢어져 피가 튀었다.

"쿠쿠쿠쿠, 더 이상 도망갈 수 없다."

사령체들은 도상의 앞을 가로막았다. 도상은 비틀거리며 멈춰 섰다.

'아아, 하늘은 어찌 사악한 자들에게 이토록 가공할 힘을 주었단 말인가.'

도상은 탄식하며 검을 부여잡았다.

'그래 어차피 이렇게 된 것 한 놈이라도 더 죽이고 가야겠군.'

도상은 전신의 내력을 끌어올리자 그의 몸은 다시 황색의 빛에 휩싸였다. 사령체들은 섣불리 공격해 오지 못하고 잠시 머뭇했으나 서로 눈빛을 교환하고는 도상을 향해 한꺼번에 달려들었다. 도상은 전력을 다해 검을 휘둘렀다.

휭휭휭휭……!

"쿠아아악!"

황색의 커다란 불꽃이 일어났고 사령체 하나가 분시되어 날아갔다. 그러나 그와 동시에 도상은 두 사령체의 주먹과 발에 그대로 노출되었다.

퍼퍽! 퍼퍼퍽……!

마치 가죽 터지는 것과 같은 소리가 연신 들렸고 도상은 실 끊어진 연처럼 십여 장을 날려가 커다란 나무의 가지에 걸렸다.

"우우욱……!"

도상은 입에서 피를 토했다. 사령체 둘이 이미 근처에 와 있었다.

'이대로 당할 수는 없다.'

순간 도상은 혼신의 힘을 끌어올려 최후의 일격을 날렸다. 나뭇가지에 있던 그의 신형이 허공으로 떠올랐고 다시 전신이 황색 빛으로 뒤덮였다.

횡횡횡횡횡횡……!

황색의 거대한 검이 사방을 난도질하듯 사정없이 휘둘러졌다. 주위의 나무들이 잘려 나갔고 흙먼지가 자욱하게 피어났다. 그와 함께 급작스런 기습을 당한 사령체들이 미처 피하지 못하고 변을 당했다.

"쿠아아악!"

"크아악!"

붉은 액체가 사방에 뿌려지며 도상은 허공에서 바닥으로 힘없이 떨어졌다.

콰당!

"크으윽!"

전신의 힘이 하나도 없었다. 내상은 물론 외상도 매우 심각한 지경에 이른 것 같았다. 도상은 점점 의식이 흐려지는 것을 느꼈다. 이미 회복 불능의 상태가 된 것이 분명했다.

"으윽……."

몸을 움직이려 해도 잘 움직여지지 않았다. 의식은 점점 더 옅어져 갔다.

‘이렇게 죽는 것인가.’

그때 팔목으로부터 따스한 기운이 느껴졌다. 순간 도상은 두 팔을 힘겹게 들어 팔목을 바라보았다. 양 팔목에 끼어져 있는 두 개의 팔찌.

‘어쩌면 이것이 나를 구해줄지도 모르겠군.’

도상은 예전 임수아가 했던 말이 생각났다.

‘팔찌를 맞대고 잠시 기다리라 했던가?’

전신의 힘이 빠져 팔을 움직이는 것조차 쉽지 않았다.

타악!

팔을 맞대고 잠시 있자 두 개의 팔찌가 서서히 빛나기 시작했다. 그 빛은 점점 강렬해졌고 급기야 눈이 부시도록 환해지며 도상의 전신을 휘감았다.

‘오오, 멋지군……!’

도상은 전신을 부드럽게 휘감은 푸른색의 빛을 보며 감탄했다. 그 빛은 단순한 청색이 아니라 찬란하게 빛나는 푸른 햇살과도 같았다.

‘몸이 치료되었다!’

가슴과 옆구리, 어깨에 입었던 모든 상처들이 아물어 고통이 사라진 것이다. 내상도 은밀한 곳에 가서 하루 정도 운기조식을 취하면 완전 회복이 될 만큼 상당 부분 치료가 되었다.

‘실로 신기하구나. 팔찌에 이러한 힘이 있다니.’

도상은 신기한 듯 팔찌를 쳐다봤다.

푸스스스…….

두 개의 팔찌는 먼지가 되어 흩어지고 있었다.

‘한 번 사용하면 부스러진다고 했었던가.’

　팔찌가 사라지자 매우 아쉬웠지만 다행히 이것으로 생명을 구하게 된 것이다. 도상은 자리에서 일어났다.

"속히 이곳을 떠나야 한다."

　언제 또 사령체들이 나타날지 모르니 되도록 먼 곳으로 피해 내상을 완전 치료해야 할 것이다.

회의실에는 수십 명의 인물들이 모여 있었다. 제갈수연을 비롯한 정파무림의 인물들과 서장의 거대방파인 비궁, 그리고 밀교의 인물들이었다. 회의를 주도하는 인물은 이십대 후반의 강인한 인상의 청년이었다. 그는 일전에 제갈수연 등을 위기에 구하고 서장으로 데려갔던 서룡이라는 인물이었다.

"마교가 다시 오게 되면 단단히 준비를 하고 올 것이 분명해요. 어쩌면 마교 대종사 엽무극이 직접 나설 수도 있겠지요."

"걱정 마시오. 악마공자의 형을 자처하던 자도 손쉽게 제거했소. 본교의 힘을 믿으시오."

제갈수연의 말에 밀교 사천존이 자신감 넘치는 표정으로 말했다. 제갈수연이 사천존을 노려보며 물었다.

"엽무극을 상대할 자신이 정말 있나요?"

순간 사천존은 조금 당황하는 표정을 지었다. 그러나 이내 고개를 끄덕였다.

"물론이오. 본 교의 원로들이 나서면 가능한 일이오. 또한 팽 맹주께서도 계시지 않소?"

"…그럴 수도 있겠죠."

제갈수연은 힘없이 고개를 끄덕였다. 그때 잠자코 있던 서룡이 말했다.

"제갈 군사, 이제 우리의 전력을 알아낸 이상 그들도 섣불리 쳐들어오지는 않을 것이오. 너무 심려치 마시오."

"물론 그렇겠지요. 하나 우리는 너무 쉽게 존재를 드러냈어요. 이것이 팽 맹주님과 화옥 총군사의 뜻인가요?"

"그분들의 뜻은 나 역시 모르오. 그저 이곳을 내게 위임했을 뿐이오. 마교에게 우리 존재를 드러낸 것이 다소 이른 감이 없지 않지만 어쨌든 현재 우리는 계속 마교에게 적지 않은 타격을 입히고 있소. 중요한 것은 무슨 일이 있어도 서장을 사수해야 한다는 것이오."

그러자 사천존이 동조하며 말했다.

"물론이오. 이제 조만간 본 교의 사령체들이 수없이 등장하게 될 것이오. 앞으로 몇 개월만 지나면 적어도 수백의 사령체들이 준비될 것이고, 이 정도라면 마교와 전면전을 붙어도 밀리지 않을 것이오."

"오오! 밀교칠위가 펼치던 그 사령체를 말함이오?"

서룡은 탄복하는 표정을 지었다. 사천존은 미소를 지었다.

"후후… 그렇소. 최근 본 교에서 새로운 비법이 연구되었고 그로 인해 조만간 교도들 중 많은 인물들이 기환지체에 들어서게 될 것이오. 몇 개월 있으면 그들이 출관하게 되니 마음 푹 놓으시오."

그러자 그동안 잠자코 듣고 있던 오십대 중반의 눈매가 매서운 사내가 말했다.

"우리 비궁은 사실 제갈 군사의 말에 동의하오. 이번 일은 신중했으면 좋겠소. 마교와의 전쟁은 불가피할 것이나 지금은 시기상조가 분명하오. 밀교에서 많은 사령체를 갖추었다 하나 내가 알기로 마교의 고수는 수십만이 넘소. 그리고 밀교의 원로들을 무시하는 것은 아니나 마교 대종사 엽무극을 상대하기는 쉽지 않을 것이오."

"흥! 비궁은 항상 몸만 사릴 뿐이오. 마교가 그리 겁나시오?"

밀교의 인물로 보이는 사십대 중년인이 오십대 사내를 향해 소리를 질렀다. 그러자 오십대 사내는 차갑게 그를 노려보았다.

"닥치시오. 밀교가 비록 최근 세력을 넓혔다 하나 감히 본 궁 앞에서 큰소리를 치다니!"

"뭣이! 지금 본 교를 능멸한 것이오?"

"흥! 본 궁 역시 귀교의 사령체 못지않은 수많은 비술들이 존재함을 잊지 마시오. 우리가 팽 맹주와 맹약을 맺은 것은 마교와의 싸움에 전면으로 나서는 것이 아니라 팽 맹주의 뒤에서 지원을 하는 것이었소. 그러나 자칫하면 우리가 전면에 나서게 될 수도 있소. 나는 헛되이 본 궁의 무사들을 희생시킬 생각이 없소."

그러자 서룡이 내공을 실어 외쳤다.

"모두 조용히 하시오. 지금 우리끼리 다툴 때가 아니오. 이곳에서 우리가 물러날 곳은 없소. 모두 마교의 습격에 만반의 대비를 해주시오. 이것으로 회의를 마치겠소. 모두 수고하셨소.”

서룡은 말을 마치고는 일어나 포권했다. 그러자 회의실에 있던 인물들도 일어나 포권했다. 잠시 후 모두가 나가고 서룡과 제갈수연만 남았다. 제갈수연이 말했다.

“예전부터 짐작한 것이 있어요.”

“그게 무엇이오?”

“혹시 마교와의 싸움에 서장의 방파인 밀교와 비궁을 앞세워 그들을 소모품으로 이용하실 생각이신가요?”

“……!”

서룡은 다소 당황한 표정을 지었다.

“이를 위해 일부러 마교를 자극한 것이죠?”

“…휴우, 제갈 군사를 어찌 속이겠소. 그렇게 되었소.”

서룡은 고개를 끄덕였다. 제갈수연은 미간을 찌푸렸다.

“제 짐작이 맞았군요.”

“어쩔 수 없는 일이오. 기실 이것이 화옥 총군사님의 뜻이오.”

“어찌 군사인 제게도 그것을 비밀로 하셨는지요.”

“미안하오. 그것 또한 총군사님의 명이셨소.”

서룡의 말에 제갈수연은 차가운 표정을 지었다.

“물론이겠죠. 그 사실을 안다면 저는 절대로 협조하지 않았을 거예요. 정파무림의 부활이 중요하다지만 어찌 애꿎은 자들을 희생시킬 생각을 했죠? 앞으로 천외무림의 모든 세력을 그런 식으로 이용할 건가요?”

“우리에게 정파무림의 부활보다 중요한 것은 없소. 감정적으로 대응

하지 말아주시오. 게다가 밀교나 비궁은 사실 매우 사악한 집단이오. 그들에게 쓸데없는 동정은 하지 않는 것이 좋소."

"사악하다니 그게 무슨 말이죠?"

서룡은 잠시 주저하는 듯하다가 말했다.

"밀교에서 사령체를 만드는 기환지체를 어찌 완성하는지 아시오?"

"방법을 알고 계신가요?"

"물론이오. 그들은 사람을 생으로 녹여 그 즙을 흡수하는 사악한 대법을 시행하고 있소. 이를 위해 매달 수백 명이 넘는 노예들을 사들이고 있고, 가끔은 사람들을 납치하기도 하오."

"…어찌 그럴 수가!"

제갈수연의 안색이 창백하게 변했다.

"그렇다면 밀교 진영의 지하에서 들렸던 비명 소리가 혹시……."

그 생각을 하자 소름이 끼침과 동시에 분노가 일어났다. 서룡은 끄덕였다.

"그렇소. 그러니 그들에게 쓸데없는 동정은 하지 마시오. 모두 세상에서 없어져야 할 사악한 집단이오."

"그렇다면 그들이 죄없는 노예들을 죽여 기환지체를 완성하는 것을 알고 있으면서도 좌시한 것이군요. 그것도 총군사님의 뜻인가요?"

"…중요한 것은 정파무림의 부활이 아니겠소? 감정에 치우쳐서는 아니 되오. 노예들에게는 안된 일이지만 일단 밀교에서 최대한 많은 수의 사령체를 확보해야 마교에 많은 피해를 입힐 수 있소. 부디 대의를 생각하시오."

"이것이 대의인가요? 비록 우리가 마교에 의해 궁지에 몰렸다고는 하나 협의를 저버릴 수는 없어요."

그러자 서룡이 제갈수연을 차갑게 노려보며 말했다.

"지금은 협의를 논할 때가 아니오. 마교를 무너뜨리려면 마교보다 더욱 비정하고 교활해져야 하오. 누구보다 이것을 잘 알고 있을 제갈 군사가 그리 약한 소리를 하다니 실망이오. 우리에게 협의란 오직 마교를 무너뜨리는 것뿐이오. 다른 생각은 하지 마시오."

"……."

제갈수연은 힘없이 고개를 끄덕였다.

"무슨 뜻인지 알겠어요. 그러나 제가 판단하기에 밀교는 그리 호락 호락한 집단이 아니에요. 마교와의 전쟁에 적극적으로 나서는 것을 볼 때 우리와 단순한 동맹을 맺은 것이 아니라 중원을 노리고 있는 것이 분명해요."

"후훗, 그것은 그들의 망상일 뿐이오. 밀교와 비궁은 조만간 마교에 의해 초토화될 것이오. 물론 마교 역시 많은 피해를 입겠지만."

"정파무림인들은 어찌하실 건가요?"

"다소 피해를 입는 것은 어쩔 수 없는 일이오. 그들만 빠진다면 밀 교나 비궁에서 가만있지 않을 것이니."

순간 제갈수연은 비틀거리며 서룡을 노려봤다.

"…그들은 정파무림의 마지막 후예들이에요. 정파무림의 뿌리를 뽑 을 작정이신가요?"

"구파일방이나 오대세가의 후예들은 가급적 뒤로 빠지게 할 것이니 걱정 마시오."

"다른 문파들은요?"

"그들까지 챙길 여력은 없소. 더 이상 이에 대해 말하지 마시오. 또한 지금 한 얘기는 절대 비밀이오. 이를 누설할 경우 군사라 할지라도 용서하지 않겠소."

"……."

서룡은 단호하게 말하고는 회의실 밖으로 나가 버렸다. 제갈수연은 멍하니 서 있다가 일순 강하게 고개를 저었다.

"이건 아니야……."

그녀는 어디론가 급히 사라졌다.

"그게 사실이오?"

불신의 표정으로 탄식하는 이십대 후반의 청의 청년을 향해 제갈수연은 고개를 끄덕였다.

"제가 말한 것은 모두 틀림없는 사실이에요."

"어찌 그런……."

밀실 안에는 제갈수연을 포함하여 이남 이녀의 인물이 모여 있었다. 청의 청년은 굳어진 안색으로 말했다.

"팽 가주를 신뢰했는데 이건 있을 수 없는 일이오."

"그를 믿고 이곳 서장까지 왔는데 실로 허무하군요."

홍색 옷을 입은 여인이 동조하며 말했다. 그러자 청의 청년은 고개를 끄덕였다.

"그렇소, 주 소저. 팽 가주는 우리를 기만했소."

"이대로 있을 수는 없어요. 속히 다른 분들에게 이 사실을 알려야 해요. 그런 끔찍한 만행을 저지르는 밀교와 손을 잡다니 믿을 수 없는 일이에요."

홍의 여인은 다름 아닌 주소영이었다. 그러자 그동안 잠자코 있던 오십대 중반의 도사가 침중한 표정으로 입을 열었다.

"자칫 큰 분란이 벌어질 수도 있으니 경거망동하지 말게."

"하나 청허자 선배님, 이대로 있다가는 팽가를 제외한 정파무림의 명맥이 완전 끊어질 것입니다."

"허어… 팽 가주를 믿었건만 그가 그런 야욕을 부리다니……."

청허자는 허탈한 듯 혀를 찼다. 제갈수연이 말했다.

"서룡 부맹주가 이를 누설할 경우 절대 용서치 않겠다 말했어요. 섣불리 그를 자극했다가는 무슨 일이 벌어질지 몰라요."

"제갈 군사께서는 무슨 복안이 있으시오?"

청허자가 묻자 제갈수연은 힘없이 고개를 저었다.

"아직은요. 일단 믿을 수 있는 사람들을 모아야겠지요."

"…잠깐! 누가 왔소!"

청허자는 일순 차가운 눈빛으로 밀실 문을 노려봤다. 밀실 문이 열리고 한 명의 청년이 들어왔다. 서룡이었다. 제갈수연 등은 모두 깜짝 놀라 벌떡 일어났다.

"부맹주!"

"이곳엔 어찌!"

서룡은 씁쓸한 표정으로 제갈수연을 쳐다보더니 입을 열었다.

"그토록 당부했건만 결국 나를 실망시키는군."

"흥! 팽가의 야욕을 위해 우리를 이용하려는 속셈을 모를 줄 아시오?"

청의 청년이 분기탱천하여 소리쳤다. 그러자 서룡은 피식 웃었다.

"야욕이라… 말이 심하군."

"닥치시오. 우리는 더 이상 팽가의 이용물이 될 수 없소."

"어리석군. 본 가의 도움이 없었다면 이미 마교의 척살대에 처참하게 죽었을 자들이 말이야."

그러자 묵묵히 서룡을 쳐다보고 있던 청허자의 얼굴 근육이 진동했다.

"부맹주, 말이 심하시오."

그러자 서룡은 청허자를 향해 다가오며 말했다.

"후훗, 선배께는 죄송하지만 어쩔 수 없소. 대의를 위해 모두 잠시 자유를 속박하겠으니 이해해 주셨으면 좋겠소."

"…쉽지 않을 것이오."

차앙!

청허자는 검을 빼 들었다. 제갈수연과 청의 청년 등도 모두 서룡을 공격할 태세를 했다. 순간 서룡의 신형이 마치 쏘아진 활처럼 빠르게 밀실을 휩쓸었다. 그와 동시에 그의 두 팔이 무수한 황금빛 수영(手影)을 만들며 공간을 누볐다.

"크윽!"

"윽……!"

"으윽!"

청허자를 포함해 제갈수연 등은 모두 마혈이 제압되어 굳어졌다. 청허자의 안색이 불신으로 물들었다. 서룡의 무공 수위는 그동안 보여줬던 것과는 차원이 달랐던 것이다.

“…팽가비전(彭家秘傳), 금영수(金影手)! 그동안 무공을 감추고 있었소?”

“금영수를 알아보다니. 과연 선배시오.”

제갈수연이 서룡을 노려보며 소리쳤다.

“부맹주, 이게 무슨 짓이죠?”

“우리를 어찌할 작정이냐?”

청의 청년도 잡아먹을 듯한 표정을 지으며 소리쳤다. 서룡은 기이한 미소를 지으며 오른손을 들었다.

“내버려 두면 분란을 일으킬 것이 분명하기에 잠시 자유를 속박할 생각이니 큰 걱정은 하지 마시오.”

그는 그렇게 말한 후 손가락을 네 번 퉁겼다.

“으음…….”

“음……!”

제갈수연 등은 모두 미간이 뜨끔해지는 것을 느끼며 정신을 잃었다.

‘으음…… 이곳이 어디지?’

눈을 뜨자 머리가 아팠다. 제갈수연은 힘겹게 일어나 앉아 주위를 살폈다. 괴이한 향이 흐르고 있는 지하 감옥이었다. 그녀의 근처에는 주소영이 혼절해 있었고, 건너편 감옥에는 청허자와 청의 청년이 수감되어 있었다. 청허자는 제갈수연이 깨어난 것을 보고는 말했다.

“군사, 괜찮으시오?”

“네… 결국 부맹주가 우릴 가두었군요.”

"그런 것 같소. 한데……."

청허자는 힘없이 말을 이었다.

"무슨 짓을 한 것인지 내공을 사용할 수가 없소."

"…그렇군요."

제갈수연은 내공을 운기해 보고 절망적인 표정을 지었다. 괴이하게도 내공이 한줌도 모아지지 않았던 것이다. 그러다 그녀는 공기 중에 흐르는 괴이한 향의 정체를 파악하고는 외쳤다.

"산공독향(散功毒香)이에요! 세 시진 이상 향을 맡을 시에는 내공을 전혀 사용할 수가 없어요. 다시 내공을 사용하려면 이 향이 없는 곳에서 적어도 세 시진은 지나야 가능해요."

"음……."

청허자는 무겁게 고개를 끄덕였다. 세 시진 이상 숨을 안 쉴 수는 없는 일이었다. 감옥은 평범하게 만들어졌기에 내력이 있다면 부수고 나갈 수 있을 것이나 산공독향으로 인해 내공이 흩어진 상태라 누군가 빼내주기 전에는 절대로 나갈 수 없었다. 청의 청년도 절망적인 표정을 지었다. 그때 누군가 다가오는 소리가 들렸다.

"나와라!"

밀교의 인물로 보이는 무사들 서너 명이 다가오더니 감옥 문을 열며 소리쳤다.

"우릴 어디로 데려가는 것이냐?"

"잔소리 말고 따라와!"

밀교의 무사는 청의 청년이 묻자 발로 그의 가슴을 후려 찼다.

"크윽……!"

청의 청년은 내공이 흩어지고 기력이 없는 상태라 상당한 충격을 받고 나동그라졌다. 밀교의 무사들은 쓰러져 있는 청의 청년을 발로 수없이 짓밟았다.

"조용히 따라오지 않으면 가만두지 않겠다."

무사들의 협박에 제갈수연과 이제 막 혼절에서 깨어난 주소영은 흠칫 몸을 떨었다. 그러나 이내 그들이 말하는 대로 따라 나가는 수밖에 없었다. 청의 청년도 청허자의 부축을 받아 힘겹게 걸어나갔다.

밖은 캄캄한 밤이었다. 밀교의 무사들은 투박하게 생긴 마차의 짐칸에 제갈수연 등을 태웠다. 그리고 모두의 아혈과 마혈을 제압해 움직이지 못하게 하고는 문을 닫았다. 마차는 급히 어디론가 떠났다.

두 명의 인물이 나타나 마차가 사라진 곳을 쳐다봤다. 서룡과 밀교의 사천존이었다. 사천존이 포권하며 말했다.

"부맹주, 도움에 진심으로 감사드리오."

"저들이 탈주할 우려는 없겠소?"

"적어도 세 시진 이상 내공을 쓸 수 없으니 탈주는 불가능하오. 한 시진이면 도착하는 거리니 걱정 안 하셔도 되오이다. 게다가 마혈까지 제압했으니 설령 내공이 회복된다 해도 상관없지 않겠소?"

"그렇군. 한데 진정 저들을 이용하면 더욱 강력한 사령체를 만들 수 있는 것이오?"

"물론이오. 두고 보면 알 것이오."

서룡은 씨익 웃으며 고개를 끄덕였다.

"알았소. 대법이 무사히 성공하기 바라겠소."

"후후… 앞으로 본 교의 활약을 더욱 기대해 주시오."

다각. 다그닥! 철컹! 철커덩……!

캄캄한 밤길을 달리는 한 대의 마차. 제갈수연 등은 마차의 짐칸에 널브러져 있었다.

'밀교의 무사들이 우리를 데려가는 것이라면…… 설마?'

제갈수연은 마음속으로 떠오르는 불안감을 감추기 힘들었다. 애써 끔찍한 상상들을 지우고 싶었으나 그러한 생각들은 더욱 생생하게 떠올랐다

히히히힝!

갑자기 말이 우는 소리와 함께 마차가 급히 멈추는 소리가 들렸다. 그리고는 사람들의 비명 소리가 들렸다.

"크아악!"

"크악!"

누군가 나타나 밀교의 무사들을 모조리 죽이는 것 같았다.

덜컥!

곧바로 짐칸의 문이 열렸고 제갈수연 등은 제압되었던 마혈과 아혈이 모두 풀리는 것을 느꼈다.

"소영 사매, 괜찮으냐?"

"…사, 사형?"

주소영은 나타난 청년을 보고 눈물을 글썽였다.

"아아, 정말 도상 사형이 맞으신가요?"

"네가 이곳까지 와서 고생을 하고 있다니……."

도상의 눈에도 눈물이 어렸다. 제갈수연은 잠시 멍해 있다가 도상을 보고는 반색하며 외쳤다.

"도 대협! 이곳에 어찌?"

그녀는 믿을 수 없다는 표정을 지었다. 도상은 제갈수연을 향해 고개를 끄덕였다.

"수연 소저, 오랜만이오. 자세한 얘기는 나중에 하고 일단 속히 이곳을 벗어납시다."

"네……."

이유강은 비혼의 미간에 앉아 있었다. 벌써 닷새째였다. 숱한 방법을 동원했지만 비혼의 내부에 잠재되어 있는 암흑마기의 기운을 이끌어낼 수가 없었다. 오히려 강한 저항력이 느껴져 함부로 암흑마기를 주입할 수조차 없는 것이었다.

"제길! 이전에 광룡에게 조화석을 부착할 때와 비슷한 상황이로구나. 그렇다면 적어도 이백 년의 암흑마기 기운이 필요한 것인가……."

현재로서는 불가능한 일이었다. 현재 이유강이 쓸 수 있는 암흑마기의 수위는 비혼의 내부에서 흐르던 암흑마기의 극히 일부가 흘러나온 것이라 그 수위를 따질 수 없을 만큼 아주 미약한 기운이었다.

"……."

본신으로 돌아가지 않으면 이백 년의 기운은 꿈도 꾸지 못한다. 혼돈 상태로 정지된 암흑마기의 흐름에 그것이 원래대로 흐르도록 질서를 잡아주어야 하는데 그것에 그토록 많은 힘이 필요할 줄은 미처 생각지 못했던 것이다.

"무슨 방법이 없을까……."

힘들여 비혼을 찾았건만 암흑마기의 힘이 부족하여 비혼과 일체될 수가 없는 것이다. 이러다 영원히 이렇게 환물 쉬파리의 몸으로 살게 될지도 모른다.

"일단은 명광도로 가야겠군."

낙심하고 있을 때가 아니었다. 임수아의 명광지기를 이용하거나 혹은, 본신을 이용해 무언가 방법을 찾아낼 수 있을지도 모르는 것이다.

달칵!

그때 방문이 열리고 환가영이 들어왔다. 그녀는 상당히 걱정스런 기색이었다.

"이 대인님……."

"소저, 어서 오시오."

"닷새가 지났는데 별다른 진전이 없는지요."

"……."

이유강은 잠시 침묵했다가 입을 열었다.

"아무래도 명나라로 돌아가야겠소. 비혼과 나를 풍운장까지 데려다 줄 수 있겠소?"

"정말요? 근데 명나라로 갈 수 있는 방법이 있을까요?"

환가영은 명나라로 돌아간다는 말에 반색하는 표정을 지었다.

"소저는 이미 죽은 것으로 알려졌으니 걱정할 필요 없소. 다만 명나라로 가는 배편이 있을지가 문제요.”

“배편이 없다면 배를 한 척 사면 되죠. 선원도 고용하면 되겠군요.”

“바다를 오래 항해하려면 꽤 성능 좋고 큰 배를 사야 할 것이오. 그
럴만한 돈이 있소?”

“부족하진 않을 거예요.”

환가영은 품속의 주머니에서 뭔가를 한줌 꺼내 보여 주었다. 손에는
금강석, 홍강옥, 청강옥(靑鋼玉), 묘안석(猫眼石) 등, 귀한 보석들이 가
득 했다.

‘대단하군.’

소주 제일의 상가인 환가장의 금지옥엽이니 품속에 이 정도를 가지
고 다니는 것이 그리 놀랄 만한 일은 아니었다.

“충분할 것 같소.”

“그럼 내일 날이 밝으면 바로 배를 알아볼게요. 경험 많은 선원을
구하려면 서둘러야겠어요.”

“갑판장과 항해사를 먼저 구해 그들에게 위임하는 게 빠를 것이오.
제법 거친 자들이 많으니 조심하시오.”

“걱정 마세요. 사람 다루는 데는 이력이 나 있거든요.”

환가영은 자신있는 미소를 지었다. 그러다 일순 품속에서 약병을 하
나 꺼냈다.

“참, 이게 뭔지 아시나요?”

“약병이 아니오? 환약들이 들어 있는 것 같소만.”

“그래요. 이 안에는 지난 오 일 동안 제가 만든 천봉환 오십 알이 들
어 있어요. 어지간한 내상은 순식간에 치료될 뿐 아니라 약간의 내공

도 증가하는 절세영약이에요. 모두 백 알을 만들어 오십 알은 또 다른 약병에 넣어두었죠."

"천봉환……?"

처음 들어보는 환약 이름이었다.

"그때 이 대인님이 준 천왕독봉의 꿀을 주재료로 해서 만든 환약이에요. 그래서 천봉환(天蜂丸)이라 이름 지었어요."

"꿀은 그때 모두 먹지 않았소?"

"반쯤 남겨 두었어요. 약소하지만 제 선물이니 받아주세요. 참… 그러고 보니 지금은 드릴 수가 없군요."

환가영은 미소 지었다. 이유강은 웃었다.

"하하… 나중에 본래의 모습을 회복하면 그때 주시오."

다음날 환가영은 곧바로 포구로 나가 중고 선박을 물색해 보았다.

"어떻게 오셨소?"

"배를 한 척 사려고요."

"그만한 돈이 있소?"

"돈은 충분하니 걱정 마세요. 먼 곳까지 가야 하니 괜찮은 배로 부탁드려요."

그러자 수염이 덥수룩하게 난 사십대 장한은 고개를 끄덕이더니 물었다.

"곧바로 필요하시오?"

"네. 빠르면 빠를수록 좋아요. 값을 잘 쳐드릴 테니 신경 써주세요."

"먼 곳까지 가려면 적어도 중형급의 배가 필요할 것인데…… 조금만 기다려 보시오. 참, 선원은 안 필요하시오?"

장한은 밖으로 나가려다 문득 물었다.

"구할 참이에요. 괜찮은 항해사들과 선원들이 있으면 모아주세요."

"핫하, 선원들이라면 얼마든지 있소만."

"그럼 잘됐군요."

장한은 환가영을 데리고 배들이 있는 곳으로 안내했다. 대략 십여 척의 중고 선박이 있었는데 그중에서 중형급 이상은 세 척뿐이었다. 환가영은 외관이 깨끗해 보이는 중형급 선박으로 고르고는 보석으로 값을 치렀다. 장한은 선박 대금을 바로 받자 안색이 환해지더니 호탕하게 말했다.

"선원들은 곧바로 불러주겠소. 이 배는 선원이 삼십 명은 필요할 것이고, 최대 승선 인원은 백여 명 정도 되오. 혹시 요리사나 호위무사들은 안 필요하시오?"

"요리사 넷, 호위무사는 열 명 정도면 되겠군요."

"알았소. 참, 미처 말을 안 했지만 이곳에서 선원들의 급료는 선불이니 미리 돈을 준비해 두는 게 좋을 것이오."

환가영은 고개를 끄덕이고는 물었다.

"그럼 언제쯤 오면 될까요?"

"내일 오후쯤 오시오."

"알았어요. 잘 부탁드릴게요."

"값을 후하게 치러주셨으니 특별히 신경 써드리겠소. 걱정하지 마시오."

장한은 털털하게 웃고는 돌아섰다.

『대왕님, 뭐하세요?』

머릿속이 복잡해 잠시 바람이나 쐴까 하고 지붕 위를 날고 있던 이유강에게 여왕독봉이 날아와 말했다.

『며칠 동안 안 보이더니 무슨 일이냐?』

『그냥 좀 쏘다녔어요, 대왕님께서 바쁘신 것 같아서요.』

『또 아이들 사탕 뺏어먹고 다닌 건 아니겠지?』

『…무, 물론이에요.』

여왕독봉은 조금 당황하는 기색이었다. 이유강은 캐물으려다 그만두었다.

『그러고 보니 네게 할 말이 있다.』

『뭔데요?』

『이제 나는 매우 먼 곳으로 떠날 것이다. 그러니 더 이상 나를 따라오지 말고 네 부하들이 있는 곳으로 돌아가라.』

『싫어요.』

여왕독봉은 대뜸 거부의 의사를 표현했다. 이유강은 여왕독봉을 노려보며 살벌하게 말했다.

『크흐흐, 감히 내 말을 거역하다니 겁을 상실했구나.』

『…저는 무슨 일이 있어도 대왕님을 따라갈 거예요.』

『그곳에 가면 다시는 못 돌아온다. 그래도 따라오겠느냐?』

『…….』

그러자 여왕독봉은 잠시 주저하는 것 같았다. 이유강은 그럴 줄 알았다는 듯 다리를 비비적거렸다.

『크흐흐, 그거 봐라. 이제 네 부하들을 데리고 그만 돌아가도록 해라.』

『괜찮아요. 그냥 대왕님을 따라가겠어요. 부하들도 데려가죠 뭐.』

이유강은 앞다리에 있는 칼을 치켜 올렸다.

『말로 하니까 안 되겠군. 기어코 몇 대 맞아야 정신을 차리겠느냐?』

『…알았어요. 돌아가면 되잖아요.』

여왕독봉은 몸을 떨며 뒤로 물러났다.

『지금 이후로 숲으로 돌아가 다시는 나오지 마라. 다시 내 눈에 띄면 살려두지 않겠다.』

이유강은 그렇게 말하며 앞 다리의 두 칼을 서로 부딪쳤다.

카앙! 카아앙!

『허억! 갈게요.』

여왕독봉은 대경실색하여 더욱 뒤로 물러났다. 그러다 어디론가 빠르게 날아가 버렸다.

'휴우. 겨우 쫓아냈군……'

독봉들을 바다로 데려갈 수는 없는 일이었다. 그런데 잠시 후에 여왕독봉이 독봉 서너 마리와 함께 이유강 앞으로 날아왔다.

『또다시 오다니 정말 맞아야 정신을 차리겠구나.』

『자, 작별 인사 드리러 왔어요.』

여왕독봉은 황급히 말하며 다리를 비비적거렸다. 그러자 뒤의 독봉들도 바짝 엎드리며 다리를 비비적거렸다.

『대왕님, 꼭 돌아오세요.』

『대왕님, 기다리겠습니다.』

『대왕님, 기다리겠습니다.』

독봉들은 그렇게 말한 후 멀리 사라졌다.

'……'

비록 곤충이지만 그동안 정이 들어서인지 상당히 섭섭한 마음이 들었다.

'저것들이 있어서 심심하지는 않았는데……'

다시 부를까 갈등이 생겼으나 내버려 두었다. 배를 타다가 풍랑이라도 만나는 날에는 벌들이 견디기 힘들 것이 분명했다. 숲에서 그대로 살아가게 하는 것이 가장 좋은 것이다. 멀리 환가영이 돌아오고 있었다.

'배는 잘 구입했는지 모르겠군.'

환가영을 향해 날아갔다. 그녀는 밝은 표정으로 말했다.

"괜찮은 선박을 구입했어요. 내일 선원들이 모인다고 했으니 준비를 마치고 모레쯤에는 출발할 수 있을 거예요."

"오오, 수고하셨소."

다음날 오후 점심을 먹은 후 환가영은 배가 있는 곳으로 향했다. 이유강은 환가영의 어깨 옷깃 사이로 사람들의 눈에 띄지 않게 앉아 있었다. 어제 배를 팔았던 장한은 반갑게 환가영을 맞았다.

"이제 오셨습니까? 허허허."

"네. 선원들과 항해사들은 구해졌나요?"

"물론입죠. 호위무사들까지 모두 모아놓았지요. 나를 따라오시오."

환가영은 고개를 끄덕이고는 장한을 따라갔다. 잠시 후에 어제 산 선박이 보였다. 선박 앞에는 대략 수십여 명의 사람들이 모여 있었다.

선원으로 보이는 건장한 덩치의 사내들이 삼십여 명이었고, 검이나 창을 들고 있는 무사들이 십여 명 정도였다.

"모두 주목하시오. 여기 선장이 오셨소."

장한은 그들에게 다가가 환가영을 선장이라고 소개했다. 그러자 선원들과 무사들이 어이없다는 표정을 지었다. 장한은 그들의 반응에 약간 당황했으나 어쩔 수 없다는 듯 환가영을 쳐다보며 말했다.

"소저, 그럼 나는 이만 가보겠으니. 이들과 잘 애기해 보시오. 흠……."

"네. 도와주셔서 감사해요."

환가영은 고개를 끄덕이며 답하고는 선원들과 무사들을 쳐다봤다.

"갑판장이 누군가요?"

"클클… 계집 주제에 돈 푼깨나 있는 모양이군."

"형님을 부르는 모양이오. 가보시오."

수근대며 삐딱하게 쳐다보는 선원들을 제치고 한 명의 사십대 장한이 앞으로 나왔다. 커다란 덩치에 눈매가 부리부리한 것이 제법 위압감을 주어 그 앞에서는 거친 선원들도 말을 잘 들을 것 같았다.

"나를 불렀소?"

"네. 인원 보고를 해주세요."

"큭……."

장한은 가소롭다는 표정이었다. 그리고는 실실 쪼개며 말했다.

"직접 세보면 될 것 아니오."

"후훗… 그래요."

환가영은 피식 웃고는 고개를 돌려 무사들을 쳐다봤다.

"그럼 호위무사들부터 먼저 세어보지요. 호위무사들은 앞으로 나와 주세요."

그러자 열두 명의 인물이 앞으로 걸어나왔다. 환가영은 그들을 유심히 살폈다. 왼쪽의 일곱 명은 그저 평범한 무사들이었다. 한데 망토로 얼굴을 가린 오른 쪽의 다섯 명으로부터 심상치 않은 기세가 풍기고 있었다. 특히, 그중의 두 명은 가히 무림의 절정고수에게나 느낄 수 있는 기도가 느껴지는 것이었다.

'…이런 자들이 어찌 호위무사로 지원을 했을까.'

환가영은 내심 호기심이 들어 그들을 빤히 주시했다. 그러자 망토인들은 조금 당황하는 눈치였다. 특히 절정고수로 보이는 두 명의 인물은 환가영의 무공 수위를 짐작했는지 경계하는 눈빛을 보냈다. 환가영은 말했다.

"당신들은 호위무사를 할 분들이 아닌 것 같군요."

"…우린 단지 돈이 필요해서 지원한 것뿐이오. 무사히 배를 지켜 드릴 테니 받아주시오."

"흠……."

환가영은 잠시 고민하는 듯하다 고개를 끄덕이고는 망토인 중 한 명을 지목하며 말했다.

"좋아요. 대신 당신을 부선장으로 임명할 테니 갑판장을 비롯한 선원들까지 모두 관리해 주실 수 있나요?"

"…어렵지 않은 일이오."

망토인은 고개를 끄덕였다. 그는 환가영이 파악한 두 명의 절정고수 중 한 명이었다. 환가영은 말했다.

“일단 인원 보고부터 받고 싶군요. 그것은 보통 갑판장이 하는 것으로 알고 있어요.”

“알겠소.”

망토인은 곧바로 갑판장을 향해 걸어가더니 검을 빼 들었다.

“무, 무슨 짓이냐?”

갑판장은 기겁을 하며 뒷걸음질 쳤다. 망토인은 말없이 검을 휘둘렀다.

휘리리릭! 휘리릭!

검은 빠르게 갑판장의 상체 곳곳을 누볐다. 그와 함께 갑판장의 상의가 수십 조각으로 잘려져 날아가 버렸다. 순간 삐딱하게 서 있던 선원들이 깜짝 놀라 뒤로 물러났고 호위무사들 역시 흠칫 몸을 떨었다. 상체가 드러나자 갑판장은 사색이 되어 주저앉았다.

“…허억! 살려주십시오.”

찰카!

망토인은 검을 검집에 집어넣고는 갑판장을 향해 나직이 말했다.

“인원 보고를 하시오.”

“넵!”

갑판장은 허겁지겁 뛰어다니며 인원을 세더니 환가영 앞에 섰다.

“…인원 보고 드리겠습니다. 총원 사십육, 현재 인원 사십육, 이상 무!”

“구체적으로 하세요.”

“총원 사십육, 혀… 현재 인원은 선원 이십육, 항해사 넷, 호위무사 열둘, 요리사 넷, 도합 사십육! 이상 무!”

그러자 환가영은 살짝 고개를 끄덕였다.

"좋아요. 그럼 내일 출항할 수 있게 오늘 중으로 보급을 완료하세요. 여기 목록과 돈이 있으니 이대로 해주세요."

"넵!"

갑판장은 공손히 환가영이 내민 돈과 두루마리를 받아 들었다. 환가영은 선원들을 잠시 살피다 말했다.

"급료는 오늘 저녁 배에서 모두 지급할 거예요. 거기 왼쪽 열 명은 나를 따라오세요."

"옛!"

선원들은 바짝 얼어 있었다. 그때 잠자코 있던 이유강이 조그맣게 물었다.

"선원들은 왜 따로 부른 것이오?"

"몇 가지 살 것이 있어서 그래요. 기왕에 명나라로 가는 것, 손해 볼 수는 없잖아요. 명나라에 가서 팔면 서너 배 이상 받을 수 있는 물품들이 시장에 꽤 많아요."

"오오, 대단하시오."

"별말씀을요."

환가영은 미소를 지었다. 이유강은 내심 감탄했다.

'이 와중에도 교역을 해서 이문을 남길 생각을 하다니 역시 상가(商家)의 핏줄이라 다르긴 다르구나.'

게다가 사람들을 다루는 데도 과연 이력이 나 있는 듯 손 하나 까딱 않고 선원들은 물론 범상치 않아 보이는 호위무사들까지도 순식간에 휘어잡은 것이었다.

</br>

다음날 아침 일찍 배는 출항했다. 갑판장은 고함을 지르며 선원들을 닦달했고, 선원들은 그의 말에 따라 갑판 이곳저곳을 바쁘게 뛰어다녔다. 하늘은 맑았고 바람 또한 적절하게 불어주어 배는 무리없이 물결을 가르며 나아갔다.

"드디어 지긋지긋한 서장에서 벗어나는군요."

환가영은 감회가 새롭다는 듯 말했다.

"그런 것 같소."

이유강은 멀리 펼쳐진 바다를 바라보며 담담히 말했다.

"아버지께서 걱정을 많이 하실 거예요."

"흠……."

"이 대인님이 아니었다면 저는 어찌 되었을지 몰라요. 아직도 내상

치료를 하지 못하고 동굴 속에 있었겠죠."

"별말씀을 다하시오. 환 소저야말로 지금 내게 큰 도움을 주고 있지 않소."

환가영은 문득 이유강을 쳐다봤다.

"정말 원래의 모습으로 돌아갈 수는 있는 것인가요?"

"물론이오."

"파리가 되지 않았다면 저와 이렇게 여행을 하지도 않았겠죠? 가끔은 이 대인님이 좀 더 오래 이 상태로 있었으면 좋겠다는 생각을 해요. 재밌거든요."

"혹시 내가 영원히 이대로 파리가 되어 살기를 바라오?"

환가영은 미소 지었다.

"후훗… 물론 아니죠."

"파리가 되어보지 않고는 파리의 비애를 모를 것이오. 특히 짐승의 변을 먹어야 했던……."

이유강은 말을 하다 급히 멈췄다.

'크윽! 이런 말을 하다니…….'

환가영이 황당한 표정으로 쳐다보고 있었다.

"설마 짐승의…… 그것을 드신 건가요?"

"허험… 아니오."

"음… 그리고 보니 파리의 음식이라면……."

환가영은 약간 찜찜한 표정으로 한 발짝 물러났다. 이유강은 급히 말했다.

"환 소저, 쓸데없는 상상하지 마시오. 그런 일은 없었소."

“흥! 앞으로 제 어깨에 절대 앉지 마세요. 흑! 옷에서 냄새가 나는 것 같아.”

환가영은 눈물을 글썽이며 선실로 들어가 버렸다. 옷을 갈아입으러 간 것 같았다.

‘제길……!’

환가영에게 더러운 똥파리 취급을 받으니 왠지 서러워졌다.

‘언제까지 파리 신세로 살아야 한단 말인가.’

일단 명나라로 돌아가 풍운장에서 명광도로 가야 하는데, 부하들이 파리의 말을 들어줄 지가 문제였다.

‘여송이라면 나를 믿어줄 것이다.’

환물에 대해 잘 알고 있는 여송이니 처음에는 놀라더라도 금방 알아볼 것이 분명했다. 여송을 통해 명광도로 돌아가 임수아의 도움을 받는다면 뭔가 방법이 있을 것도 같았다.

“오오……!”

“오오오!”

그때 갑자기 사람들의 감탄사가 들렸다. 무슨 일인가 돌아보니 한 명의 절세미녀를 보고 갑판 위에 있던 선원들과 호위무사들이 넋이 나간 듯 쳐다보고 있었다. 절세미녀는 물론 환가영이었다. 얼굴까지 가린 고리타분한 복장을 벗어버리고 원래의 화려한 복장으로 돌아온 것이다.

‘아름답군.’

이유강 역시 잠시 멍하게 그녀를 쳐다봤다. 최근에 새로 구입한 듯한 홍색 비단옷을 입고 있는 그녀의 모습은 실로 눈부셨기 때문이었다.

환가영은 미소를 지으며 이유강이 있는 곳으로 걸어왔다.

"이제 굳이 얼굴을 가릴 필요는 없겠지요."

"물론이오."

이유강은 대답하고는 다시 말을 이었다.

"참, 나는 결코 똥파리가 아니오. 오해하지 말았으면 좋겠소."

"흥! 어쨌든 불결해요."

환가영은 다시 경계의 표정을 지었다.

"나는 아무것도 먹지 않아도 되는 몸이오. 그러니 그런 식으로 쳐다보지 마시오."

"…알았어요. 그만 놀릴게요."

이유강이 토라진 듯하자 환가영은 다소 미안한 표정을 지었다.

'저 여인은!'

선수에 서 있는 환가영을 보고 놀라움에 젖은 망토인이 있었다. 그러자 옆에 서 있던 망토인이 나직이 물었다.

"왜 그리 놀라세요?"

"이 배의 선장인 저 여인은 아무래도 환가장의 금지옥엽인 환가영 같아요."

"제갈 군사, 그것이 정말이오?"

뒤쪽에 있던 망토인이 깜짝 놀라며 다가와 물었다.

"네… 저는 이제 군사가 아니니 더 이상 그렇게 부르지 마세요."

"미안하오."

"어쨌든 저 여인은 환가영이 분명해요. 일전에 멀리서 한 번 본 적이 있어요.”

그러자 또 다른 망토인이 끄덕였다.

“죽은 줄로 알았는데 모든 포위망을 따돌리고 결국 탈출하다니 실로 대단한 소저로다.”

“이제는 우리와 상관없는 일이에요.”

그러자 모든 망토인들이 힘없이 고개를 끄덕였다. 그들은 고개를 돌려 출렁이는 바다를 망연히 처다봤다. 그때 환가영이 망토인들을 향해 다가왔다. 망토인들이 의아한 표정을 짓자 환가영은 웃었다.

“이제 그 망토를 벗고 본모습을 보여주는 것이 어때요? 무슨 연유로 얼굴을 가리는지 모르겠지만 바다로 나온 이상 안심해도 되지 않겠어요?”

“…….”

망토인들은 잠시 말이 없었다. 그러다 한 명의 망토인이 망토를 벗었다. 허리까지 내려오는 흑발이 햇살에 반짝였고 머리카락 사이로 흑갈색의 두 눈이 초롱하게 빛났다. 몇 번을 봐도 또 보고 싶을 만큼 아름다운 여인이었다. 그녀는 살짝 미소를 지었다.

“정체를 숨겨서 미안해요, 환가영 소저.”

다름 아닌 제갈수연이었다. 그녀를 따라서 남은 네 명의 망토인도 망토를 벗었다. 도상과 주소영, 청허자와 청의 청년이었다.

“당신들은……!”

망토를 벗고 드러난 모습을 본 환가영은 깜짝 놀라 뒤로 물러섰다. 청허자가 입고 있는 옷, 그것은 태극의 형상이 자수되어 있는 푸른색 도포였다. 환가영은 내공을 끌어올리며 차갑게 말했다.

"무당의 도사! 당신들은 정파의 무사들이로군요. 나를 잡으러 왔나요?"

"허허… 그렇지 않소. 우린 소저를 해칠 생각이 없으니 안심하시오."

청허자는 부드럽게 웃으며 말했다. 그러나 환가영은 경계를 풀지 않았다.

"내가 그 말을 어떻게 믿을 수 있죠?"

그러자 제갈수연이 나서며 말했다.

"우리가 소저를 잡으려 했다면 벌써 그렇게 했을 것이에요. 굳이 바다까지 올 필요도 없었겠지요."

"그때는 나의 정체를 몰랐으니 그랬겠지만 오늘 내가 모습을 보였으니 생각이 달라진 게 아닌가요?"

"우리가 어떻게 하면 소저의 오해를 풀 수 있을지 말씀해 보세요."

제갈수연의 말에 환가영은 미간을 찌푸렸다.

"이 상황이 도무지 이해가 안 가요. 당신은 누구죠?"

"저는 제갈수연이라고 해요."

"……!"

순간 환가영의 안색은 놀라움으로 물들었다. 그녀가 알기로 제갈수연은 곳곳에 흩어진 정파무사들을 조직적으로 움직여 마교에 대항했던 이른바 정도맹(正道盟)의 군사로 마교에서 내린 특급척살대상자 명단에 올라 있었던 것이다.

"……"

환가영은 잠시 말을 잊고 멍하니 서 있었다. 그러다 제갈수연 옆에 서 있는 또 다른 여인을 쳐다봤다. 홍색의 경장을 입고 있는 깨끗한 인상의 여인으로 그 외모가 아름답기 그지없었다. 환가영은 말했다.

"당신이 바로 미모에 있어서 제갈수연 소저와 쌍벽을 이룬다는 주소영 소저로군요."

"어떻게 저를 아시나요?"

주소영은 환가영이 자신을 알아보자 놀란 듯 물었다. 환가영은 싸늘히 대답했다.

"정도이미(正道二美)라 불리는 신기봉황(神技鳳凰) 제갈수연 소저와 천향선녀(天香仙女) 주소영 소저가 아니고는 이토록 눈부신 미모를 가지기 힘들겠죠."

"부끄러울 따름이에요. 하나 제가 어찌 소주제일미(蘇州第一美)이며 동시에 마도이미(魔道二美)의 한 명인 환요미인(幻妖美人) 환가영 소저의 명성에 견줄 수 있겠어요?"

"하핫, 그리고 보니 천하사미 중 세 명이 한 배에 타고 있다니 실로 특이한 일이오."

"당신들은 누구죠?"

도상이 호탕하게 웃으며 말하자 환가영이 힐끗 그를 쳐다보더니 물었다.

"나는 도상이라 하오. 환 소저를 만나게 되어 반갑소."

"빈도는 무당의 청허자라 하오."

"청성의 무송이라 하오."

환가영은 청허자와 도상을 빤히 쳐다봤다. 그녀가 생각했던 두 명의 절정고수들이 바로 이들이었다. 청허자는 무림에 꽤 알려진 무당의 고수였지만, 이십대 중반으로 보이는 도상이라는 청년에게 느껴지는 기세는 청허자를 훨씬 능가하고 있었다. 환가영은 고개를 끄덕였다.

"청허자 선배님의 명성은 많이 들었어요. 제게 어찌 된 일인지 설명해 주실 수 있나요?"

"제갈 소저의 말대로요. 우리는 소저를 해칠 의사가 전혀 없으니 안심하시오."

청허자가 온화한 미소를 지으며 말하자 환가영은 잠시 갈등하다 고개를 끄덕였다.

"좋아요. 그렇다면 앞으로는 어찌하실 것인가요?"

그러자 도상이 되물었다.

"그게 무슨 말이오?"

"저는 비록 상계의 인물이지만 마교에 속해 있기도 해요. 이대로 명나라로 가실 것인가요?"

"소저께서 걱정하시는 것이 무엇인지 알고 있소. 우리는 정파에게도 쫓기는 신세라 마땅히 갈 곳이 없소. 일단은 서장을 벗어나는 것이 목표였으니 부득이 이 배에 탄 것이오."

"정파에 쫓기는 신세라고요?"

"그렇소."

환가영은 이해할 수 없다는 표정으로 도상을 쳐다봤다. 정파무림의 대표격인 무당의 청허자와 정도맹 군사인 제갈수연이 정파무림에게 오히려 쫓기는 신세라니… 환가영은 고개를 흔들었다.

"믿을 수 없어요."

“어이없지만 사실이오.”

“…휴우. 어쨌든 나와는 상관없는 일이에요. 가다가 섬이 보이면 무조건 내리세요. 그것이 내가 할 수 있는 최대의 배려예요.”

그러자 도상이 간곡한 표정으로 말했다.

“소저의 마음은 알겠소만 우리를 해남도 남단에 있는 섬에 내려주시면 안 되겠소?”

환가영은 혼쾌히 고개를 끄덕였다.

“좋아요. 어차피 그곳은 명나라로 가기 위해 지나야 하니 그렇게 할게요.”

“정말 고맙소.”

“대신 그때까지 부선장의 역할을 충실히 해주서야 해요.”

“물론이오.”

어제 환가영이 부선장으로 지목했던 망토인은 도상이었다. 환가영은 제갈수연과 주소영을 바라봤다.

“선원들이 쓰는 공동 숙소에서 지내기 불편할 테니 따로 선실을 내어드릴게요.”

“배려해 주어 고마워요.”

“저 역시 감사해요.”

제갈수연과 주소영은 감격의 표정을 지었다. 사실 커다란 선실에서 호위무사 열두 명이 함께 지내야 하는 게 그녀들로서는 매우 불편했던 것이다. 그러나 차마 부탁하기 어려운 일이었는데 환가영이 그녀들의 걱정을 해소시켜 준 것이다.

“별말씀을.”

환가영은 그녀들을 향해 살짝 고개를 끄덕이고는 고개를 돌려 청허자를 바라봤다.

"선배님께도 따로 선실을 내어드릴게요."

"허허… 빈도는 상관없으니 신경 쓰지 마시오."

"네. 그럼 불편한 것이 있으면 언제든 말씀해 주세요."

한편 이유강은 제갈수연과 주소영의 주위를 맴돌고 있었다.

웨에엥! 웨엥……!

'제갈 소저, 주 소저……! 오랜만이오.'

기억을 잃고 죽을 뻔했던 자신을 구해준 생명의 은인들인 것이다. 어쩌다 정파에게 쫓기는 상황이 되었는지 알 수는 없으나 실로 반갑기 그지없었다.

"아니 웬 쉬파리가!"

주소영은 보통보다 큰 쉬파리가 주변을 맴돌자 징그러운 듯 기겁하는 표정을 지었다. 그러자 옆에 있던 청의 청년, 즉 무송이 가볍게 주먹을 날렸다.

파앗!

'…허억!'

공기의 파동으로 주먹이 날아오는 것을 잽싸게 감지했지만 무송의 주먹은 무척이나 빨라 피하기가 쉽지 않았다. 이유강은 혼신의 힘을 다해 몸을 회전시키며 가까스로 권경의 반경에서 빠져나왔다.

'휴우……!'

내심 가슴을 쓸었다. 하마터면 환물 쉬파리로 인생을 하직할 뻔한 것이다.

“푸웃!”

별것 아니라는 듯 가볍게 주먹을 뻗어 쉬파리를 해치우려 했던 무송의 주먹이 빗나가자 그 모습이 다소 우스웠는지 주소영은 웃음을 터뜨렸다.

“……!”

무송의 안색이 굳어졌다. 이곳에는 지금 천하사대미녀 중 세 명이 모여 있었다. 명색이 한때 무림맹의 단주급 고수던 그가 아닌가. 그런 그의 주먹을 파리가 피한 것이다. 아무리 가볍게 날렸다 해도 파리 한 마리도 못 맞춘다는 것은 실로 창피한 일이었다. 길거리 삼류잡배도 파리 정도는 주먹을 빠르게 날려 죽일 수 있었다.

‘이런 제길!’

무송은 수치심에 안색이 붉어졌다.

츠으으웃!

내공을 끌어올리고는 멀리 상공으로 도망간 쉬파리를 노려봤다.

휘익!

그의 신형이 허공으로 날아올랐고 동시에 수십 개의 수영(手影)이 일어나 쉬파리를 향해 쇄도했다.

파파파파팟!

‘…허억!’

이유강은 대경실색했다. 현재로서는 도저히 피할 수 없는 공격이었다.

그때였다.

“멈추세요!”

환가영이 급히 소리치고는 날아올랐다.

화라라락!

그녀의 손에서 수백여 개의 수영이 일어났고 무송의 공격을 차단하기 시작했다. 다급하게 펼쳐졌던지라 미처 내력 조절을 하지 못한 환가영의 초식에는 강력한 힘이 들어가 있었다.

파악! 파팍……!

"우욱……!"

무송은 입에서 피를 토하며 밑으로 추락했다. 이에 도상이 그를 급히 받아 부축하며 몇 군데 혈도를 눌러 진기를 안정시켰다.

"으으……."

무송은 이해할 수 없다는 표정으로 환가영을 쳐다봤다. 환가영이 상당히 화가 난 표정으로 말했다.

"이 파리는 제가 기르는 애완동물이에요. 절대로 해치지 마세요."

그녀의 손에는 쉬파리가 조심스레 쥐어져 있었다. 그러자 무송을 포함하여 모두들 황당한 표정을 지었다. 무송이 기침을 하며 말했다.

"죄송하오. 소저가 기르는 파리였다면 해치지 않았을 것이오."

"손속이 좀 지나쳤다면 미안해요. 이것이 도움이 될 거예요."

그녀는 품속에서 뭔가를 꺼내더니 손가락을 퉁겼다. 무송은 자신을 향해 날아오는 조그만 환약을 받아 들었다. 머리를 시원하게 하는 기이한 향이 맡아졌다.

"이것이 무엇이오?"

"천봉환이에요. 그럼 저는 이만……."

환가영은 포권을 하고는 선실로 들어가 버렸다. 무송은 천봉환을 들

고 고개를 갸웃거렸다. 청허자가 진지한 표정으로 천봉환을 살피더니
놀랍다는 듯 말했다.

"재료가 무엇인지 알 수는 없으나 상당히 귀한 영약인 듯하군."

"냄새가 특이합니다."

"어서 복용하고 치료하게. 확실한 효과는 복용해 봐야 알 것 같으
니."

"예."

무송은 영약이라는 말에 다소 떨리는 심정으로 천봉환을 복용했다.
그리고는 곧바로 운기조식에 들어갔다.

"그녀들이 그리 예쁘던가요?"

"그게 무슨 소리요?"

환가영은 매우 화가 나 있었다.

"그렇지 않으면 왜 그녀들의 주위를 맴돌았던 거예요?"

"그것은 그녀들을 잘 알고 있기 때문이오. 일전에 내 생명을 구함받은 적이 있었소. 그래서 나도 모르게 반가워 가까이 다가갔던 것이오."

"…그랬군요."

환가영은 그제야 이해가 된다는 듯 고개를 끄덕였다. 이유강은 말했다.

"소저가 아니었다면 큰일날 뻔했소. 구해주어 감사하오."

"앞으로 밖에서는 무슨 일이 있어도 제 어깨에 앉아 계세요."

"그렇게 하겠소."

환가영은 그제야 화를 풀었다.

"근데 왜 저들이 정파무사들에게 쫓기는 것인지 이해가 되지 않아요. 무슨 일이 벌어진 것인지 모르겠군요."

"거짓은 아닌 듯하니 심려하지 마시오. 소저를 해칠 의사는 없는 듯싶소."

"그런 것 같아요."

"이제 나는 비혼이 있는 창고에 가 있을 테니 무슨 일이 생기면 찾아오시오."

"네."

환가영이 고개를 끄덕이자 이유강은 선실을 나와 비혼이 있는 창고로 들어갔다. 혹시나 하고 비혼의 이마에 앉아 슬쩍 암흑마기를 주입해 보았으나 역시 강한 반탄력이 느껴져 밀려났다.

'답답하군.'

조금 전 무송이라는 자에게 하마터면 죽을 뻔했던 것을 상기하자 심히 처량한 마음이 들었다. 환가영이 구해주지 않았다면 죽음을 면치 못했을 것이다.

'대체 이게 무슨 꼴인가.'

뭔가 울컥한 마음이 들었다. 눈물을 흘릴 수 있다면 울기라도 하고 싶었건만 눈물조차 흘릴 수 없는 환물 쉬파리의 몸이었다. 문득 영영 이대로 살다가 본신의 수명이 끊어지면 죽는 것이 아닌가 하는 두려움이 강하게 엄습해 왔다.

'아버지, 어머니, 소자…… 파리가 되었습니다.'

집을 떠난 지 몇 년째인가. 연락 한 번 취한 적이 없으니 그분들께서 심히 걱정하고 계실 것이 분명했다.

'그분들이 보고 싶군.'

항상 다정하게 미소를 지으시던 어머니와 학문의 기초를 잡아주시고 훈계를 게을리 하지 않으셨던 아버지의 모습이 떠올랐다. 어린 시절부터 부모님과 함께했던 여러 기억들이 주마등처럼 스쳐 지나갔다.

행복했던 시절이었다. 어머니와 숙부로부터 무예를 배우며 무공에 대한 호기심을 가졌던 소년 시절의 모습도 생각났다. 사실 과거 시험을 삼 개월 앞둔 어느 날 과거를 포기하고 집을 나오게 된 데에는 그러한 무공에 대한 강렬한 호기심이 가장 컸다고 할 수 있었다. 세상이 결코 만만한 곳이 아니라며 우려하시던 아버지의 표정이 생각났다. 그래도 끝까지 고집을 피우고 집을 나서지 않았던가.

그러다 문득 한 가지 생각이 들었다.

'그렇군. 어머니께서 내게 명나라에 가면 외숙부를 만나보라고 하시지 않았던가.'

분명히 기억이 났다. 그분께 갖다 드리라고 서찰까지 주셨던 것이다.

'내가 어찌 그것을 까맣게 잊고 있었단 말인가.'

갑자기 멍한 생각이 들었다. 서찰은 기억을 잃은 와중에 사라졌다 해도 그러한 서찰을 생각조차도 하지 않았었던 것이다.

'그러고 보니 이전에 거울에 비친 내 모습이 무척 낯설다는 느낌이 든 적이 있었다.'

풍운장에 있을 때였는데 당시 그것에 대해 그다지 심각하게 생각하지 않았던 것 같았다. 기억을 잃은 후라 그럴 수도 있다는 생각이 들었던 것이다.

'뭔가 기억이 뒤엉켜 있는 것 같은 생각이 든다. 잃어버린 기억들은 언제쯤 돌아온단 말인가. 쉬파리가 된 이후 뭔가 기억이 돌아온 것 같은 느낌이 들었는데 그것이 무엇인지 확실히 알 수가 없으니……'

얼마 전 쉬파리가 되었을 때 꿈을 꾼 적이 있었다. 쉬파리 상태에서는 꿈을 꿀 수 없는 것이 아닌가. 그렇다면 당시 꾸었던 꿈은 대체 무엇이란 말인가.

악마공자가 환물들을 움직여 사람들의 시체를 폭포 뒤의 동굴 안쪽에 있는 암흑 공간으로 가져갔고, 그 암흑 공간 속에서 미소 짓던 인물은 다름 아닌 이유강 자신이었던 것이다.

'그래, 아마도 그때의 꿈은 기실 꿈이 아니라 잃어버린 기억의 일부가 돌아온 것으로 보는 것이 맞겠군.'

밀교인물의 괴이한 대법에 걸려 쉬파리와 일체될 때 의식에 강력한 충격이 왔을 것이다. 그로 인해 잃어버린 기억의 일부가 회복된 것이다. 그런데 뭔가 뒤죽박죽되어 버린 것 같기도 했다.

'한데 왜 그 암흑 공간 속의 인물이 나란 말인가.'

그것은 도저히 풀릴 수 없는 의문이었다. 기억이 완전히 회복되어야 그 이유를 알 수 있을 것이다.

'바람이나 쐐야겠군.'

답답한 생각이 들어 창고 밖으로 나가보았다. 무송은 아직도 운기조식 중이었고 그의 곁에는 도상과 청허자가 담소를 나누고 있었다. 제갈수연과 주소영은 보이지 않았다. 환가영이 마련해 준 선실로 들어간 것 같았다.

'그녀들은 무엇을 하고 있을까?'

선실들은 환가영의 선실 바로 옆에 붙어 있었다. 배에서 가장 좋은 선실들이었다. 이유강은 제갈수연의 방으로 들어가 천장 구석에 조용히 붙었다.

'후훗… 내가 이유강이란 사실은 꿈에도 짐작 못하겠지.'

여인 혼자 있는 방에 들어온 것이 다소 마음에 걸리긴 했으나, 지금은 제갈수연이 간단히 짐을 정리하고 있는 중이라 상관없을 것 같았다. 혹시라도 옷을 갈아입거나 한다면 바깥으로 잽싸게 나가면 되는 것이다.

'한데 저것은 누구를 그린 그림인가.'

옷가지를 정리한 제갈수연이 품속에서 하나의 두루마리를 꺼내 펼쳤는데 그곳에는 웬 청년의 얼굴이 그려져 있었다. 이목구비가 매우 뚜렷하게 잘생긴 미청년이었다. 제갈수연은 그 초상화를 뚫어져라 쳐다보다가 한숨 지었다.

'왠지 낯이 익군. 어디서 보았던 것 같기도 한데……'

이유강은 초상화 속의 청년의 얼굴이 낯설지가 않았다. 뭔가 익숙한 것 같은 느낌이 들 정도로 친숙한 기분이 들었으나 누군지 알 수가 없었다.

촤악.

제갈수연은 초상화의 두루마리를 다시 말아 탁자 위에 놓고는 다시 품속에서 자그만 두루마리 종이를 꺼내 펼쳤다. 그 종이 위에는 '유(柔)'라는 글자가 힘차게 씌어져 있었다. 그것은 이유강이 써준 글자였다. 제갈수연은 그 글자를 쳐다보다 탄식하며 말했다.

"모든 일이 끝나면 이 공자님을 찾아뵙고 함께 학문을 논해보고 싶었는데 실로 안타깝구나."

그녀는 말을 이었다.

"그분이 어쩌다 마교의 인물이 되셨는지. 정녕 내가 잘못 본 것일까. 놀라운 무공 실력도 그렇고…… 정말 알 수 없는 분이야."

'……'

이유강은 뭔가 변명을 하고 싶었다. 비록 환물 쉬파리의 몸이지만 잘 설명한다면 제갈수연은 자신이 이유강인 것을 믿어줄 수도 있을 것 같았다.

'다음에 기회가 생기면 대화를 시도해 봐야겠구나.'

제갈수연이 옷을 갈아입는 것 같아 이유강은 문틈을 통해 조심스레 선실을 빠져나왔다. 바깥에 나와서도 그 청년의 모습이 이상하게 머릿속에 맴돌았다.

'대체 그는 누구인가.'

제갈수연은 그 초상화의 청년에게 매우 애틋한 감정이 있는 것 같았다.

'그녀의 정인인가 보군. 한데 왜 내게 이토록 친숙한 느낌이 든단 말인가.'

알 수 없는 일이었다.

'……'

일순 소름 끼치는 생각 하나가 떠올랐다.

'…설마!'

이유강, 즉 환물 쉬파리의 몸이 부르르 떨렸다.

‘…그래. 그럴 리가 없지.’

그것은 실로 끔찍한 상상이었다. 이유강은 잠시 멍하니 있었다. 그러다 환가영이 있는 선실로 급히 날아들어 갔다. 환가영은 차를 마시고 있었다.

“환 소저, 부탁이 있소.”

“무슨 부탁이요?”

이유강의 목소리가 심상치 않음을 느끼고는 환가영은 의아한 표정을 지었다.

“나의 원래 모습이 생각나시오?”

“네.”

“그 모습을 그림으로 그려주실 수 있겠소?”

“…어려운 일은 아니에요. 근데 갑자기 왜 그런 부탁을 하시는 거죠?”

“나중에 말해주겠소. 일단 한 번 그려보시오.”

“알았어요.”

환가영은 고개를 끄덕이고는 지필묵을 준비해 그림을 그리기 시작했다.

슥! 스윽! 스슥……!

붓을 놀리는 솜씨가 상당히 능숙했다. 그림은 금방 완성되었다. 환가영은 그려놓고 미소 지었다.

“어때요? 이 정도면 만족하시나요?”

“…….”

환가영은 이유강이 아무 대답을 하지 않자 고개를 돌렸다. 오른쪽 허공에 떠 있던 쉬파리의 모습이 보이지 않았다.

"이 대인님!"

이유강의 이름을 불렀으나 여전히 대답이 없었다.

"……?"

환가영은 이상한 생각이 들어 주위를 살펴보았다. 그러다 바닥에 떨어진 쉬파리를 발견했다.

"이 대인님!"

환가영은 깜짝 놀라 급히 쉬파리를 주워들었다. 쉬파리에게서는 아무런 반응도 느껴지지 않았다. 환가영은 순간 가슴이 덜컥 내려앉는 것 같았다.

"이 대인님……!"

그녀는 계속 이유강을 불렀다. 그러나 아무런 대답이 없었다.

"……."

환가영은 멍하니 서 있다 일순 비틀거렸다.

"…설마 돌아가신 건가요?"

그녀의 목소리가 떨렸다. 언제부터인지 흘러내린 눈물이 목을 차갑게 적시고 있었다. 그녀는 한참을 슬피 울다 일순 입술을 깨물었다.

"그래, 어쩌면 본신으로 돌아가셨을지도 몰라."

그 생각을 하자 하염없이 흐르던 눈물이 조금씩 그쳤다.

"맞아. 이토록 허망하게 가실 분이 절대 아니지."

환가영은 내심 그렇게 확신하며 소매로 눈물을 닦았다. 그래도 마음 한편에 불안한 마음은 어쩔 수 없었다. 물끄러미 손바닥 위에 있는 쉬파리를 쳐다봤다.

“이 대인님…….”

그녀는 문득 배낭 속에서 조그만 보석함을 꺼내 뚜껑을 열었다. 그 안에는 수십여 개의 보석들이 들어 있었다. 보석들 사이로 붉은 비단 주머니가 있었는데 환가영은 그 주머니 속의 금강석들을 보석함 속에 쏟아 부었다.

“이곳에 영원히 보관할 게요…….”

그녀는 주머니 안에 쉬파리를 조심스레 집어넣은 후 봉합했다. 그리고는 그 주머니를 보석들 사이에 잘 놓은 후 보석함의 뚜껑을 닫았다.

찰칵!

도검으로 내려쳐도 흠집조차 나지 않는다는 만년한철로 만들어진 특수한 보석함이니 이 안에 있는 한 쉬파리의 사체(?)는 영구히 보존될 것이 분명했다. 더구나 붉은 비단 주머니를 만든 실은 보통의 것이 아 닌 칼로 쳐도 끊어지지 않는다는 천잠사(天蠶絲)였다.

똑똑.

"흑풍입니다."

"들어오세요."

서문소혜의 방으로 한 명의 흑의청년이 들어왔다.

"그가 있는 곳을 알아냈습니다."

"그곳이 어딘가요?"

"조선 남쪽 해역에 위치한 하나의 섬으로 안개가 뒤덮여 찾기가 쉽지 않을 것이라 했습니다."

"흠……."

서문소혜는 고개를 끄덕이고는 물었다.

"그곳에 갔다 온 사람에게 직접 알아본 것이겠죠?"

"예. 선원들 중 한 명에게 돈을 주고 알아냈습니다."

"좋아요. 그곳으로 떠날 테니 그자를 포섭하세요."

"…그는 풍운장 소속이라 더 이상은 협조하기 힘들 것입니다."

그러자 서문소혜는 흑풍을 노려보더니 차갑게 말했다.

"수단과 방법을 가리지 말고 앞으로 삼 일 후에 출발할 수 있도록 모든 준비를 완료하세요."

"…존명!"

흑풍은 황급히 포권을 하고는 밖으로 나갔다.

사흘 후 새벽녘에 항주에서 배 한 척이 출항했다. 배의 주인은 서문소혜였다. 그녀는 갑판에 서서 멀어져 가는 항주 포구를 담담히 바라보았다. 흑풍이 다가와 말했다.

"마존님의 상세가 심상치 않다 들었는데 이처럼 여행을 떠나서도 상관없으십니까?"

"사부님은 총단으로 갔으니 곧 괜찮아지실 거예요. 그 섬까지는 얼마나 시간이 걸리나요?"

"이삼 일 정도면 충분히 도착한다 했습니다."

"멀지는 않군요."

서문소혜는 고개를 끄덕였다.

"예. 한데 그곳에 가시면 얼마나 계실 생각이십니까?"

"글쎄요. 가봐야 알 수 있겠죠."

그러자 흑풍은 다소 불안한 기색으로 말했다.

"요즘 그 근처에 해적들이 자주 출몰한다는 소문이 있습니다."

"흑골연합의 해적들인가요?"

“흑골연합은 언제부터인가 해적질을 일체 금하고 있으니 아닐 것입니다.”

“그들이 아니라면 그다지 걱정할 필요는 없겠군요, 숫자가 그리 많지는 않을 테니.”

흑풍은 고개를 끄덕였다.

“그렇긴 합니다만 그래도 조심해야 할 것 같습니다. 그럼 저는 무사들을 교육시키고 있겠습니다.”

흑풍은 포권을 한 후 물러갔다. 서문소혜는 슬쩍 이마를 찌푸렸다.

“해적들이라…….”

임수아는 기지개를 켰다.

“아함, 이것으로 명광석이 천 개를 넘었구나.”

그녀는 흡족한 표정으로 발밑에 있는 커다란 상자를 쳐다봤다. 상자 안에는 명광석이 수북이 들어 있었다.

타악!

상자의 덮개를 닫고는 자리에서 일어났다. 문을 열고 밖으로 나가니 철영과 장칠이 수레에 돌을 가득 싣고 서 있다가 포권했다.

“아가씨 나오셨습니까요. 말씀하신 대로 돌멩이들을 잔뜩 준비했습니다.”

“수고하셨어요.”

임수아는 미소를 지으며 고개를 끄덕였다. 철영이 말했다.

“그럼 어디부터 시작하시겠습니까?”

“글쎄요. 일단 돌아다녀 볼까요?”

“예.”

일전에 곤도란 해적이 나타났다가 사라진 후 다시 나타나지는 않았으나 내심 불안한 것이 사실이었다. 이유강이 빨리 깨어나기를 기다렸지만 이유강은 계속 이전과 같은 상태였다. 임수아는 고심 중에 섬 곳곳에 미환진을 설치하기로 작정하고 이에 대한 계획을 며칠 전 장칠과 철영에게 말했던 것이다. 장칠과 철영 역시 임수아의 의견에 반색하며 찬성했다.

“일단 진이 설치되면 그 안에는 절대 접근하면 안 돼요. 알겠죠?”

“예, 아가씨.”

임수아가 장칠을 보며 불안한 듯 말하자 장칠이 머리를 긁적였다. 사실 며칠 전부터 임수아는 미환진의 발진과 파진에 대해 장칠과 철영에게 가르치기 시작했던 것이다. 다행히 철영은 다소 시간이 걸리긴 했지만 정확히 암기하고 이해하는 것 같았다. 그러나 장칠은 도무지 진척이 없었다. 몇 번을 시도했으나 진척이 없자 임수아는 결국 장칠을 가르치는 것을 포기했다.

“저 근처가 좋겠군요.”

임수아는 한곳을 가리켰다. 그곳은 해변에서 마을로 들어오는 어귀였다. 그곳에 진을 설치하면 해적들이 섣불리 뛰어들어 오다가 진법에 의해 곤경에 빠질 것이 틀림없었다. 철영은 고개를 끄덕였다.

“좋은 생각이십니다.”

그때 장칠의 안색이 굳어지더니 소리쳤다.

“아니, 저기 웬 배가!”

"……!"

임수아와 철영은 깜짝 놀라 장칠이 바라보는 방향을 쳐다봤다. 섬에서 대략 수백 장 떨어진 바다 위에 한 척의 배가 나타나 있었다. 임수아가 불안한 표정으로 물었다.

"설마 해적들이 또 온 것일까요?"

"그놈들이 아니면 누구겠습니까."

장칠은 긴장한 기색으로 말했다. 그러자 배를 유심히 바라보던 철영이 고개를 저으며 말했다.

"배가 매우 화려하고 큽니다. 해적들은 저런 배를 사용하지 않으니 혹시 풍운장에서 오는 보급선일지도 모르겠습니다."

"그럴 수도 있겠군요."

임수아는 반색하며 배를 쳐다봤다. 배는 점점 가까워지고 있었다. 장칠도 고개를 끄덕였다.

"그렇군. 해적들의 배로 보기에는 너무 화려해. 쿠헐헐, 잘하면 대인과 함께 풍운장으로 돌아갈 수도 있겠구만."

"그럼 굳이 이런 진법을 설치할 필요도 없겠지요."

임수아는 안도하며 고개를 끄덕였다. 풍운장의 인물들이 온 것이라면 그들은 이유강이 안전할 수 있도록 즉시 조치를 취할 것이다.

"그럼 저희가 마중을 나가겠습니다요."

"네, 저도 같이 가요."

임수아 등은 해변을 향해 걸었다. 섬에는 포구가 없는 지라 배는 섬에 바짝 다가오지 못하고 수십 장 정도의 거리를 두고 멈춘 후 닻을 내리는 것 같았다. 잠시 후 조그만 배에 서너 명의 인물이 타고 섬을 향해 다가왔다.

"서문 소저?"

장칠이 작은 배에 타고 있는 인물들을 확인하고는 놀란 표정을 지었다. 배의 선두에는 하늘빛 비단 경장을 입은 아름다운 여인이 서 있었다. 철영이 말했다.

"예, 서문 소저가 분명합니다."

"저 여인이 이곳에 왜 이곳에 왔을까요?"

임수아 역시 놀란 것 같았다. 철영이 대답했다.

"잘 모르겠지만 서문 소저는 대인과 절친한 사이니 너무 걱정하지 마십시오."

서문소혜가 다가오자 철영과 장칠이 공손히 포권했다.

"서문 소저를 뵙습니다."

"네."

서문소혜는 철영을 향해 살짝 고개를 끄덕였다. 그리고는 임수아를 쳐다봤다.

"임 소저라 했지요? 오랜만이에요."

"네, 오랜만이군요."

임수아는 고개를 끄덕이고는 서문소혜를 쳐다봤다. 일전에 서호에서 마교의 무사들에게 봉변을 당할 뻔했을 때 그녀에게 구함을 받은 것이 생각났다.

"그때 도와주신 일 정말 감사했어요."

"별일 아니니 신경 쓰지 마세요."

서문소혜는 살짝 미소를 짓고는 물었다.

"이 대인님을 뵙고 싶은데 안내해 주실 수 있나요?"

그러자 임수아는 곤란한 표정을 지었다.

"죄송해요. 대인께서 편찮으셔서 지금은 곤란해요."

"그게 무슨 말이죠?"

서문소혜는 안색이 창백하게 변했다.

"알 수 없는 괴질로 많이 편찮으신 상태예요."

"그렇다면 더 더욱 그분을 뵈어야겠어요. 어서 그분이 있는 곳으로 안내해 주세요."

그러나 임수아는 고개를 흔들었다.

"말씀드렸듯이 지금은 곤란해요. 외부인에게 보일 수 없는 상태이니 양해해 주세요."

순간 서문소혜의 표정이 싸늘하게 변했다.

"…외부인이라니요? 내가 이 대인님과 어떤 사이인 줄 모르시나 보죠?"

"서문 소저께서 대인과 절친한 사이란 것은 알고 있어요. 하지만 지금은 정말 곤란하니 이해해 주세요."

"흥! 그럼 임 소저는 외부인이 아닌가요? 어서 유강 오라버니가 있는 곳으로 나를 안내해 주세요!"

"지금 유강 오라버니… 라 하셨나요?"

서문소혜는 기이한 미소를 지으며 고개를 끄덕였다.

"그분께 내가 임 소저보다 훨씬 가깝다는 것을 모르나 보군요."

"그럴 리가 없어요. 대인께서는 제게 청혼을 하셨는걸요."

순간 미소를 짓던 서문소혜의 안색이 딱딱하게 굳어졌다.

"…지금 뭐라고 했어요?"

"대인께서 제게 청혼을 하셨다고 말했어요."

임수아는 주저없이 말했다. 서문소혜는 그런 임수아의 표정을 뚫어
져라 노려보더니 차갑게 말했다.

"그래서 그게 어쨌다는 것인가요?"

"……!"

차가운 기운이 고동치는 심장으로 서늘히 파고드는 것 같았다. 눈앞
이 캄캄해졌고 온몸이 굳어졌다.

'수, 숨이 막혀……!'

임수아는 안색이 창백해진 채 비틀거렸다. 순간 철영이 급히 임수아
를 부축하며 서문소혜를 향해 소리쳤다.

"서문 소저, 이게 무슨 짓입니까?"

"……!"

순간 서문소혜는 정신을 차린 듯 살기를 풀었다. 임수아는 숨을 몰
아쉬다가 일순 서문소혜를 노려봤다.

"방금 저를 죽이려 하신 건가요?"

"더 이상 말장난하고 싶지 않군요. 어서 나를 그분께 안내하세요."

그러자 임수아는 단호하게 고개를 저었다.

"절대로 그럴 수 없어요. 이만 돌아가세요."

"임 소저의 말씀대로 하십시오. 지금 대인께서는 외부인을 뵐 상황
이 아님… 커헉!"

철영이 조심스럽게 임수아의 말을 거들다가 나뒹굴었다. 흑풍이었
다.

"감히 소저께서 하시겠다고 하는데 무슨 말이 그리 많으냐?"

"네 이놈!"

장칠이 격분하여 흑풍을 향해 칼을 휘둘렀다. 그러나 흑풍은 가볍게 도를 피하고는 주먹으로 장칠의 명치를 가격했다.

"크억!"

장칠은 눈을 하얗게 까집으며 쓰러졌다. 임수아가 깜짝 놀라 소리쳤다.

"무슨 짓이에요?"

"흥! 죽을 정도는 아니니 걱정하지 말아요."

서문소혜는 그렇게 말하고는 흑풍을 향해 고개를 끄덕였다. 그러자 흑풍은 쓰러져 있는 철영과 장칠을 향해 다가가 혈도 몇 군데를 눌렀다.

"으윽……!"

"욱!"

그들은 입에서 피를 토하며 정신을 차렸다. 임수아는 크게 한숨을 쉬더니 고개를 끄덕였다.

"…좋아요. 대인께 안내할게요. 절대로 대인을 보고 섣부른 행동은 하지 마세요."

"나 역시 대인의 상세를 걱정하고 있으니 쓸데없는 걱정 말아요."

서문소혜는 고개를 끄덕였다.

'대체 그분께서 무슨 병에 걸렸기에 이토록 보여주길 꺼려하는 걸까.'

잠시 후 임수아는 서문소혜와 함께 이유강의 처소로 들어갔다. 이유강은 침대 위에 정좌한 상태로 앉아 있었다. 이유강을 지키고 서 있던 푸앙이 놀란 표정을 지으며 임수아를 쳐다봤다. 임수아는 고개를 끄덕이며 푸앙을 안심시켰다.

"오라버니!"

서문소혜는 이유강을 보자 반가운 마음에 가까이 다가갔다. 그러나 이유강은 아무 대답이 없었다.

"오라버니, 눈을 떠보세요! 소혜가 왔어요."

"그분께서는 아무런 대답도 하지 못해요."

"어떻게 된 거죠?"

"알 수 없는 병이에요."

임수아는 고개를 흔들었다. 그때 비스트로가 문을 열고 방 안으로 들어왔다. 그는 쟁반에 죽을 받치고 있었다. 그러다 서문소혜를 보고는 깜짝 놀랐다.

"놀라지 말고 대인께 식사를 드리세요."

"예……."

비스토로는 쟁반을 이유강의 손 앞에 놓았다. 그러자 이유강이 죽그릇을 들고는 수저로 죽을 퍼 입에 넣기 시작했다.

우물우물! 꿀꺽!

맛있게 식사를 하는 모습을 보니 전혀 아픈 사람 같지 않았다. 서문소혜는 황당한 표정으로 이유강을 쳐다봤다. 식사를 마친 이유강은 잠시 편안한 표정을 지었다가 다시 괴로운 표정을 지었다. 그러자 푸앙이 잽싸게 이유강을 엎고 밖으로 나갔다. 임수아가 설명했다.

"측간에 갔다 오는 거예요. 대인께서 알아서 볼일을 보고 나오세요."

“츠, 측간에……!”

서문소혜의 안색이 붉어졌다.

“대체 저게 무슨 병인가요? 겉보기엔 정상같이 보이는데…….”

“저도 답답해요.”

임수아는 한숨을 쉬었다. 잠시 후 이유강을 업은 푸앙이 방 안으로 들어왔고 이유강은 다시 침상 위에 정좌했다. 서문소혜는 그제야 임수아가 이유강의 모습을 보여주기 꺼려한 것을 이해할 수 있었다. 그러나 이유강이 임수아에게 청혼했다고 말한 것은 도저히 묵과할 수가 없었다. 이것에 대해서는 반드시 짚고 넘어가야 할 것 같았다.

“임 소저, 아까 한 그 얘기 말이에요.”

“무슨 얘기요?”

임수아는 궁금한 듯 물었다. 서문소혜는 임수아의 눈을 빤히 쳐다보며 말했다.

“오라버니께서…….”

그때 문이 벌컥 열리며 누군가 뛰어들어 왔다. 흑풍이었다.

“소저, 해적이 나타났습니다.”

“……!”

순간 서문소혜는 불쾌한 표정으로 흑풍을 노려봤다.

“그까짓 해적들이 나타난 게 그리 놀랄 일인가요? 알아서 처리하세요.”

“…보통 놈들이 아닙니다. 벌써 저희 선박이 박살나고 배에 있던 선원들이 전멸했습니다.”

“그게 무슨 소리예요?”

서문소혜는 믿을 수 없다는 듯 되물었다.

"…수십여 척의 선박이 몰려왔습니다. 적함의 수효가 너무 많아 무더기로 날아오는 포탄을 피할 겨를이 없었습니다."

흑풍의 표정은 진지했다. 서문소혜의 안색이 변했다. 그녀뿐만 아니라 임수아와 비스트로 등의 표정도 창백해졌다. 임수아는 떨리는 음성으로 물었다.

"수십 척의 선박이라니요. 그게 정말인가요?"

"그렇소."

흑풍은 임수아를 향해 고개를 끄덕였다. 서문소혜가 물었다.

"무사들은 어떻게 됐나요?"

"포격으로 인해 배가 부서지며 백 명의 무사 중 삼십 명이 죽고 현재 칠십 명이 생존해 있지만 부상자가 많습니다. 일단 해변에서 해적들이 섬으로 들어오지 못하도록 막고 있지만 해적들의 무공 또한 괴이하고 강해서 조만간 뚫릴 것 같습니다."

"……."

서문소혜는 문을 열고 밖으로 나갔다. 이유강의 집은 섬의 높은 지대에 위치해 있었기에 섬의 전망이 잘 보였다. 흑풍의 말대로 섬을 수십여 척의 선박이 둘러싸고 있었고, 마을로 들어오는 해변에서 서문세가의 무사들이 해적들을 맞아 힘겹게 싸우고 있었다. 그러나 배에서 내리는 해적들의 숫자는 점점 많아지고 있어 이대로 두면 무사들이 전멸당할 것 같았다. 섬은 완전 포위되어 있어서 어디로도 빠져나갈 구멍이 보이지 않았다.

"……."

　서문소혜는 미간을 찌푸리며 방법을 모색했으나 뾰족한 수가 떠오르지 않았다. 그때 임수아가 급히 외쳤다.

"서문 소저, 잠깐만 저들을 해변에 묶어둘 수 있나요? 대략 일각 정도요."

"…물론, 가능하지만 그게 무슨 소용이 있죠?"

"설명은 천천히 할게요. 부탁이니 그때까지만 시간을 끌어주세요."

　임수아는 매우 간절한 표정으로 부탁했다. 서문소혜는 고개를 끄덕였다.

"그래요, 어차피 다른 방법도 없으니……."

　그리고는 해변을 향해 신형을 날렸다. 흑풍 역시 그녀를 따라 해변으로 날아갔다.

"후후후, 고작 조그만 섬 하나를 공격하는데 수십 척의 함선을 동원하다니 내 평생 이런 일은 처음이로군."

갑판 위에서 명광도를 바라보며 한 명의 인물이 말했다. 파란 눈의 피부가 하얗고 마른 체형의 키가 큰 사내였는데 나이는 대략 삼십대 중반 정도 되어 보였다. 그의 뒤에는 십여 명의 인물이 서 있었다. 그중의 한 명이 조심스레 말했다.

"후안님, 지금이라도 늦지 않았습니다. 광마황이란 자가 분노하면 모두 전멸하고 맙니다."

"곤도, 감히 라몬 함대의 능력을 의심하느냐?"

"그것은 아니지만……."

후안이라는 사내 앞에서 머리를 조아리는 자는 다름 아닌 곤도였다.

곤도는 명광도를 바라보며 연신 불안함을 금치 못했다.

'니미럴, 쓸데없는 얘기를 하는 바람에 이곳에 오다니. 잘못하면 이곳이 내 무덤이 되겠구나.'

그는 속으로 자신의 입방정을 한탄했다. 현재 명광도를 포위하고 있는 무리들은 라몬 함대라 불리는 서방의 해적으로 가히 해적의 최강이라 불리는 카부 함대에 비해 뒤지지 않는다고 알려져 있었다. 곤도는 그동안 조선이나 명나라 근해를 돌며 해적질을 했고 사람들을 납치하여 라몬 함대에 노예로 공급하는 일을 하고 있었다.

사실 이 노예 매매는 원래 흑골연합에서 했던 일인데, 최근 흑골연합에서 해적질을 금하게 되자 곤도가 몰래 라몬 함대에 접촉하여 노예들을 공급했던 것이다. 그러나 곤도의 세력은 그다지 많지 않아 예전 흑골연합에서 행했을 때에 비해 공급되는 노예의 숫자가 적을 수밖에 없었다.

라몬 함대에서 의아함을 느끼고 곤도에게 그 이유를 물었다. 그러자 곤도는 광마황이란 자가 흑골연합을 장악한 것에 대해 자세히 설명했다. 이에 라몬 함대에서는 광마황을 제거하기로 결론을 내렸는데, 곤도는 얼떨결에 광마황이 있는 섬을 알고 있다고 말했던 것이다. 그로 인해 라몬 함대 최강의 해적 중 하나인 후안이라는 자가 수십 척의 선박을 이끌고 명광도를 습격했고 곤도는 강제적으로 동승하게 된 것이었다.

'크흑… 그 괴물이 나타나면 모두 전멸이다!'

곤도는 속으로 떨고 있었다. 후안이 그런 곤도를 보며 한심하다는 표정을 지었다.

"그 광마황이란 놈이 얼마나 대단한지 궁금하구나. 별것 아니라면
호들갑을 떤 네놈을 결코 용서하지 않겠다."

"제 말은 절대 거짓이 아닙니다. 거대한 악룡이 그의 부하입니다."

"악룡?"

"예."

곤도는 그것에 대해 자세히 후안에게 설명했다. 그러자 후안의 표정
에 다소 놀라움이 서렸다. 그러나 그는 곧바로 흥미롭다는 듯 미소 지
었다.

"악룡이라… 어떤 것인지 한 번 실제로 보고 싶군."

그때 후안의 뒤에 서 있던 인물 중 한 명이 말했다.

"제독! 저기 저 여인을 보십시오."

"……!"

후안은 고개를 돌려 해변을 바라보다 인상을 찌푸렸다. 쉽게 해치울
수 있으리라 생각했던 섬의 무사들이 아직도 끈질기게 버티고 있는 것
이었다. 그것은 그들 중 상당히 강한 두 명의 무사 때문이었는데 그중
의 한 명이 여인이었다. 그녀의 실력은 실로 놀라웠다. 허공을 붕붕 날
아다니며 손을 움직일 때마다 라몬 함대의 무사들이 두세 명씩 무력하
게 고꾸라지고 있었다.

"매우 아름다운 여인이로군. 광마황의 부인인가?"

"그런 것 같습니다."

"후후… 호세! 네가 가서 저 여인을 잡아와라. 가급적이면 다치지
않게 정중히 모셔와야 한다."

"알겠습니다."

호세는 해변을 향해 신형을 날렸다. 그는 마치 새가 허공을 날듯 수십여 장의 거리를 가볍게 날아 해변에 착지하고는 등에 멘 커다란 검의 자루를 양손으로 잡았다. 훤칠한 그의 키만큼이나 커다란 검의 길이는 가히 칠 척에 육박했고 폭도 넓었다. 꽤나 무거워 보였지만 호세는 마치 가벼운 나뭇가지를 다루듯 검을 빠르게 휘둘렀다.

쒸이이잉!

"크아악!"

"크악!"

칠 척 반경의 커다란 원이 그려졌고, 그 안에 있던 서문세가의 무사 두 명이 잽싸게 검을 들어 막았지만 검과 함께 토막이 나고 말았다. 호세는 다시 검을 휘둘렀다.

쒸이이잉!

"크아아악!"

또 한 명의 무사가 동강이 났다. 그러자 호세의 앞에 서문소혜가 서릿발 같은 표정으로 나타났다.

"네놈이 두목이냐?"

"오오!"

호세는 놀란 표정을 하더니 정중히 허리를 숙였다. 그리고는 매우 부드러운 목소리로 말했다.

"오오! 정말 아름다우신 분이십니다."

"네놈이 두목이냐 물었다."

"물론 아니지요. 당신을 정중히 초청한 분이 계시니 그만 항복하는 것이 어떻겠습니까?"

“감히!”

서문소혜의 손에서 붉은색 광선이 호세의 미간을 향하여 쏘아졌다. 순간 호세는 깜짝 놀라며 가까스로 검을 움직여 미간을 보호했다.

따앙!

“우욱……!”

검신이 크게 흔들렸고 호세는 안색이 창백해진 채로 몇 발짝 뒤로 물러났다. 그는 급히 비틀거리는 몸의 균형을 잡은 후 앞을 쳐다봤다. 순간 서문소혜의 신형이 그의 머리 위에 떠 있었다. 그와 함께 가공할 경력이 호세를 향해 쇄도하고 있었다.

‘…으헉!’

호세는 대경실색하여 급히 뒤로 나자빠지듯 몸을 굴렸다.

파아악!

땅이 움푹 파이는 소리가 들렸다. 호세는 가까스로 몸을 바로하며 서문소혜를 노려봤다.

‘보통 실력이 아니로군.’

방심했다간 그 순간 끝이라는 생각이 들었다. 목뒤에서 식은땀이 흘러내렸다. 호세의 눈이 번뜩였다.

“호오, 상당히 거친 여인이시군요.”

우우우웅!

그의 검이 진동하더니 하얗게 빛났다.

횡횡횡횡횡……!

기다란 검이 믿기지 않을 만큼 빠르게 공간을 가르고 있었다. 더욱이 괴이한 것은 휘둘러진 검의 잔영들이 사라지지 않고 한동안 공간을 계속 점하고 있다가 사라지는 것이었다. 그로 인해 순식간에 수백여 개의 백색 검형(劍形)들이 서문소혜를 빽빽하게 둘러싸 버렸다.

"……!"

서문소혜는 검형들 사이를 재빠르게 움직이며 피해냈지만 어느 순간 검형들에 완전 포위되어 버려 더 이상 움직일 공간이 없었다. 생전 처음 보는 괴이한 무공이었다.

츠으으읏.

서문소혜는 안색을 딱딱하게 굳히고는 전신의 내공을 끌어올렸다. 그 순간 차가운 감촉이 그녀의 목에 느껴졌다. 호세의 검이었다.

"……."

호세는 씨익 미소 지었다.

"이제 초청에 응해주시겠습니까?"

"죽여라."

서문소혜는 눈 하나 깜빡하지 않고 호세를 노려보며 말했다. 호세는 순간 당황했다.

'검이 목에 닿아 있는데도 두려워하는 모습이 없다니…….'

마치 네가 감히 찌를 수 있겠냐는 듯 비웃는 표정이었다. 호세는 내심 발끈하여 검을 약간 움직였다. 그러자 서문소혜의 목 살갗이 베어지며 핏방울이 주루룩 흘러나왔다.

"…이런!"

슬쩍 힘을 주었을 뿐인데 너무 깊게 베어진 것 같았다. 순간 호세는 깜짝 놀라 검을 거두었다. 바로 그 순간 서문소혜의 눈이 차갑게 빛나더니 그녀의 전신에서 붉은 기운이 팽창하듯 품어져 나왔다.

“…헉!”

호세는 눈을 크게 뜨며 헛바람을 토했다. 시뻘건 악마의 얼굴이 그를 집어삼킬 듯 다가오고 있었던 것이다.

‘피, 피해야 한다!’

호세는 혼신의 힘을 다해 몸을 뒤로 빼냈다. 그러나 붉은 기운은 그의 가슴을 정면으로 강타해 버렸다.

콰앙!

“크으윽!”

호세는 가슴에 강력한 충격을 느끼며 서너 장 뒤로 나가떨어졌다.

“우욱……!”

호세는 피를 토하며 힘겹게 일어났다. 가슴에 착용했던 흉갑이 조각나 바닥으로 떨어져 있었다. 다행히 흉갑이 부서져 그 충격을 흡수했기에 가슴에 특별한 외상은 없었으나 내부에 상당한 충격을 받은 듯 어지럽고 울렁거렸다.

“이봐, 호세 괜찮나?”

“고작 여인 따위에게 이게 무슨 꼴인가?”

두 명의 사내가 나타나 호세를 부축했다. 그들은 배 위에서 호세 옆에 서 있던 자들이었다. 호세는 피식 웃으며 고개를 저었다.

“괜찮으니 걱정 마. 방심하다 당했을 뿐이야.”

“내가 한번 상대해 보지.”

전신에 갑주를 착용한 십 척에 육박하는 거대한 덩치의 인물이 서문소혜를 향해 다가갔다.

“내 이름은 페르난도요. 방금 한 공격을 내게 한 번 해보시겠소?”

"흥! 하라면 못할 줄 아느냐!"

서문소혜는 냉소하며 장력을 펼쳤다. 조금 전 호세를 향해 쇄도했던 붉은 기운이 페르난도의 가슴을 강타했다.

콰앙!

"으음……!"

페르난도의 표정이 굳어지며 몇 발짝 뒤로 물러났다. 그러나 그는 살짝 인상만 찡그렸을 뿐 피를 토하거나 크게 괴로워하지 않았다. 또한 가슴에 착용한 갑주도 멀쩡했다.

'…으윽! 저런 괴물이 있다니!'

오히려 충격을 입은 것은 서문소혜였다. 강한 반탄력으로 인해 기혈이 들끓고 있었던 것이다. 머리가 심히 어지러운 것이 내상을 입은 것 같았다. 페르난도는 여유롭게 웃었다.

"더 이상 고집 부리지 말고 그만 항복하시는 게 어떻겠소."

"닥쳐라!"

서문소혜는 어림없다는 듯 페르난도를 노려보며 내공을 끌어올렸다. 그러나 내심 불안하기 그지없었다.

'…어디서 이런 괴물 같은 자들이 몰려온 걸까.'

임수아의 부탁에 의해 시간을 끌고는 있지만 벌써 일각이 지났건만 아무런 대책을 마련하지 못한 것 같았다. 그때였다.

까아아아아아아!

난데없이 커다란 괴성이 들리는 것이었다. 그와 함께 기겁하는 사람들의 비명 소리가 난무했다.

"크아악!"

“괴, 괴물이다!”

“악룡이다! 피해랏!”

서문소혜는 그쪽으로 고개를 돌렸다가 깜짝 놀랐다.

“광룡……?”

십수 장에 달하는 거대한 괴물. 일전에 보았던 광룡이 분명했다. 서문소혜의 안색이 밝아졌다.

‘오라버니께서 깨어나셨구나!’

한편 호세와 페르난도 등은 광룡을 보고는 소름이 끼쳤는지 대경실색하여 뒷걸음질 쳤다.

“…끔찍하군. 저게 뭐지?”

“곤도가 말한 악룡인 것 같군.”

광룡 근처에 있던 라몬 함대의 무사들은 질색을 하며 바다 속으로 뛰어들어 배로 도망치고 있었다. 페르난도는 주위를 둘러보다 바닥에 떨어진 창을 발견하고는 광룡을 향해 집어던졌다.

쒸아아아아앙……!

창은 빠르게 날아가 광룡의 가슴 부위에 작렬했다.

까앙!

창이 휘어지며 튕겨 나왔고 광룡은 아무런 흠집조차 생기지 않았다. 페르난도는 믿을 수 없다는 듯 외쳤다.

“흠집조차 없다니! 저게 대체 뭐란 말인가?”

그러자 호세가 광룡을 향해 신형을 날렸다. 조금 전 서문소혜를 공격할 때와 마찬가지로 그의 검이 진동하더니 백색으로 빛났다. 호세는 광룡의 가슴을 향해 빠르게 검을 휘둘렀다.

까앙!

"…크윽!"

호세는 손아귀가 찢어지는 듯한 충격을 느끼며 바닥에 가까스로 착지했다.

까아아아아!

광룡은 크게 울부짖으며 발을 들어 호세를 밟았다.

콰아앙!

"허억!"

호세는 가까스로 몸을 굴려 광룡의 발을 피했다. 광룡은 계속 움직이며 호세를 비롯한 라몬 함대의 무사들을 싸잡아 공격했다. 호세는 바다를 향해 신형을 날리며 소리쳤다.

"모두 일단 피해랏!"

수백여 명에 달하던 라몬 함대의 무사들은 그 말에 우루루 바다로 뛰어들었다.

"휴우……."

서문소혜는 내심 안도하며 한숨을 내쉬었다. 광룡은 도망가는 이들을 쫓지 않고 그 자리에 우두커니 서 있었다. 서문세가의 무사들이 경이로운 표정으로 광룡을 쳐다보고 있었다. 주위를 돌아보니 부상자들이 꽤 많았다. 그것을 본 서문소혜의 안색이 어두워졌다. 배가 부서져 약재가 없으니 부상자들을 치료할 방법이 없었다.

화아아악!

그때 푸른색의 환한 빛이 여기저기서 비추더니 부상자들이 치료되는 것이었다.

‘저럴 수가!’

생전 처음 보는 기이한 동물들이었다. 자세히 보니 개와 말, 호랑이, 매, 늑대 등 모두 다섯 마리의 동물로 특이하게도 모두 백색으로 빛나고 있었다. 그 빛이 실로 신비로워 마치 하늘에서 내려온 영물 같단 생각이 들었다.

화아아악!

푸른색 빛은 서문소혜에게도 비춰졌다. 고개를 들어보니 하얀색 매가 눈앞에 있었다.

“……!”

서문소혜는 목에 입었던 자상과 내상이 치료되는 것을 느끼고는 놀라움을 금치 못했다. 임수아의 모습도 보였다. 그녀는 부상자에게 하얀 가루를 뿌리며 백색의 빛을 손에서 쏟아냈는데 그러자 놀랍게도 상처 부위가 말끔히 회복되는 것이었다. 서문소혜는 그런 그녀의 모습을 멍하니 쳐다봤다. 어느새 날이 점점 어두워지고 있었다.

"**광**룡을 임 소저가 움직였다고요?"

"네."

임수아는 고개를 끄덕였다. 서문소혜는 믿을 수 없다는 듯 임수아를 쳐다봤다. 이유강의 방 안에서 임수아와 서문소혜는 대화를 하고 있었다. 이유강이 회복되었으리라는 기대를 하고 이유강의 방 안에 들어왔던 서문소혜는 예상과는 달리 광룡을 임수아가 움직였다는 말을 하자 황당하기 그지 없었다.

"그럼 그 영물들도 임 소저가 움직인 거로군요."

"영물이라면……?"

"푸른빛을 쏘아내 사람들을 치료하던 그 동물들 말이에요."

"아, 비아랑 구아 등을 말하는 것이군요."

임수아는 미소 지으며 고개를 끄덕였다. 서문소혜는 복잡한 표정으로 임수아를 쳐다봤다.

"임 소저는 대체 누군가요?"

"네?"

"그런 신비로운 능력을 가진 사람은 아직까지 한 번도 보지 못했어요."

"…나중에 기회가 되면 말씀드릴게요."

"그래요."

서문소혜는 고개를 끄덕였다. 그러다 문득 말했다.

"해적들이 도망가긴 했지만 내일 날이 밝으면 또다시 쳐들어올 것이 분명해요. 광룡 하나로 그들을 막을 수 있을지 모르겠어요."

그러자 임수아가 어두운 표정으로 말했다.

"광룡이 진정한 능력을 발휘할 수만 있다면 두려울 게 없겠죠. 문제는 제가 실력이 부족해서……."

"그게 무슨 소린가요?"

"그것이……."

임수아는 잠시 고민하는 듯하다가 이유강의 품속에서 두루마리를 꺼내 서문소혜에게 보여 주었다.

"광룡박투술?"

서문소혜는 두루마리의 맨 윗부분에 적혀 있는 글자를 읽고는 의아한 표정을 지었다. 임수아는 고개를 끄덕였다.

"맞아요. 여기에 광룡을 이용한 박투술이 적혀 있어요."

"아, 그렇군요."

　서문소혜는 호기심 어린 표정으로 두루마리를 세심히 훑어보았다. 그림까지 곁들여 자세히 설명되어 있는 특이한 동작들이 눈에 들어왔다. 임수아는 문득 일어나 두 손을 앞으로 막 휘저었다. 그러다가 이내 고개를 젓고는 한숨을 쉬었다. 서문소혜가 그 모습을 보고 웃음을 터뜨렸다.

　"방금 광룡박투술의 기본초식인 앞발 공격을 펼친 것인가요?"

　"네……."

　임수아는 쑥스러운 듯 고개를 끄덕였다. 그러자 서문소혜가 자리에서 일어나 두 손을 빠르게 교차하며 휘둘렀다.

　파파팟!

　슬쩍 움켜쥔 오른손과 왼손이 교차되면서 연신 파공음이 들렸다. 임수아는 그것을 보고 눈이 휘둥그레졌다.

　"정말 완벽한 앞발 공격이에요. 어찌 한 번 보고 그렇게 펼칠 수 있나요?"

　"후훗, 이 정도는 제게 어린애 장난과도 같아요. 기초적인 박투술인걸요."

　"정말 대단해요."

　임수아는 탄복하는 표정을 지었다. 그러자 서문소혜가 잔잔히 미소를 짓더니 신형을 움직였다.

　휘릭! 팟 파팟!

　그녀의 신형이 살짝 떠오르며 몸을 비틀더니 공중에서 두 발이 원을 그리며 휘돌았다. 그러자 임수아가 또다시 놀라며 소리쳤다.

　"날아 뒷발차기군요!"

　서문소혜는 고개를 끄덕이고는 다시 신형을 연신 움직였다. 광룡박투술의 기본 초식들인 도약 후 몸통밀기, 날아 박치기, 돌려 물어뜯기가 완벽하게 펼쳐지고 있었다.

　"오오, 완벽해요."

　임수아는 계속 감탄했다. 서문소혜의 신형은 계속 움직였다.

　휘리리리릭! 휘리리릭!

　그녀의 신형이 기이하게 회전을 계속했다. 임수아는 믿을 수 없다는 표정을 지었다.

　"그것은… 광룡삼식의 마지막 초식인 회(回)로군요."

　"네."

　서문소혜는 동작을 멈추고 고개를 끄덕였다. 임수아는 잠시 멍하니 서문소혜를 쳐다보았다. 그러다가 뭔가를 고민하는 표정을 짓더니 정색을 하고 말했다.

　"그래요. 차라리 잘됐어요."

　"네? 무슨 말이죠?"

　서문소혜가 묻자 임수아는 품속에서 반달 모양의 기이한 돌멩이를 꺼냈다.

　"서문 소저께 광룡을 움직이는 법을 가르쳐 드릴게요. 내일 해적들이 나타나면 다시는 얼씬거리지 못하도록 쫓아주세요."

　"정말인가요?"

　생각지도 못했던 말이라 서문소혜는 놀란 표정으로 임수아를 쳐다봤다. 임수아는 고개를 끄덕였다.

　"저는 무공을 익히지 않은 터라 광룡을 움직일 수는 있어도 제 위력을 발휘할 수 없었어요. 서문 소저라면 광룡을 제대로 움직일 수 있을 거예요. 해보시겠어요?"

"물론이에요."

서문소혜는 흥미롭다는 표정으로 흔쾌히 수락했다. 사실 임수아는 얼마 전 이유강을 간호하던 도중 침상 머리맡의 두루마리를 발견하고 읽어보았다. 두루마리에는 광룡박투술이란 괴이한 무공이 적혀 있었다. 임수아는 어렵지 않게 그것이 광룡과 일체되었을 때 펼치는 무공이었다는 것을 깨달았다. 혹시나 해서 이유강의 품속을 뒤져 보니 조화석이 있어 그것을 들고 자광원 안에 들어가 시험을 해보았다. 과연 광룡과 일체가 되어 광룡을 움직일 수 있었다.

그 후로 광룡박투술이 적혀 있는 두루마리를 가지고 다니며 초식수련을 했으나 무공의 기초가 없는 그녀로서는 별다른 진척이 없었다. 그래서 오늘도 그저 뛰어다니며 앞발을 휘두르거나 발로 밟는 등의 단순한 공격밖에 할 수 없었으나 그 정도만으로도 해적들을 놀라게 해 쫓아낼 수 있었던 것이다.

"이것이 자광원이로군요."

"네. 그 안에서만 광룡을 움직일 수 있어요."

"그렇군요."

서문소혜는 음양회회진의 일양무극공간, 즉 자광원을 신기하게 쳐다보았다. 임수아는 환물 일체에 대한 구체적 방법과 주의사항들을 서문소혜에게 자세히 설명했다. 서문소혜는 눈을 초롱초롱 빛내며 유심히 듣고 있었다. 그때 밖에서 누군가 문을 두드렸다.

"임 소저, 비스트로입니다."

"무슨 일이죠?"

임수아가 문을 열자 비스트로가 난처한 표정을 지으며 서 있었다.

"여기 무사들이 배가 고프다고 음식을 달라고 하는데 걱정입니다. 숫자가 꽤 많아서 이들에게 식량을 주다 보면 앞으로 보름도 안 되어 식량이 떨어지고 말 것 입니다."

"음식을 주세요. 보름 안에 식량을 구할 방도를 세우면 되니 너무 걱정하지 마세요."

"알겠습니다."

비스트로는 포권을 하고는 돌아섰다. 서문세가의 무사들은 현재 사십팔 명이었는데 그들은 마을의 비어 있는 집들에 들어가 쉬고 있었다. 어느덧 밖은 완전히 캄캄해졌고, 하늘에는 별들이 총총히 빛났다.

다음날 아침 명광도를 둘러싼 함선들은 여전히 존재하고 있었다. 후안은 멀리 섬의 해변에 우두커니 서 있는 광룡의 모습을 멍하니 바라보았다. 머리는 도마뱀처럼 생겼는데 시뻘건 빛을 발하는 두 눈이 실로 섬뜩했다. 앞발을 들고 사람처럼 일어나 있는 괴이한 괴물. 그 크기는 십수 장은 되어 보였다.

"저런 괴물이 존재하다니… 믿을 수 없군."

"창과 검으로 공격했으나 흠집조차 나지 않았습니다."

호세와 페르난도가 질린 표정으로 말했다. 후안은 고개를 끄덕이고는 잠시 생각을 하다가 입을 열었다.

"저러한 괴물의 약점은 동작이 그리 빠르지 않는 것이지. 어제는 불시에 나타나 당황했겠지만 침착하게 대응하면 잡을 수 있을 것도 같구나."

"흠……."

호세 등은 동조한다는 듯 고개를 끄덕였다. 페르난도가 말했다.

"함선들을 움직여 포격을 해보는 것은 어떻겠습니까? 제아무리 강한 괴물이라 해도 포탄에 맞으면 박살나지 않겠습니까?"

그러자 후안은 고개를 저었다.

"그것은 최후의 방법이다. 나는 저놈의 괴물을 사로잡아 길들일 생각이다."

"그것은 불가능합니다."

사람들은 기겁하며 고개를 흔들었다. 곤도가 급히 말했다.

"후안님은 아직 저놈의 진정한 능력을 모릅니다. 저놈이 마음만 먹으면 이런 배쯤은 종이처럼 찢어버릴 것입니다."

"닥쳐라!"

후안은 인상을 찌푸리더니 검을 뽑아 곤도의 목에 겨눴다. 곤도는 몸을 떨었다.

"…살려주십시오."

후안은 그런 곤도를 보며 싸늘하게 웃었다.

"네놈에게 명을 내리겠다. 지금 당장 광마황이란 자에게 가서 좋게 말할 때 항복하라고 전해라."

"…헉! 제발 그것만은!"

곤도는 사색이 되었다. 후안은 검을 곤도의 목에 바짝 갔다 댔다.

"죽고 싶은가 보구나."

"으헉! 하겠습니다."

곤도는 죽을상을 하며 고개를 끄덕였다. 그리고는 작은 배를 타고 십여 명의 부하와 함께 섬으로 향했다. 섬에 도착하자 서문세가의 무사들이 곤도와 그의 부하들을 막아섰다. 곤도는 조심스레 말했다.

"광마황을 만나러 왔소."

"광마황?"

서문세가의 무사들은 처음 들어본다는 듯 의아한 표정을 지었다. 그러자 곤도는 멀찍이 보이는 광룡을 손가락으로 가리키며 말했다.

"저 괴물의 주인 말이오."

그러자 철영이 곤도 앞으로 나오며 싸늘히 말했다.

"그때 그렇게 혼나고도 아직 정신을 못 차렸소? 대인께서 당신을 용서하지 않을 것이오."

"…오해하지 마라. 이것은 내 뜻이 아니라 라몬 함대의 후안 제독이 결정한 일이다."

곤도는 급히 변명했다. 철영이 물었다.

"대인께 전할 말이 있으면 내게 하시오. 내가 전해 드리겠소."

"…좋다. 꼭 광마황님께 전하거라."

곤도는 차라리 잘됐다고 생각하며 말을 이었다.

"라몬 함대의 후안 제독이 속히 항복하라고 말했다. 다시 한 번 말하지만 분명 이것은 내 뜻이 아니다. 이 말도 빠뜨리지 말고 광마황님께 전해야 할 것이다."

"흥! 그래 봤자 당신도 같은 무리 아니오?"

"오해하지 마라. 나는 후안 제독의 협박에 의해 어쩔 수 없이 이곳에 온 것뿐이다."

"어쨌든 알겠소. 이곳에서 기다리시오."

철영은 냉소하고는 돌아섰다. 곤도는 마음을 졸이며 마을로 올라가고 있는 철영의 뒷모습을 쳐다봤다. 슬금 눈을 돌려 광룡을 쳐다보니 그 흉악한 모습에 오금이 저려왔다. 속히 배로 돌아가고 싶었으나 이대로 돌아갔다가는 후안 제독의 검에 목숨을 잃을 것이 분명했다. 광마황으로부터 뭔가 답변을 듣고 가야 하는 것이다.

“임 소저, 철영입니다.”

“네, 무슨 일인가요?”

임수아가 문을 열자 철영이 공손히 포권하며 말했다.

“일전에 쳐들어왔다가 쫓겨간 곤도란 자가 찾아왔습니다. 라몬 함대의 후안 제독이란 자가 곤도를 비롯한 해적들의 두목인 것 같습니다.”

“무슨 말을 하던가요?”

“항복하라고 했습니다.”

그러자 안에서 듣고 있던 서문소혜가 코웃음 치며 말했다.

“항복이라니요? 속히 물러가지 않으면 모두 몰살을 시켜 버린다고 전하세요.”

“……!”

철영은 어색한 표정으로 임수아를 쳐다봤다. 임수아는 미소를 지으며 고개를 끄덕였다.

“그렇게 전하세요.”

“알겠습니다.”

철영은 물러갔다. 임수아는 서문소혜를 쳐다봤다. 서문소혜는 미소 지었다.

"시작해 볼까요?"

"네, 처음에는 다소 적응하기 힘들 수도 있으니 너무 무리하지 마세요."

"알았어요."

서문소혜는 조화석을 들고 자광원 안에 들어가 정좌했다. 임수아는 조금 염려스러운 표정으로 서문소혜를 지켜봤다. 서문소혜는 조화석을 이마에 부착하고는 임수아가 가르쳐 준 대로 광룡일체를 시도했다.

화아아악!

순간 흑백의 빛줄기가 서문소혜의 전신을 감쌌고 자광원이 자색으로 빛나기 시작했다. 서문소혜는 순간 정신이 아득해졌다.

쏴아아아! 철썩! 쏴아아아!

햇살이 눈부시게 물살을 비췄다. 새하얀 모래사장이 눈앞에 있었다.

'…어찌 된 거지?'

서문소혜는 잠시 어리둥절했다. 이유강의 방에서 갑자기 바뀐 정경에 놀란 것이다. 이곳은 푸른 바다 물결이 넘실거리는 해변이었고, 흑풍을 비롯한 서문세가의 무사들이 멀리 보이는 해적선들을 불안한 듯 쳐다보고 있는 모습이 눈에 들어왔다. 그런데 이상하게도 그들의 모습이 무척이나 작은 것이었다.

'호호홋! 그렇구나. 나는 지금 광룡이 되었지?'

생전 처음 해보는 신기한 경험에 서문소혜는 가슴이 심히 두근거렸고, 묘한 흥분감이 몰려왔다.

'그럼 한 번 움직여 볼까.'

우두커니 서 있던 광룡의 몸이 움찔하더니 흔들렸다.

"……!"

순간 해변에 있던 서문세가의 무사들과 곤도를 비롯한 해적들의 시선이 광룡을 향해 일제히 돌려졌다.

쿠웅! 쿠웅!

모래사장이 움푹 움푹 파였다. 광룡이 움직이기 시작한 것이다. 모두들 대경실색하여 뒤로 물러났다.

까아아아아……!

광룡은 크게 울부짖고는 곤도를 향해 가까이 다가왔다. 시뻘건 눈빛이 이글거리며 곤도를 노려보고 있었다.

"…허억! 사, 살려주십시오."

곤도는 안색이 하얗게 질린 채 도망갈 생각도 하지 못했다.

"카카카카카! 네가 곤도냐?"

광룡이 말을 하자 곤도는 믿을 수 없다는 듯 몸을 부르르 떨었다. 광룡이 말을 하다니 실로 상상도 해보지 못한 끔찍한 경험이다. 곤도가 말을 하지 않자 광룡이 뒷발을 강하게 굴렀다.

쾅앙!

"곤도가 맞느냐?"

"허억……!"

바닥이 심하게 흔들려 곤도는 심한 충격을 받고 바닥에 나뒹굴었다. 마치 지진이라도 일어난 듯 모래사장으로 된 지축이 크게 흔들린 것이었다. 곤도는 아랫도리가 뜨끈하며 축축해진 것을 느꼈다. 너무 놀라 엉겁결에 오줌을 지린 것이 틀림없었다. 그러나 지금 그런 것에 찜찜해할 때가 아니었다. 그는 급히 엎드러지며 소리쳤다.

"…제, 제가 곤도가 맞습니다요."

그러자 광룡이 앞발로 가슴을 두드리며 말했다.

쿠앙! 쿠앙!

"카카카카카카! 이곳이 어디라고 감히 왔느냐? 속히 꺼지지 않으면 모두 몰살시켜 버릴 것이다."

"알겠습니다요."

곤도는 꽁지가 빠져라 도망갔고 그의 부하들도 뒤질세라 뛰어갔다. 광룡은 멀리 보이는 해적선들을 향해 크게 소리를 질렀다.

"까아아아아아… 당장 꺼지지 않으면 모두 수장시켜 버리겠다!"

광룡의 목소리는 마치 우레와 같이 사방에 진동했다.

"으으……!"

"우……!"

갑판 위에 있던 라몬 함대의 무사들은 모두 기가 질린 듯 안절부절 못하는 기색이었다. 완전 전의를 상실한 것 같았다. 후안 역시 약간 표정이 변해 있었다. 호세가 조급히 말했다.

"제독! 그다지 느낌이 좋지 않습니다. 사로잡기보다는 포격으로 괴물을 없애는 것이 좋겠습니다."

"흠… 그래 봤자 괴물일 뿐이다. 모두 나와 함께 저놈을 잡으러 간다. 그러나 만일을 대비해 언제든 포격할 수 있도록 포문을 개방하고 사정거리까지 배들을 접근시켜라."

"알겠습니다."

커다란 나팔 소리와 함께 붉고 푸른 깃발이 기함에서 펄럭거렸다.

그러자 십여 척의 전함이 광룡이 있는 해변 근처로 최대한 접근했고 선회하여 포문을 개방하기 시작했다.

'저놈들이 포격을 할 모양이네. 포격에 적중되면 제아무리 광룡이라 해도 무사하지 못하겠지?'

서문소혜는 내심 불안한 생각이 들었다. 그때 수십여 명의 무사들이 광룡을 향해 날아오는 것이 보였다. 동시에 다시 수많은 해적들이 우르르 배에서 내려 다가오고 있었다. 언뜻 보아도 수백은 되어 보였다. 그들 중 가장 선두에 서 있는 훤칠한 키의 삼십대 사내가 확연히 눈에 들어왔다. 심상치 않은 기운이 풍겨지는 것으로 보아 상당히 강한 실력을 갖고 있음이 틀림없었다.

'저 사내가 후안이라는 자인가 보구나.'

서문소혜는 광룡의 몸을 이리저리 움직여 보았다. 처음엔 어색했는데 금방 익숙해졌다.

'호홋! 차라리 잘됐어. 저들이 있으니 포격을 하진 못하겠지.'

어제 연마한 광룡박투술의 진정한 위력을 시험해 볼 생각을 하자 다시 묘한 흥분이 드는 것이었다.

"모두 저 괴물을 공격해라."

후안은 해변에 도착하자마자 크게 외쳤다. 그러자 해적들이 우르르 광룡을 향해 몰려왔다. 가장 먼저 광룡의 정면으로 서너 명의 무사가 도약하여 검을 휘둘렀다. 서문소혜는 어제 연습한 앞발 공격을 펼쳤다. 순간 광룡의 두 앞발이 빠르게 정면을 수영하듯 휘저었다.

퍽! 퍼퍽! 퍼억!

"쾌엑!"

"끅……!"

광룡의 앞발에 후려 맞은 무사들은 까마득하게 날아가 처박혔다. 그들은 완전 형체를 알아볼 수 없게 망가져 있었다.

"……!"

우르르 몰려오던 해적들이 일순 그 자리에 굳은 듯 멈춰 섰다. 후안 역시 깜짝 놀랐다.

'저렇게 빠르다니, 믿을 수 없군.'

호세의 말대로 다소 꺼림칙한 느낌이 들었지만 기왕 몰려온 것 물러날 수는 없었다. 그는 크게 외쳤다.

"한곳에 몰려 있지 말고 모두 분산하여 포위 공격해라!"

그 말과 함께 그는 날아올라 광룡의 머리를 검으로 가격했다.

까앙!

"…음!"

놀랍게도 강한 반탄력에 의해 검이 퉁겨졌다.

후우웅!

광룡의 앞발이 후안을 향해 날아왔다. 후안은 잽싸게 피하며 물러났다. 그는 가슴이 철렁했다.

'정말이군. 흠집조차 나지 않다니!'

한편 서문소혜는 신이 난 상태였다. 광룡은 광룡박투술의 동작대로 매우 빠르게 움직였고, 그때마다 해적들은 적게는 두세 명, 많게는 십여 명까지 비명을 지르며 나가떨어졌던 것이다.

까강! 깡! 까앙……!

수십여 개의 검과 창이 광룡의 전신에 작렬했지만 아무런 충격을 입

지 않았고, 오히려 광룡을 가격했던 자들이 반탄력에 충격을 받은 듯
비틀거렸다.

'오호호홋! 도약 후 몸통 밀기!'

광룡이 일순 허공으로 높이 도약했다. 가히 이십여 장을 도약하다
아래로 떨어지자 밑에 있던 자들의 안색이 급변했다.

"피, 피해랏!"

"빨리 흩어져랏!"

후안도 대경실색하여 급히 뒤로 신형을 날렸다. 광룡은 내려오며 몸
체를 바닥으로 회전시켰다. 그러자 십수 장이나 되는 거대한 몸체의
광룡이 모래사장에 더욱 빠르게 내리 박혔다.

콰아아아앙!

"크악!"

"끅!"

"…악!"

마치 거대한 폭발이 일어난 듯 땅이 움푹 꺼지며 모래들이 사방을
뒤엎었다. 미처 피하지 못해 광룡에게 정통으로 깔려 죽은 자들이 십
여 명 정도 되었다.

"크으……."

"으으윽…!"

움푹 꺼진 웅덩이 주위에 정신을 잃고 혼절했던 자들이 비틀거리며
일어났다. 이들은 다행히 깔려 죽는 참변은 모면했으나 정신적 충격을
받아 갈팡질팡하고 있었다.

까아아아아아!

광룡이 일어나며 울부짖었다. 서문소혜는 주위를 돌아보다 후안과 호세, 페르난도 등 해적들의 수뇌부들이 모여 있는 곳을 발견했다.

‘…날아 박치기!’

광룡은 즉시 발을 구르며 도약해 후안 등이 있는 곳으로 빠르게 나아갔다. 거대한 광룡의 머리가 쇄도하자 후안 등은 대경실색했다.

“…허억!”

“피, 피해랏!”

마치 물속에 뭉쳐 있던 물고기들이 일시에 흩어지듯 후안 등은 사방으로 신형을 날렸다. 그러나 미처 피하지 못한 자가 있었다.

퍼어어억!

“…크아아아악!”

도망가려 공중으로 신형을 띄우던 페르난도의 가슴을 광룡이 정통으로 받아버렸던 것이다. 십 척 거구의 인물인 페르난도는 입에서 피를 내뿜으며 까마득히 날아가 바다 속에 처박혔다.

“페르난도!”

호세가 페르난도가 날아가 떨어진 바다를 향해 신형을 날렸다. 후안은 질린다는 표정을 지었다. 그리고는 크게 외쳤다.

“모두 퇴각해라!”

그 말과 함께 그는 기함을 향해 신형을 날렸다. 퇴각 명령이 떨어지자 해적들은 순식간에 도망쳐 버렸다.

‘안 돼! 아직 광룡삼식은 펼치지도 않았는데…….’

서문소혜는 해적들이 도망가자 아쉬운 마음이 들어 급히 쫓으려 했다. 그러자 전면에 대기하고 있던 십여 척의 선박에서 일제히 포격을 개시했다.

쾅! 콰쾅! 콰콰쾅……!

수십 개의 포탄이 날아왔다. 서문소혜는 깜짝 놀라 급히 광룡을 움직여 포탄을 피해냈다. 그 와중에 십여 개의 포탄이 광룡의 몸체에 작렬했다.

콰앙! 콰아앙!

'이런……!'

서문소혜는 낭패한 마음으로 광룡을 더욱 뒤로 물러나게 하려 했다. 그러나 광룡은 포탄에 적중되고도 별다른 충격을 받지 않았고 자그마한 흠집도 나지 않았다. 서문소혜는 탄복하며 회심의 미소를 지었다.

'격(擊)!'

쿵쿵쿵쿵… 쿠웅!

광룡은 해변을 빠르게 뛰다 일순 발을 구르며 부웅 도약했다. 그러자 가히 수십여 장을 날아갔다. 광룡이 떨어지는 지점에는 해변을 향해 정신없이 포격을 퍼붓고 있던 함선 한 척이 있었다. 갑판과 포대에 있던 해적들은 광룡이 날아오자 대경실색했다.

"으아아! 괴물이 날아온다!"

"크아아아! 도망쳐라!"

그러나 그들의 말이 끝나기도 전에 광룡은 함선을 덮쳤고 앞발이 눈부신 속도로 수십여 번 배를 가격했다.

쾅쾅쾅쾅…… 쾅쾅쾅!

한두 번 가격해도 배가 동강날 판인데 수십 번을 가격한 것이었다. 그것도 수십 장을 날아온 힘을 실어 연타로 가격했으니 그 결과는 실

로 끔찍했다. 배는 마치 갈기갈기 찢긴 듯 산산이 부서져 버렸다. 그
여파로 물살이 마치 큰 폭풍이라도 온 듯 거칠게 출렁거렸고 운 좋게
살아남은 사람들은 파도에 휩쓸려 흔적도 없이 사라져 버렸다.

"…즉시 퇴각하라!"

그 모습을 본 후안이 다급히 외쳤고 함선들은 급히 선회하기 시작했
다. 서문소혜는 광룡이 물속으로 들어가자 일순 움직임이 둔해져 당황
하고 있었다.

'몸이 무거워 헤엄을 칠 수 없는 걸까?'

광룡은 결국 바닥에 가라앉았다. 이리저리 시도해도 뜻대로 되지 않
자 서문소혜는 명광도 쪽을 향해 광룡을 걷게 했다. 잠시 후 수심이 얕
아지면서 명광도의 해변이 나타났다. 흑풍을 비롯한 서문세가의 무사
들이 망연자실하게 광룡을 쳐다보고 있었다. 그들은 모두 넋이 나간
것 같았다. 그리고 보니 여기저기 움푹 꺼진 백사장에는 시체들이 난
무했고 마치 아수라장 같았다. 서문소혜는 내심 쓴웃음을 지었다.

'…내가 좀 심했나? 후훗!'

고개를 돌려 바다를 바라보니 멀리 해적선들이 앞을 다투어 도망치
고 있는 모습이 보였다. 다소 심한 것 같기는 했지만 속이 후련했다.

"……."

이마에 붙은 조화석이 떨어지며 자광원의 빛이 사라졌다. 서문소혜
는 자리에서 일어났다. 임수아가 멍하니 쳐다보다가 입을 열었다.

"정말…… 대단하셨어요."

"괜찮았나요?"

서문소혜는 미소 지었다. 임수아는 한숨을 쉬며 고개를 끄덕였다.

“조금 심하신 것 같기는 했지만요. 어쨌든 다행이에요. 이제 해적들이 다시는 안 오겠죠.”

“걱정할 필요 없어요. 다시 오면 또 혼내주면 되잖아요.”

서문소혜는 조화석을 만지작거리며 환하게 웃음 지었다. 그리고는 그것을 품속에 집어넣었다. 임수아가 놀란 표정을 짓자 서문소혜는 피식 웃었다.

“염려 말아요. 섬을 떠나게 되면 돌려줄 테니. 그때까지는 내가 가지고 있는 것이 좋을 것 같군요.”

“그렇게 하세요.”

임수아는 흔쾌히 고개를 끄덕였다.

캄캄한 암흑 공간 어디선가 두 명의 인물이 대화를 나누고 있었다.

"이미 한 달이 지났다. 어찌 된 것인가?"

"…아무래도 의식이 살아 있는 것 같습니다."

"그것이 가능하단 말인가?"

"가능성은 희박하지만 의식이 다른 곳에 전이되어 존재한다면 아직 살아 있을 수도 있습니다."

"다른 생명체로 일체되었단 말이군."

"굳이 생명체가 아니라 환물도 가능할 수 있습니다."

"암흑마기가 없을 텐데 그게 어찌 가능한가?"

"저도 그게 궁금합니다. 미량의 암흑마기라도 존재한다면 반드시 우리에게 감지될 수밖에 없습니다. 그러나 현재 느껴지는 암흑마기는 모

두 우리가 파악하고 있는 것이고 새롭게 나타난 그 어떤 기운도 감지
된 것이 없습니다."

잠시 침묵이 흘렀다.

"계속 이 상태로 방치할 생각인가?"

"찾을 방도가 없습니다. 그러나 이제 그가 존재한다 해도 아무런 의
미가 없습니다."

"그게 무슨 소린가?"

"연결 고리를 끊어버리면 그는 영원히 그 상태로 살게 될 것입니다.
즉, 오직 의식만이 존재하는 가련한 신세가 되겠지요. 의지가 사라지
면 자연 소멸되는 의식 말입니다. 후후후."

"흠……."

둘은 다시 침묵했다. 침묵은 계속 이어져 암흑 공간은 음산한 정적
이 맴돌았다.

"소저, 아침 식사 준비가 되었습니다."

밖에서 비스트로의 말이 들렸다. 임수아의 집에는 방이 세 개가 있
는데 그동안 남은 두 개의 방은 사용하지 않고 있었다. 현재 서문세가
의 무사들이 오십 명 가까이 되다 보니 기거할 공간이 부족해 철영과
장칠은 이유강이 거하는 집의 빈방에서 지내고 그들이 있던 집은 서문
세가의 무사들이 지내도록 했다. 이에 서문소혜 역시 임수아의 집에서
함께 기거하고 있었다. 임수아는 옆방의 서문소혜를 불렀다.

"서문 소저, 아침 준비가 되었어요."

잠시 후 옆방 문이 열렸고 서문소혜가 하품을 하며 나왔다. 방금 일

어난 것 같았다.

"아함… 오늘 아침은 뭐예요?"

비스트로가 미소 지으며 말했다.

"전복죽입니다."

"네……."

서문소혜는 시큰둥하게 고개를 끄덕였다. 어제도 전복죽을 먹었던 것이다. 그러자 비스트로는 머리를 긁적였다.

"갑자기 가족이 늘어서 며칠 사이에 육축류가 모두 떨어졌습니다. 어쩔 수 없이 섬에서 구하기 쉬운 해산물 요리만 드셔야 할 것 같습니다."

"알았어요."

서문소혜는 다시 고개를 끄덕이고는 탁자에 앉았다. 해적들을 물리친 지 나흘이 지났고 이제 제법 섬 생활에 익숙해져 있었다. 현재 배가 부서진 상태라 외부와 연락할 방법이 없어 부득불 섬 생활에 적응할 수밖에 없었다. 서문세가의 무사들은 아수라장이 된 해변을 정리하고 섬 한쪽에 구덩이를 파 시체들을 모두 묻어놓았다. 그리고 떨어져 가는 식량을 보충하기 위해 매일 물고기를 잡거나 조개류를 채취하는 데 대부분의 시간을 보내고 있었다.

오물오물.

서문소혜는 전복죽을 입에 넣었다. 물론 맛은 있었다. 그러나 어제도 먹었던 것이라 더 이상 먹고 싶은 생각이 없는 것이다. 아무리 맛있는 요리라 할지라도 연속 이틀 동일한 음식을 먹는 것은 생각도 하기 싫었던 것이다. 적어도 한 달은 지나야 다시 그 요리를 그럭저럭 먹을 수 있을 만큼 입맛이 까다로웠다. 그렇다고 이런 외딴 섬에서 그런 내색을 할 수는 없어서 그저 먹는 둥 마는 둥 몇 숟갈 뜨다가 수저를 내려놓았다. 임수아가 의아한 듯 서문소혜를 쳐다봤다.

"왜 더 안 드세요?"

"그냥 입맛이 없군요."

서문소혜는 물을 마시고는 자리에서 일어나려 했다. 그러자 임수아가 품속에서 작은 병을 꺼내더니 서문소혜의 죽 그릇에 살짝 뿌렸다. 동시에 그녀의 손에서 백색 빛이 나가 죽 그릇을 휘감았다.

화아아악!

서문소혜의 눈이 휘둥그레졌다. 조금 전까지 전복 냄새만 구수하게 나던 죽 그릇에서 그동안 한 번도 맡아보지 못한 향긋한 냄새가 나기 시작한 것이다.

"어떻게 된 거죠? 이 향긋한 냄새라니."

"한 번 드셔보세요."

임수아는 미소 지었다. 서문소혜는 기대감을 갖고 죽을 떠 입에 넣었다.

오물오물.

"……!"

순간 서문소혜의 안색이 확 상기되더니 임수아를 노려봤다.

"정말 너무하시는군요."

"네? 왜 그러시죠? 맛이 없나요?"

임수아는 내심 당혹하여 물었다. 그러자 서문소혜는 무슨 소리냐는 듯 고개를 흔들었다.

“아니오. 맛있어요. 내 생전 이토록 맛있는 죽은 처음이에요.”

“아… 다행이에요.”

“근데 왜 이제야 그 가루를 뿌려주는 건가요? 이렇게 맛있는 조미료를 가지고 있으면서 몰래 혼자만 드셨나 봐요.”

서문소혜는 그렇게 말하며 임수아를 인색하다는 듯 쳐다봤다. 임수아는 내심 어이가 없었으나 미소를 지으며 말했다.

“이 조미료는 귀한 것이라 함부로 쓰지 않아요. 게다가 자주 쓰게 되면 입맛을 버려 다른 음식은 먹기 힘들어져요.”

“그렇긴 하겠군요.”

서문소혜는 이해가 된다는 듯 고개를 끄덕였다. 그리고는 죽을 정신없이 먹어 치웠다.

“정말 잘 먹었어요.”

“별말씀을요.”

“…내일도 부탁드릴게요.”

“그래요.”

서문소혜가 조심스럽게 임수아의 눈치를 보며 말하자 임수아는 흔쾌히 고개를 끄덕였다.

똑똑똑!

그때 밖에서 누군가 문을 빠르게 두드렸다.

“누구세요?”

임수아가 묻자 철영이 흥분한 기색으로 말했다.

“대인께서 정신을 회복하셨습니다.”

“…정말인가요?”

“예.”

철영은 미소를 지었다. 임수아와 서문소혜는 급히 이유강의 방으로 뛰어갔다.

“대인!”

“이 대인님!”

이유강은 자신을 향해 눈물을 글썽이며 들어오는 두 여인을 반갑게 맞았다.

“임 소저! 소문 소저! 어서 오시오. 그동안 심려를 끼쳐서 미안하오.”

“흐흑! 대인 정말 걱정 많이 했어요.

“대체 어찌 되신 건가요?”

이유강은 그녀들의 어깨를 다독이며 미소 지었다.

“무사하니 이제 걱정하지 마시오. 그동안 무슨 일이 있었는지 알려주시겠소?”

“네…….”

임수아는 해적들에 관한 얘기를 해주었다. 이유강은 담담히 그 얘기를 듣고는 고개를 끄덕였다.

“고생 많았소. 유 맹주에게 말해 남은 해적들을 소탕하라 할 테니 이제 더 이상 걱정하지 마시오. 참, 명광석은 많이 만들었소?”

“네?”

“명광석은 얼마나 만들었는지 물었소.”

“…아! 대략 천여 개 정도요.”

그러자 이유강은 환한 미소를 지었다.

"오오, 대단하시오. 앞으로도 계속 만들어주시오. 많으면 많을수록 좋소."

"알겠어요."

임수아는 이유강이 깨어나서 곧바로 명광석에 대해 묻자 내심 섭섭한 생각도 들었으나 그가 밝게 미소 짓는 것을 보자 기분이 좋아졌다.

서문소혜가 이유강에게 물었다.

"계속 이 섬에 계실 것인가요?"

"당분간 그럴 것이오. 소저께선 언제까지 이곳에 있을 생각이시오?"

"그럼 저도 이 대인님이 돌아갈 때까지 이 섬에 있을게요. 어차피 배가 파손되어 돌아갈 수도 없어요."

"조만간 풍운장의 배가 이곳에 올 것이니 그편에 돌아가는 것이 어떻겠소?

그러자 서문소혜는 토라진 표정을 지었다.

"흥! 제가 그렇게 보기 싫으신가요? 저를 보자마자 돌아가라는 말을 하시는군요."

"소저가 돌아가지 않으면 세가에서 분명 많은 걱정을 할 것 아니겠소? 그것이 괜찮다면 얼마든지 섬에서 지내도 좋소."

"한동안 여행을 떠난다고 했으니 괜찮아요. 저도 이 섬에서 당분간 모든 것을 잊고 푹 쉬고 싶어요."

"그럼 그렇게 하시오."

이유강은 고개를 끄덕였다. 그때 철영이 조심스레 말했다.

"대인, 식량이 거의 떨어졌습니다."

"얼마나 버틸 수 있지?"

“대략 삼 일 정도입니다.”

“알았다. 그렇다면 삼 일 안에 풍운장의 보급선이 오도록 지시할 테니 더 이상 걱정하지 말아라.”

“예.”

철영은 포권을 하고는 물러갔다. 임수아와 서문소혜도 인사하고는 물러갔다. 이유강은 방에 혼자 남아 잠시 생각에 잠겼다. 그러다 탁자에 앉아 환물 반지를 이용해 여송을 불렀다.

〈총군사, 나 이유강이오.〉

그러자 잠시 후에 여송이 반색하며 대답했다.

〈대인을 뵙습니다.〉

〈오랜만이오. 별일없었소?〉

〈특별한 일은 없었습니다. 섬에서 불편한 것은 없으신지요?〉

〈불편한 것은 없소. 다만 이곳에 서문세가의 무사들이 와 있기에 보급이 절실한 실정이오. 식량을 넉넉하게 준비하여 보내주었으면 하오.〉

〈곧바로 준비하여 출발시키겠습니다. 대략 두 나절 후면 도착할 수 있을 것입니다.〉

순간 이유강은 다소 놀란 듯 물었다. 이삼 일 정도 거리를 불과 두 나절 만에 온다는 것은 환물 괴어를 이용하지 않고는 불가능한 일이었다.

〈총군사가 직접 오실 생각이시오? 대략 삼 일 정도의 여유분은 있으니 굳이 그렇게 할 필요는 없소.〉

〈이번에 완성한 풍운대함(風雲大艦)을 대인께 선보이고 싶습니다.

그리고 그동안 만든 각종 환물 기구들도 보여 드릴 겸 대인을 찾아뵙
겠습니다.〉

〈그렇게 하시오. 참… 풍운대함이라 하셨소?〉

〈예. 대형 환물 선박을 드디어 완성했습니다. 외형은 평범한 대형
범선과 비슷하나 배를 움직이는 주동력은 삼백 마리의 환물 괴어들입
니다.〉

순간 이유강은 놀랐다. 보통 어지간한 배들은 환물 괴어 서너 마리
만으로도 충분히 움직일 수 있었고, 흑골대함과 같은 큰 배도 환물 괴
어 열 마리면 충분히 움직일 수 있었던 것이다. 한데 삼백 마리의 환물
괴어가 동원된다면 대체 얼마나 큰 배일지 짐작이 안 되었다.

〈상당히 큰 배인 것 같소?〉

〈최대 승선 인원이 대략 오천 명은 되는 사상 최대의 함선입니다.
자세한 것은 찾아뵙고 말씀 드리겠습니다.〉

〈알았소.〉

〈달리 하명할 일은 없으신지요.〉

〈흠… 명광도 근처에 흑골연합의 반도인 곤도란 자와 라몬 함대라
는 해적들이 결탁하여 해적질을 벌이고 있소.〉

〈알겠습니다. 유 맹주와 연락하여 곧바로 조치를 취하겠습니다.〉

〈그렇게 하시오.〉

〈그럼 두 나절 후에 뵙겠습니다.〉

〈알았소.〉

이유강은 고개를 끄덕이고는 교신을 끊었다.

"이제 조금 있으면 배가 해남도 남단에 도착하게 될 거예요. 어찌 하실 건가요?"

환가영은 제갈수연 등과 함께 탁자 앞에 앉아 식사 중이었다. 탁자 앞에는 제갈수연뿐 아니라 주소영과 도상, 청허자, 무송 등도 함께 있었다. 처음에는 다소 어색했던 사이였지만 한동안 배를 타고 여행을 하다 보니 이제는 서로 친해져 밥도 같이 먹고 있는 것이었다. 환가영의 물음에 제갈수연은 말했다.

"우리는 명나라로 갈 수 없는 입장이라 그 근처에서 내릴 생각이에요."

"해남도에 거하실 생각이신가요?"

"아뇨. 그곳 역시 마교의 세력 하에 있으니 안전할 수 없겠죠."

"그럼 정말로 섬에서 도피 생활을 하려고요?"

환가영은 안쓰러운 표정으로 제갈수연 등을 쳐다봤다. 그러자 도상이 말했다.

"내가 서장으로 오기 전 선원들을 통해 들은 것이 있소. 명나라 동쪽과 남쪽의 광대한 해역을 장악하고 있는 흑골연합이라는 커다란 세력이 있는데 최근 그 세력을 새로운 인물이 이끌고 있다는 것이오."

"흑골연합이라면……."

환가영은 안색을 찌푸렸다. 그녀가 흑골연합을 모를 리가 없었다. 환가장의 선박들도 예전에 흑골연합에게 입었던 피해가 적지 않았고 강제로 세금을 뜯겼던 경우도 있었던 것이다. 그녀는 물었다.

"설마 그 해적단에 투신할 생각은 아니겠죠?"

"이제 그들은 더 이상 해적이 아니라 들었소. 모든 노예들을 해방하고 해적질도 하지 않는다고 했소."

"그래도 해적은 해적일 뿐이에요."

"만일 그렇다면 우리는 환 소저의 말처럼 무인도에서 살 수밖에 없을 것이오. 해적질을 하며 살 수는 없을 것이니 말이오. 그러나 일단은 그 흑골연합의 맹주를 만나볼 생각이오."

도상의 말에 환가영은 고개를 끄덕이며 말했다.

"제가 도울 일은 없을까요?"

"지금까지 우리를 태워준 것만으로도 충분히 감사하오."

"네… 저도 어쩔 수 없군요. 대신 이것을 드릴게요."

환가영은 탁자 위에 묵직해 보이는 주머니를 올려놓았다. 제갈수연이 물었다.

“이게 뭐죠?”

환가영은 미소를 지었다. 제갈수연이 살펴보니 주머니 안에는 작은 금원보 십여 개가 들어 있었다.

“어찌 이렇게 많은 금액을……?”

“어디를 가나 돈은 필요할 거예요. 제게는 그리 큰 금액이 아니니 부담 갖지 말고 받으세요.”

제갈수연은 잠시 고민하다 고개를 끄덕였다.

“…네. 감사해요.”

사실 그녀들은 얼마 전 환가영에게 받은 급료도 배를 타기 직전 필요한 옷가지 등을 사느라 대부분 써버려 돈이 별로 없었다. 도상이 감동한 듯 말했다.

“이토록 많은 돈을 주시다니 환 소저의 은혜 절대 잊지 않겠소.”

“별말씀을. 부디 적으로 만나지 않길 바라겠어요.”

“그럴 일은 없을 것이오.”

도상은 조금 씁쓸한 표정으로 말했다. 환가영은 물었다.

“그게 무슨 말인가요? 흑골연합의 맹주를 만나 마교에 대적하려는 것이 아닌가요?”

그러자 도상은 피식 웃었다.

“하하, 오해하신 것 같소. 그럴 생각은 전혀 없소. 우리는 그저 그와 뜻이 맞으면 먼 후일을 위해 쓸 만한 인재들에게 무공을 가르쳐 문파의 맥을 잇게 하고 싶을 뿐이오.”

“그럴 생각이셨군요.”

환가영은 그제야 제갈수연 등의 뜻을 짐작했다. 도상이 고개를 끄덕였다.

"그렇소."

"그런데 그들을 어떻게 만날 생각이신가요?"

"이 근처의 섬들 중에 흑골연합 세력에 속하는 곳이 있소. 그곳은 누구든 원하는 자를 받아준다고 했으니 우리 역시 받아줄 것이오. 그 섬의 위치는 내가 대략 알고 있소."

"알았어요. 그럼 항해사에게 그 위치를 말해주세요."

그러자 도상은 고개를 끄덕이고는 선실 밖으로 나갔다.

대략 한 나절 후, 배는 도상이 말한 섬에 도착했다. 섬은 제법 컸는데 마치 성처럼 방벽이 둘러져 섬의 내부는 볼 수가 없었다. 잠시 둘러보니 배가 들어가 정박할 수 있는 포구가 보였다. 포구는 상당히 컸는데 가지각색의 수많은 배들이 정박되어 있었다.

포구 주위에는 십여 척의 커다란 선박들이 배회하고 있었는데 흑골 깃발이 나부끼는 것으로 보아 흑골연합의 전함들인 것 같았다. 배가 포구에 근접했으나 그들은 별다른 저지를 하지 않았다. 그러나 포구에 배를 대자 갑판 위로 십여 명의 무사가 올라왔고 그들 중 한 명이 물었다.

"혹시 교역을 하러 왔소? 이곳에 정박을 하려면 정박료를 내야 하오."

"누구든 원하는 자들을 받아준다고 해서 찾아왔소만……."

도상이 말하자 무사는 잠시 도상의 전신을 살피더니 말했다.

"잘 오셨소. 이곳은 남녀노소 그 누구든 자신의 능력대로 대접받소.

그러나 일단은 이 섬에 머물면서 도주님과 면담을 하셔야 하오. 요새 사람들이 많아서 한동안 기다리셔야 할 것이오.”

“얼마나 기다려야 하는 것이오?”

“대략 한 달은 걸릴 것이오.”

그러자 도상은 난처한 표정을 지었다.

“…한 달이라니, 그렇게 오래 기다린단 말이오?”

“어쩔 수 없소.”

“그럼 섬 안에 우리가 지낼 곳은 있소?”

그러자 무사는 웃었다.

“이 섬에 웬만한 것은 다 있소. 돈이 좀 있으면 교역을 하러 오는 상인들이나 묵는 좋은 객잔에 묵을 수도 있겠지만, 돈이 없어도 그럭저럭 지낼 곳을 제공해 주니 걱정하지 마시오.”

“여비는 충분하오. 안으로 안내해 주시오.”

“따라오시오.”

무사는 고개를 끄덕였다. 도상을 비롯한 제갈수연 등은 이미 짐을 챙긴 터라 환가영을 향해 아쉬운 작별 인사를 했다. 그러나 환가영은 내심 섬 안이 궁금해서 함께 따라나섰다.

“섬 안에 없는 것이 없다 하셨는데 그럼 시장도 있나요?”

그러자 무사가 뒤를 돌아봤다.

“물론이오. 혹시 교역할 물건이 있소?”

“네. 가격만 맞는다면.”

환가영은 미소 지었다. 그러자 무사는 매우 공손한 표정으로 말했다.

"상인이셨군요. 안으로 안내해 드리겠습니다."

"네."

교역을 한다 하자 무사는 도상 등에게 했던 무뚝뚝한 태도와는 달리 매우 호의적인 태도로 대하는 것이었다.

포구 주위에는 마치 병영과 같은 건물이 서너 개 보였고, 그러한 건물들 안쪽으로 커다란 성문이 있었다. 문 앞에는 수십 명의 무사가 지키고 서 있었다. 안내하던 무사는 도상 등을 향해 말했다.

"저 앞에 가서 이름을 적고 순번표를 받으시오. 그리고 매일 그날 면담자의 순번이 문 앞 공지 판에 붙으니 확인해 보시오."

"알았소."

도상 등은 그의 말대로 문 앞에 있는 무사들에게 가서 이름을 적고 순번표를 받았다. 안내 무사는 환가영을 향해 말했다.

"저 안쪽으로 들어가시면 시장이 있습니다. 그럼 저는 이만."

"네. 수고하셨어요."

환가영은 고개를 끄덕이고는 순번표를 받아온 도상 등과 함께 방벽으로 둘러싸인 성내로 들어갔다. 성안에는 마치 작은 항구도시에 들어온 듯 수백 채가 넘는 건물들과 전각들이 늘비하게 들어서 있는 것이 보였다. 시장에는 많은 사람들이 돌아다니고 있었고, 거래도 활발하게 이루어지는 듯 시끌벅적 했다. 환가영은 탄성을 질렀다.

"대단하군요. 섬에 이런 곳이 있을 줄이야."

"대략 소문을 들었소만 이 정도일 줄은 상상도 하지 못했소."

도상 역시 놀란 듯 주위를 돌아봤다. 환가영은 잠시 시장을 돌아다니며 각종 물품들을 둘러보았다. 놀랍게도 얼마 전 서장의 항구 시내에 있던 곳보다 오히려 물목들이 더욱 풍부하고 물량도 많았다. 어디서 소문을 들었는지 천하 각지에서 몰려온 상인들이 자유롭게 거래를 하고 있었던 것이다. 이유를 들어보니 이곳에서는 교역에 있어서 한 푼의 세금도 내지 않아도 된다는 것이었다. 묵묵히 옆에서 지켜보던 제갈수연이 말했다.

"흑골맹주는 범상한 자가 아닌 것 같아요. 짐작컨대 흑골연합에는 이곳과 같은 섬이 매우 많이 존재할 것 같은 생각도 들어요."

그러자 환가영은 고개를 끄덕였다.

"이곳은 상인들의 천국이에요. 이런 곳들이 많아서 서로 교역으로 연계된다면 그 규모는 실로 엄청날 것 같군요."

"네."

제갈수연은 끄덕이며 생각에 잠겼다.

'어쩌면 흑골맹주는 거대한 해상국가를 꿈꾸고 있는 것 같구나. 그는 대체 어떤 인물인 걸까.'

그녀는 흑골맹주에 대해 매우 호기심이 느껴졌다. 그때 환가영이 뭔가를 보며 탄성을 질렀다. 제갈수연이 물었다.

"왜 그러세요?"

"아니오. 저것 때문에요. 서장에서 유행하는 동상이었는데 벌써 이곳까지 유행하다니 놀랍군요."

환가영은 손가락을 들어 하나의 동상을 가리켰다. 다름 아닌 비혼 모양의 영웅 동상이었다. 서장에서 유행하던 것을 누가 벌써 들여온 것 같았다. 비혼 동상은 이곳에서도 제법 유행하는지 점포에만 수십여 개가 쌓여 있었다. 제갈수연은 그 동상을 보고 깜짝 놀랐다.

‘저 모습은?’

마교 이수전주가 던진 검으로부터 그녀의 목숨을 구하고 죽었던 사내의 모습과 흡사했던 것이다. 그런데 대체 왜 그의 모습과 흡사한 동상이 유행하고 있는지 무척 황당하기 그지없었다.

꽈앙! 파지직!

그때 갑자기 누군가 신경질적으로 동상을 박살 냈다. 갑자기 소란이 벌어지자 주위로 무사들이 모여들었다. 소란을 피운 자는 이십대 초반의 멋들어진 복장을 한 청년이었다. 그는 매우 신경질적인 표정으로 점포 주인을 닦달하고 있었다.

“누가 이 동상을 만들었는지 빨리 말해라!”

“저, 저는 그저 서장에서 온 상인에게 요즘 유행하는 동상이라 해서 샀을 뿐입니다.”

“닥쳐라! 어떤 놈이 만들었는지 말하지 않으면 몽땅 부숴 버리겠다!”

“아이고, 제발… 저, 저는 모릅니다요.”

그때 무사들이 다가와 청년을 향해 소리쳤다.

“이봐, 여기서 소란을 떨다니… 잠깐 우리와 함께 가줘야겠어.”

그러자 청년은 고개를 홱 돌려 무사들을 노려봤다.

“이것들이 죽고 싶나?”

“…허억! 당신은!”

무사들은 청년을 보더니 대경실색하며 벌벌 떨었다.

“모, 몰라뵈었습니다.”

“죄송합니다.”

그러자 청년은 싸늘히 말했다.

"그만 가서 볼일들이나 봐라."

"옛!"

무사들은 살았다는 듯 안도하며 잽싸게 사라져 버렸다. 청년은 다시 점포 주인을 노려봤다. 다시 뭔가를 닦달할 모양이었다. 그때였다.

"철 공자! 이런 곳에서 뵙다니 뜻밖이군요."

그러자 청년은 목소리의 주인을 쳐다보고는 눈이 휘둥그레졌다.

"…오오, 환 소저 아니십니까?"

"네. 오랜만이에요."

환가영은 미소 지었다. 청년은 다름 아닌 철무생이었다. 철무생은 유풍룡의 명으로 해역 순찰을 돌던 도중 조금 전 이 섬에 도착하여 안으로 들어왔던 것이다. 그러다 비혼과 동일한 형상의 동상을 보자 황당한 마음에 점포 주인을 닦달했던 것이다.

사실 철무생은 비혼에 대해 그다지 좋은 감정을 가지고 있지 않았다. 잊을 만하면 떠오르는 난도질에 대한 악몽 때문이었다. 모처럼 순찰함대의 대장으로 이 섬에 도착해 은연중 대접을 받으며 거리를 활보하고 있었는데 비혼의 동상을 보고 순간 가슴이 철렁했던 것이다. 그래서 더욱 기분이 상해 점포 주인을 닦달했던 것도 있었다. 그러던 와중 환가영이 그를 발견한 것이었다. 철무생은 말했다.

"환 소저께서 이곳까지 오시다니 실로 놀라운 일입니다. 서문 소저께서는 안녕하신지요. 못 뵌 지 오래되었습니다."

"저도 서장에서 오래 있다가 지금 명나라로 돌아가는 길이에요. 한데 철 공자께서는 왜 이곳에 계시나요?"

그러자 철무생은 만면에 미소를 지었다.

"하하하, 제가 이래 봬도 순찰함대의 대장입니다. 해역을 도는 나쁜 놈들이 없나 순찰을 하던 중 잠시 이 섬에 들른 것입니다."

"순찰함대라니요?"

환가영이 의아한 듯 묻자 철무생은 어깨를 으쓱했다.

"으흠… 흑골연합 순찰함대를 말하는 것입니다."

"오오! 정말이신가요?"

"하하, 이 정도야 뭐, 기본입니다."

환가영은 믿을 수 없다는 표정을 지었다. 철무생이 비록 항주 암흑가를 주름잡고는 있었지만 실상 그의 무공 실력은 무척 평범했기 때문이다. 그런 그가 명나라 남쪽과 동해를 아우르는 거대한 해역을 장악한 흑골연합 순찰함대의 대장이라니……. 그러고 보니 이전과 달리 철무생으로부터 정체를 알 수 없는 강한 기운이 느껴지고 있었다.

"……!"

그때 도상과 제갈수연 등은 환가영과 철무생을 보며 안색이 밝아졌다. 이 섬의 도주를 만나 면담을 하기 위해 적어도 한 달을 기다려야 한다고 들었는데, 흑골연합의 순찰함대장이라는 자를 환가영이 잘 아는 것 같자 내심 기대가 되었던 것이다. 잘하면 흑골맹주를 빨리 만날 수도 있을 것도 같았다. 철무생은 환가영과 일행들을 보며 크게 웃었다.

"으하하하! 예전에 서호에서는 제가 주로 얻어먹는 편이었는데, 오늘 제가 크게 한 턱 내겠습니다. 모두 저를 따라오십시오."

"좋아요. 듣던 중 반가운 소리군요."

환가영은 흔쾌히 고개를 끄덕였다. 잠시 후 철무생은 상당히 화려해 보이는 전각으로 일행을 안내했다. 전각의 문 위에는 황옥반점(黃玉飯店)이라는 글씨가 멋들어지게 새겨진 커다란 명판이 붙어 있었다. 전각은 총 삼층으로 되어 있었고, 내부 장식이 화려한 것이 소주나 항주의 멋진 반점에 비해 조금도 뒤지지 않았다. 실로 돈 많은 상인이 아니면 엄두도 내지 못할 만큼 화려한 곳이었다. 철무생은 허리춤에서 부채를 빼 흔들었다.

"이곳에서 가장 좋은 황옥반점입니다. 마음에 드시는지요."

"섬에 이런 멋진 반점이 있다니 놀랍군요."

"하하하, 무엇이든 원하는 대로 시키십시오."

"정말 그래도 될까요?"

그러자 철무생은 약간 당황하는 표정을 지었다가 이내 호탕하게 웃었다.

"물론입니다. 아무 부담 갖지 마십시오."

"그래요. 참 저희 일행을 소개할게요."

환가영은 탁자에 함께 앉은 제갈수연 등을 철무생에게 소개했다. 제갈수연 등은 모두 정중하게 철무생을 향해 포권했다. 그러자 철무생은 싱글거리며 포권했다.

"철무생이라 하오. 환 소저의 친구 분들을 만나 뵙게 되어 심히 반갑소. 혹시라도 불편한 것이 있으면 언제든 내게 얘기하시오."

"오오, 감사하오. 철 대협께 그렇지 않아도 부탁할 것이 있소."

대협이라는 말을 듣자 철무생은 입이 귀밑까지 찢어졌다. 그러다 이내 정색을 하고는 도상을 쳐다봤다.

"으흠, 도 대협! 그 부탁이 무엇이오."

"다름 아니라 우리들은 흑골맹주를 한 번 뵙고자 하오. 그러나 그러기 위해서는 이 섬의 도주를 만나는데 만도 한 달이 걸린다 하니 맹주를 뵈려면 얼마나 많은 기일이 걸릴 지 실로 요원할 지경이오. 철 대협께서는 순찰함대장이시니 우리에게 맹주를 뵙게 해주신다면 그 은혜를 잊지 않겠소."

"하하, 그것은 무척 쉬운 일이오. 걱정 마시오."

철무생은 주저없이 고개를 끄덕였다. 그러자 도상 등은 감격하며 철무생을 향해 포권했다.

"오오, 실로 감사하오."

"철 대협의 은혜 잊지 않겠어요."

"으하하! 별말씀을. 이제 걱정 말고 요리부터 주문하시오."

철무생의 말에 환가영 등은 여러 가지 요리를 주문했다. 섬이라 육축류보다는 해산물 요리가 많았다. 잠시 후 요리가 나왔고, 환가영 등은 모처럼 멋진 요리들을 먹으며 즐거운 표정을 지었다. 그러다 일순 음식을 먹던 환가영이 철무생을 보며 물었다.

"한데 철 공자님은 어떻게 흑골연합의 순찰함대장이 되신 거예요? 철 공자님은 이 대인님을 따르지 않으셨나요?"

그러자 철무생은 의외란 듯 말했다.

"모르셨습니까? 흑골연합을 장악하신 분이 바로 이 대인님이십니다."

"네?"

환가영은 전혀 예상치 못했던지라 입을 다물지 못했다.

“그렇다면 신비에 쌓인 흑골연합의 맹주가 바로 이 대인님이신가
요?”

“하하하, 이 대인님은 맹주보다 위에 계십니다. 흑골연합의 맹주도
이 대인님의 부하지요.”

“어떻게 그런 일이…….”

환가영은 멍한 표정을 지었다. 제갈수연 등도 놀란 기색이었다. 신
비에 쌓인 흑골맹주가 누군가의 부하라니… 제갈수연은 환가영을 향
해 물었다.

“환 소저께서는 그 이 대인님이라는 분을 잘 알고 계시는 것 같아
요?”

“네. 잘 아는 분이세요.”

환가영은 고개를 끄덕이고는 기대 어린 표정으로 다시 철무생을 쳐
다봤다.

“그럼… 지금 이 대인님이 어디에 계신지 알고 계신가요?”

그러자 철무생은 고개를 저었다.

“저도 그분이 어디에 계신지는 모릅니다.”

환가영은 조심스레 다시 물었다.

“그분께서 살아계시는 것은 분명하죠?”

“옛? 그게 무슨 말입니까?”

철무생은 어이없다는 표정을 짓더니 조금은 화난 어조로 말했다.

“대인께서는 당연히 살아계십니다.”

“아… 죄송해요. 제가 실수했군요.”

“하하하, 죄송할 것까지야. 어쨌든 갑자기 그런 말을 하시니 조금 놀

랐습니다.”

철무생은 고개를 갸웃하다 다시 호탕하게 웃었다. 환가영은 내심 속이 탔으나 자세한 것을 물어볼 수는 없었다. 이유강이 파리에 관한 말은 누구에게도 하지 말라고 했던 것이다. 그때 도상이 물었다.

“그 이 대인이라는 분은 대체 누구입니까?”

“항주에 풍운장이라는 장원이 있는데 그곳의 장주세요.”

“흠…….”

도상은 고개를 갸웃했다. 풍운장이란 이름은 무척 흔한지라 어느 지역을 가든 서너 개씩은 존재했기 때문이다. 그러한 장원들 중 무림에 크게 명성을 떨칠 만큼 큰 곳이 항주에 있었단 말인가? 어쨌든 이 대인이란 자는 무척 신비로운 인물임에 틀림없었다.

‘꼭 한 번 만나보고 싶은 자로군.’

흑골연합의 실질적인 맹주라 하니 언젠가 기회가 올 것이란 생각이 들었다. 제갈수연 역시 풍운장주에 대해 많은 호기심이 들었다.

‘마교의 인물은 아닌 듯한데…… 정말 대단한 사람이구나.’

어느덧 탁자 위의 음식들은 비워져 있었다. 철무생은 대범한 표정으로 주인에게 식대를 계산했고, 환가영은 반점을 나섰다. 제갈수연 등은 철무생을 따라 흑골연합의 본진으로 가기로 했기에 환가영은 곧바로 항주를 향해 배를 출항시켰다. 그녀는 멀어져 가는 섬을 묵묵히 바라보다 고개를 돌려 서쪽 하늘과 바다를 붉게 물들이며 사라져 가는 해를 쳐다봤다.

‘이 대인님, 살아계신 거죠……?’

그녀는 혹시나 하는 생각에 급히 선실로 들어가 보석함을 열고 주머니를 열어보았다.

'…아니!'

당연히 쉬파리가 있을 줄 알았는데 안에는 아무것도 없었다. 환가영은 깜짝 놀라 주머니를 털어보았다.

부스스스……

그러자 약간의 흙먼지가 주머니로부터 떨어지더니 허공 중에 흩어져 버렸다. 환가영은 일순 가슴이 철렁했다.

'……!'

그러다 내심 짚히는 것이 있어 선실 중 한곳 문을 열었다. 비혼이 있는 선실이었다.

'이럴 수가!'

선실 안에는 흙먼지만 수북이 싸여 있었고, 비혼의 모습은 보이지 않았다. 황가영은 멍하니 선실을 응시했다.

'이 대인님……'

명광도 주변에는 안개가 자욱하게 덮여 있었다. 오늘따라 안개가 더욱 진해 서너 장 앞에 무엇이 있는지도 분간하기 힘들었다.

"……."

이유강은 씁쓸한 표정으로 아래를 내려다보고 있었다. 그때 누군가 오는 소리가 들렸다. 순간 이유강은 도를 휘둘렀다.

파아앗! 파파파팟!

수많은 도의 그림자가 땅에 작렬했고 마치 폭풍이라도 일어난 듯 흙더미가 요동치며 솟아올랐다가 가라앉았다.

찰칵!

이유강은 도를 도집에 꽂아 넣고는 돌아섰다. 잠시 후 안개 속을 헤치고 한 명의 청년이 나타났다. 철영이었다.

"대인, 풍운도로부터 배가 도착했습니다. 여송 총군사님도 함께 오셨습니다."

"알았다."

이유강은 고개를 끄덕이고는 해변 쪽으로 향했다. 철영은 공손히 이유강을 따르다 문득 뒤를 돌아보았다.

'…대인께서 왜 저곳에 계셨을까.'

며칠 전 해변에 널브러진 시체들을 한데 모아 묻어놓은 장소였다. 철영은 고개를 갸웃했으나 이내 이유강을 뒤따랐다.

"대인을 뵙습니다."

"대인을 뵙습니다."

해변에 도착하자 여송을 비롯한 풍운장의 인물들이 이유강을 향해 공손히 포권했다. 이유강은 미소 지었다.

"모두들 오랜만이오."

"대인께서 건강하신 것 같아 기쁩니다. 먼저 풍운대함에 오르시겠습니까?"

"흠… 좋소."

이유강은 고개를 끄덕이고는 여송과 함께 작은 배에 올라탔다. 배에는 한 명의 청년이 타고 있었는데 그는 이유강을 보고는 공손히 포권한 후 배의 선수에 돌출되어 있는 기이한 모양의 막대기를 움직였다.

촤아아아!

놀랍게도 배는 빠른 속도로 나아갔다.

'일전에 본 것이로군!'

환물 괴어를 이용해 만든 소형 환물 선박이었다. 그런데 환물 선박을 모르는 청년으로부터 아무런 암흑마기도 느껴지지 않았다. 여송이 그때 말한 대로 암흑마기가 없는 자들도 환물 선박을 몰 수 있는 기관장치를 완성한 것이 분명했다. 잠시 후 안개를 제치고 거대한 배가 눈앞에 나타났다.

'오오, 대단하군. 이토록 큰 배가 존재하다니!'

가히 수백 명을 태울 수 있었던 흑골대함도 결코 적은 것이 아니었다. 그러나 지금 눈앞에 나타난 배는 그것의 수십 배는 달하는 거대한 배였던 것이다. 실로 배가 아니라 움직이는 섬이라는 착각이 들 정도였다. 이유강은 경악을 감추지 못하고 물었다.

"이것이 정녕 배란 말이오?"

"예. 풍운대함입니다."

이유강은 이해할 수 없는 표정을 지었다.

"불과 몇 개월 전만 해도 이것을 그저 구상만 하지 않았었소? 어찌 이토록 큰 배를 몇 개월 만에 완성할 수 있었단 말이오?"

"물어보실 줄 알았습니다. 자세한 것은 안에서 설명 드리겠습니다."

여송은 미소를 지었다.

촤아아아악!

이유강이 타고 있는 소형 환물 선박이 풍운대함에 다다르자 돌연 풍운대함의 수면과 맞닿아 있는 측면에 자그마한 구멍이 생기더니 점점 커졌다.

'……?'

이유강은 내심 신기했으나 담담히 지켜보았다. 구멍은 순식간에 소형 환물 선박이 들어갈 수 있게 충분히 커졌다. 청년은 배를 구멍 안쪽으로 몰았다.

촤아아아!

안으로 들어오자 수백 척의 소형 환물 선박들이 보였는데 그 모습은 마치 배 안에 작은 포구가 들어서 있는 것 같았다.

“내리시지요.”

“……”

이유강은 주위를 둘러보며 놀라움을 금치 못했다. 셀 수 없이 많은 선실들을 보니 여송의 말대로 수천 명이 충분히 거하고도 남을 것 같았다. 계속 돌아보니 백여 개의 커다란 창고 같은 선실이 있었는데 그 안에서는 환물 장인들이 분주하게 움직이고 있었다. 그런데 환물 장인들이 움직이는 곳곳에 기이한 장치들이 보였다.

“저것은 무엇이오?”

이유강이 묻자 여송은 하나의 창고 안으로 들어가며 말했다.

“환물의 원리와 기관의 원리를 접목해 만든 장치들입니다. 몇 가지 동작을 무한 반복하는 것으로 그 동작들에 있어서는 장치 하나가 수십의 환물 장인이 하는 일을 능히 해낼 수 있습니다.”

“흠……”

이유강이 잠시 지켜보니 탁자만한 크기의 장치에 커다란 쇠칼이 달려 있었는데 환물 장인이 나무토막을 가져다 놓자 일정한 모양으로 조각을 하는 것이었다. 그런데 그 동작이 무척이나 빨랐다. 환물 장인으로서는 그러한 속도를 낼 수가 없었다.

‘……!’

환물 장인이 하는 일은 환물 장치가 조각을 해놓으면 그것을 상자에

담는 것과 다른 나무토막을 다시 환물 장치 위에 올려놓는 일이었다. 이유강은 탄복하는 표정을 지었다.

"대단하오. 이렇게 하면 하루에도 실로 엄청나게 많은 물품들이 만들어질 수 있겠소."

"그래도 공급 물량이 부족한 실정입니다."

"아니, 이 많은 물품들이 그렇게 빨리 팔린단 말이오?"

"예. 이 물품들은 수시로 흑골연합의 해역에 존재하는 교역도들로 보내집니다. 교역도(交易島) 내에 만들어진 시장에는 천하 각지의 상인들이 은밀히 모여들어 활발히 거래가 이루어지고 있습니다. 앞으로 상황을 봐서 그러한 교역도는 점점 더 늘려 나갈 생각입니다."

"흠……."

이유강은 고개를 끄덕였다. 흑골연합의 해적들을 이용해 교역도를 만드는 것은 이전부터 계획했던 것이라 이유강도 알고 있었다. 유풍룡은 녹림도의 시절부터 꿈꿔왔던 신분의 차별이 없이 능력으로 대접받는 세상을 만들고자 했었고, 여송은 그의 그러한 뜻을 존중했던 것이다.

그렇게 해서 만들어진 것이 교역도였다. 그곳에서 이루어지는 모든 거래에는 그 어떤 세금도 붙지 않기에 상인들은 실로 많은 이익을 남길 수 있었고, 그 소문을 들은 온 천하 각지의 상인들이 모여들어 북새통을 이루고 있었다. 그러나 기실 교역도에서 이루어지는 수많은 거래 물품의 태반은 풍운장에서 만들어진 각종 물품들이었다. 즉, 환물 장치와 환물 장인으로부터 대량 제조된 물품들이 교역도의 거래를 통해 천하 각지로 뻗어나가고 있어 풍운장은 이로써 막대한 수익을 얻고 있었다.

　그곳에서 얻어진 많은 수익으로 수만이 넘는 흑골연합의 무사들에게 넉넉히 급료를 줄 수 있을 뿐만 아니라 새로 흑골연합에 투신하는 사람들에게 능력에 따라 일자리를 만들어주었던 것이다. 이유강은 말했다.

　"교역도는 실로 멋진 발상이었소."

　"대인께서 흑골연합을 장악하지 않으셨으면 이루기 힘들었을 것입니다."

　"아니오. 실로 총군사와 유 맹주의 노고가 컸소. 특히 풍운대함과 각종 환물 장치들은 나의 상상을 뛰어넘는 놀라운 것들이오."

　"별말씀을. 대인께서 가르쳐 주신 내용을 응용한 것뿐입니다."

　여송은 미소를 지으며 말을 이었다.

　"대인께서도 아시겠지만 환물 내에 존재하는 암흑마기는 이른바 무극지기(無極之氣)입니다. 즉, 아무리 써도 다함이 없다는 뜻이지요. 보통 내공과 같은 경우는 그 기를 소모하면 다시 차는데 상당한 시간이 필요하지만, 환물 내에 존재하는 암흑마기는 그 기가 소모되어도 그 소모한 분만큼의 기가 금방 회복됩니다. 이는 곧 무한 동력이 가능하다는 것입니다."

　"무한 동력(無限動力)이라……."

　"그렇습니다. 그로 인해 말이 없이도 끝없이 달리는 마차, 돛이나 노가 없어도 움직일 수 있는 배가 만들어질 수 있는 것입니다. 이것들은 현재 모두 만들어졌습니다. 모두 환물 괴어들과 환물 괴물들을 이용한 것입니다."

이유강은 고개를 끄덕였다.

"대단하오."

"그럼 몇 개월의 기간 동안 어떻게 이리 큰 배를 만들었는지 알려 드리겠습니다."

"그렇지 않아도 그것이 계속 궁금했소."

이유강의 말에 여송은 미소를 지었다. 그리고는 한 창고로 이유강을 안내했다. 그곳에는 수십 개의 커다란 항아리들이 있었고 한쪽에는 진흙이 수북이 쌓여 있었다. 항아리 속에는 뭔지 모를 가루들이 가득 들어 있었다.

"각종 나무들을 가루로 만들어 넣어 놓았습니다."

"설마 나무를……?"

이유강은 흥미롭다는 표정을 지었다. 여송은 고개를 끄덕였다.

"예. 실로 우연히 발견한 것입니다. 이것과 진흙을 섞어 환물을 만들면 환물목(幻物木)이 생깁니다."

"한 번 만들어보시오."

"예."

여송은 능숙한 솜씨로 항아리 안의 가루와 진흙을 섞어 반죽을 했다.

<u>츠츠츠츠.</u>

동시에 그의 눈에서 암흑마기가 쏟아져 나가자 잠시 후 시커먼 반죽 뭉치가 완성되었다. 이유강은 물었다.

"벌써 다 만든 것이오?"

"예. 매우 간단합니다."

"이 반죽 뭉치가 환물목이란 말이오?"

"예."

여송은 빙긋 웃더니 환물목을 쳐다봤다. 그의 눈에서 암흑마기가 나왔고 환물목은 반죽 모양에서 점점 늘어졌다. 그리고는 이내 평평한 철판 모양으로 변했다.

"오오! 그렇군."

"예. 대충 뭉쳐서 반죽으로 만들어도 암흑마기를 주입하면 평평하게 변합니다. 물론 모양은 조절이 가능하고 다른 환물목들과 탈 부착도 가능합니다. 특히, 환물 장인들을 동원해 수십 수레 분의 진흙과 나무 가루를 한꺼번에 섞어 반죽을 만들면 실로 커다란 환물목이 금방 생깁니다."

"흠… 이것을 이용해 풍운대함을 이토록 신속하게 만든 것이었소?"

이유강은 탄복하는 표정을 지었다. 환물의 특성상 충분히 가능한 일이었다. 그러나 목재 가루를 이용하는 것은 그동안 한 번도 생각해 보지 못했던 것이다. 여송은 고개를 끄덕였다.

"예. 환물목을 이용하면 그 어떤 건축물도 순식간에 만들 수 있습니다. 매우 가볍고 또한 쉽게 부서지지도 않습니다."

"그러나 포격에는 견디기 힘들 것 같소."

이유강의 말에 여송은 고개를 끄덕였다.

"예. 그래서 만일을 대비해 여분의 환물목들을 많이 준비하고 있습니다. 포격으로 부서진다 해도 환물목만 있으면 금방 복구할 수 있기 때문입니다."

"그래야 할 것 같소."

"사실 환물목의 내구력을 보완하기 위해 여러 가지 시도를 해보았지만 모두 실패했습니다. 예를 들어 철 가루를 뒤섞어보기도 했고, 돌이나 뼛가루도 넣어보았지만 오히려 환물목보다 못한 상태가 되었습니다."

이유강은 미소 지었다.

"비록 실패했으나 실로 흥미로운 시도들이오. 포기하지 말고 계속 시도해 보시오."

"알겠습니다."

잠시 후 이유강은 여송과 함께 풍운대함의 한 선실 안에 들어가 여송과 차를 마시며 대화를 하고 있었다. 일순 여송의 표정이 굳어졌다.

"대인… 진정이십니까?"

"그렇소. 더 이상 마교의 만행을 방관할 수 없소. 이제 마교를 쳐야 할 때가 온 것이오."

"…아직은 정면으로 그들과 충돌할 만큼 풍운장의 세력이 커진 것은 아니라 생각됩니다."

"물론 당장은 아니오. 교역도로 인해 조만간 풍운장의 재력은 십대상가 전체를 합친 것보다 커질 것이오. 일단은 그 재력으로 십대상가를 압박해 마교의 금맥을 끊어놓을 필요가 있소."

이유강은 담담히 말했다. 여송은 잠시 생각에 잠겼다가 입을 열었다.

"혹시 해역 봉쇄를 생각하시는 것인지요? 흑골연합의 전함들로 명나라의 모든 해역을 봉쇄해 버린다면 일단 십대상가에 적지 않은 충격을 줄 수 있습니다.”

“그렇소. 앞으로 명나라의 모든 해상 대외 교역은 오직 교역도를 통해서만 하도록 할 것이오. 이를 어길 시에는 상단의 모든 배와 물품을 몰수해 버리고, 만일 반항한다면 사정 볼 것 없이 격침하라 명을 내리시오.”

“…그렇게 했을 시에는 마교와 관이 동시에 흑골연합을 공격할 것입니다.”

“마교를 해상으로 끌어내는 것이 목적이오. 동시에 서장에 있는 하북팽가를 비롯한 정파서장연합에 친서를 보내시오.”

순간 여송은 놀라운 표정을 지었다.

“그렇다면 그들로 하여금 마교를 공격하게 할 생각이십니까?”

“그렇소. 필요하다면 흑골연합의 배들로 수송과 보급을 해줄 생각이오.”

“그래도 그들이 쉽게 우리와 협력하려 할지 의문입니다.”

“반드시 협조하게 될 것이니 걱정하지 마시오.”

이유강은 가히 단정적으로 말했다. 여송이 의아한 표정을 짓자 이유강은 미소 지었다.

“흑골연합의 서쪽 해역에는 카부 함대가, 동쪽 해역에는 라몬 함대라는 해적단들이 존재하는 것을 알고 있소?”

“예. 알아본 바 카부 함대는 서방대국 포르투갈 출신의 해적들이고, 라몬 함대는 에스파냐라는 왕국 출신의 해적들입니다.”

“흠… 벌써 그들에 대한 정보를 파악하다니 대단하시오.”

“별말씀을, 한데 그들에 대해서는 어찌 물으셨는지요.”

여송의 물음에 이유강은 정색을 하며 말했다.

"카부 함대와 라몬 함대를 복속시킬 작정이오. 즉, 예전에 말한 대로 천하의 모든 해역을 장악하고 그곳에 역시 교역도를 만들어 모든 해상 교역을 독점하시오."

"카부 함대나 라몬 함대는 흑골연합을 능가하는 규모의 해적단들이라 단시일 내에 이루기는 힘들 것 같습니다."

그러자 이유강은 불쑥 물었다.

"현재 환물을 만들 수 있는 조환물사는 몇 명이 있소?"

"대인께서 제게 전수해 주신 삼십 년의 암흑마기 중 이십사 년을 각각 삼 년 씩 여덟 명에게 주입했습니다."

"흠… 환물목과 환물 괴어 등을 만드는 데는 대략 일 년의 암흑마기면 충분할 것이오. 삼 년의 암흑마기를 주입받은 그들은 보다 상위의 환물을 만드는데 투입시키고, 백 명의 믿을 만한 기재들을 선발해 주시오."

"백 명이라 하심은…… 설마?"

이유강은 고개를 끄덕였다.

"그렇소. 그들에게 일 년씩 도합 백 년의 암흑마기를 주입해 줄 것이오."

"……!"

여송은 놀란 입을 다물지 못했다. 이유강은 말했다.

"그들로 하여금 지속적으로 환물목과 환물 괴어들을 만들게 한다면 빠른 시일 내에 많은 환물 선박들을 건조할 수 있을 것이오."

"그렇긴 합니다만……."

"또한, 카부 함대가 장착한 포의 사정거리를 능가하는 포를 개발하여 장착시킨다면 수적으로나 질적으로나 카부 함대를 능가하는 최강의 전력이 될 것이오. 예상컨대 대략 육 개월 정도면 카부 함대와 라몬 함대를 모두 복속시키고 모든 해역을 장악할 수 있을 것이오."

"사정거리가 긴 포는 이미 개발되었고, 풍운대함에도 장착되어 있습니다."

여송의 말에 이유강은 반색했다.

"그렇다면 다행이오. 모든 해역을 장악한다면 정파서장연합도 우리에게 협조하지 않을 수 없을 것이오. 해역을 장악하는 육 개월의 시간 동안 총군사는 마교와 십대상가를 무너뜨릴 철저한 계획을 세우시오. 나 역시 명광도에 머무르려던 계획을 수정하여 이제 풍운장으로 돌아갈 작정이오."

"대인의 뜻에 따르겠습니다. 며칠 내로 세부적인 계획을 세워 보고 드리겠습니다."

"수고해 주시오."

이유강은 고개를 끄덕였다. 그때 문득 여송이 물었다.

"서문세가와 환가장은 어찌하실 생각이신지요."

"십대상가는 모두 무너져야 하오. 사사로운 정에 얽매일 생각 없으니 걱정하지 마시오."

"…알겠습니다."

여송은 다소 굳어진 표정으로 고개를 끄덕였다.

"풍운장으로 돌아가신다고요?"

다음날 아침 이유강의 말에 임수아는 깜짝 놀라는 표정을 지었다.

"그렇소. 갑자기 계획이 변경되었소. 며칠 내로 돌아갈 것이니 미리 준비하도록 하시오."

"알았어요. 그럼 명광초 가루를 많이 챙겨놔야겠어요."

"좋은 생각이오."

서문소혜는 이유강이 함께 돌아간다고 하자 밝은 표정이었다. 그녀는 품속에서 조화석을 꺼내더니 매우 아쉬운 표정으로 이유강을 향해 건넸다.

"광룡… 정말 멋졌어요."

"다음에 해적 소탕할 일이 생기면 다시 기회를 주겠소."

"정말요? 꼭 불러주세요."

"알았소."

이유강은 고개를 끄덕이고는 비스트로와 푸앙을 향해 말했다.

"오늘 저녁은 모처럼 잔치를 할 것이니 배에서 가져온 재료를 아끼지 말고 가장 맛있는 요리들을 만들도록 해라."

"알겠습니다. 사람이 많으니 미리 서둘러야겠군요."

"풍운대함에 있는 요리사들도 함께 요리를 준비하라 지시할 테니 너무 무리하지 마라."

"아… 감사합니다. 그럼 빨리 가서 요리를 만들겠습니다."

비스트로 등은 반색하며 물러갔다. 임수아가 비스트로를 따라가며 말했다.

"저도 도울게요. 같이 가요."

"예. 하하, 오늘 정말 멋진 요리를 맛보겠군요."

"저도… 같이 가요."

서문소혜가 임수아를 따라나섰다. 잔치를 한다는 말에 명광도에 있는 모든 사람들이 들떠 있었다. 옆에서 쳐다보던 여송이 문득 말했다.

"재미있군요. 풍운장에서는 이런 잔치 분위기를 느껴본 적이 없었습니다."

이유강은 웃었다.

"그렇지 않아도 총군사와 함께 이런 자리를 만들고 싶었소. 오늘은 총군사도 모든 것을 잊고 푹 쉬도록 하시오."

"예. 그럴 작정입니다."

여송은 미소를 지었다.

'이 대인님…… 이 대인님…….'

환가영의 목소리가 계속 들렸다. 그러나 이유강은 아무런 대답을 할 수 없었다. 끔찍한 상상이라 여겼던 것이 사실로 다가올 때의 충격은 이루 말할 수가 없었다. 마치 의식의 흐름이 멈춘 것같이 이유강은 멍한 상태로 있었다. 환가영이 흐느끼는 소리가 들렸다. 그리고 잠시 후 '찰칵' 하는 소리와 함께 사방이 캄캄해졌다.

그 후로 한참의 시간이 지난 것 같았다.

"……!"

이유강은 정신을 차렸다.

'이곳이 어디인가?'

사방이 캄캄했으나 암흑마기를 통해 볼 수 있었다. 살펴본 바 현재 이유강은 주머니 안에 들어 있었다. 이유강은 조금 전 멍한 상태에서의 기억을 잠시 더듬어보았다.

'이런……! 대답을 하지 않으니 내가 죽은 줄 알고 이곳에 넣었구나.'

이유강은 크게 외쳤다.

"환 소저! 환 소저!"

목소리가 안에서 울릴 뿐 바깥으로 퍼져 나가지 못하는 것 같았다.

부욱! 부욱!

앞발에 달린 칼을 휘둘러 주머니를 찢으려 했으나 끄덕도 하지 않았다.

"…환 소저!"

아무리 크게 소리를 질러도 응답이 없었다. 어이없게도 보석함 속의 주머니 안에 갇힌 신세가 되고 만 것이다.

"제길!"

내심 기가 막혔지만 그보다 수천 배는 더 기막히고 끔찍한 일이 벌어졌던지라 이유강은 더 이상 놀랄 힘도 없었다.

'일단 진정하고 차근차근 생각해 보자.'

그러나 쉽게 진정이 되지 않을 만큼 현재 받은 충격은 컸다.

'어째서 나의 모습이 달라졌단 말인가…….'

놀랍게도 제갈수연이 바라보던 두루마리 속의 초상화, 그리고 환가영이 그렸던 그림 속의 청년. 그 둘의 모습은 동일했다.

'설마 내가 다른 사람이 되었다는 것인가.'

일 년 반의 기억을 잃은 후 환물 쉬파리가 되기 전까지 살아왔던 인물. 그의 모습은 이유강이 기억하는 자신의 모습이 아니었다. 무언가 다소 친숙하고 익숙하긴 했지만 전혀 다른 인물이었던 것이다.

실로 해괴하고 어이없는 일이었다. 이것에 비하면 파리가 된 것쯤은 아무것도 아닌 일인 것이다. 정신이 아득해졌다.

'대체 나는 누구란 말인가.'

명광도에 있는 본신이 나인가. 아니면 원래의 모습이 나인가. 그것도 아니면 대체 나는 누구란 말인가. 지금 내가 존재하고 있기는 한 것인가. 혹시 나는 그냥 쉬파리가 아닐까.

'…으읔!'

별별 괴이한 상념들이 몰려와 정신을 차릴 수가 없었다. 그러다 이유강은 일순 생각을 정리했다.

'그래. 최소한 지금 생각하고 있는 나는 이유강이 맞다. 나는 이유강이다……!'

결코 파리도 아니고 다른 누군가도 아니었다.

'그렇다면 두 개의 인물 중 누가 나란 말인가.'

암흑 공간 속에 있던 인물인가. 아니면 명광도에 있는 인물인가. 현재로서는 암흑 공간 속에서 미소 짓던 청년. 그 모습이 바로 이유강이 기억하고 있는 자신의 모습이었다.

'…나의 본 모습은 명광도에 있는 본신이 아니다. 명광도에 있는 나는 본래의 내가 아닌 다른 인물임이 분명하다.'

충격적인 사실이지만 일단은 인정하기로 했다.

'그럼 대체 나는 왜 다른 사람이 되어 있었던 것인가. 이게 가능한 일이란 말인가.'

이유강은 한참을 고민 속에 빠졌다.

'설마 환물이라면……?'

참으로 어처구니없는 생각이었다. 그러나 그 생각을 지워 버릴 수 없었다.

'명광도에 있는 본신이 기실 환물일 수도 있단 건가.'

사실이라면 실로 소름끼치는 일이었다. 진정 환물이라면 인간과 완벽하게 동일한 환물을 누군가 만든 것이다.

'나로서는 그러한 환물을 만들 능력이 없다. 흑의인일 것이다. 만일 그렇다면 나는 그동안 흑의인에 의해 철저히 조종되고 있었던 것이 틀림없다.'

그러고 보니 기억을 잃은 것도 그렇고 내공이 사라진 것도 이해할 수 없는 일이었다. 더구나 체내에 이백 년의 암흑마기가 존재한다는 것과 별다른 노력도 하지 않았는데 암흑마기가 점점 늘어난다는 것도 이상한 일이었던 것이다. 이유강은 혼돈스러웠다.

'흑의인, 그는 과연 존재하는 것일까. 내가 본 그자 역시 혹시 환물은 아니었을까. 나를 환물로 만든 자는 대체 누구란 말인가.'

일전에 서문소혜가 말했던 흑마란 자가 생각나긴 했지만 그것 역시 확실하다고 볼 수는 없었다. 무엇 하나 확실하다고 단언할 수 있는 것이 없는 것이다. 어쨌든 계속 고민을 해보았다.

'가끔씩 이유없이 솟구치던 마교에 대한 분노가 사라진 이유는 무엇일까.'

도무지 이해할 수 없었던 마교에 대한 복수심. 그로 인해 마교를 무너뜨리려 풍운장을 세우지 않았던가. 그런데 쉬파리가 된 이후에는 그러한 복수심이 들지 않는 것이었다.

'그렇다면 나를 조종했던 자는 나를 이용해 마교를 무너뜨릴 계획을 세운 것이로군.'

악마공자의 혈겁을 이용해 정파를 무너뜨리고 이제 다시 마교까지 무너뜨린다면……. 순간 끔찍한 상상이 들었다.

'어쩌면 명광도에 있는 본신이 제이의 악마공자가 될지도 모른다.'

만일 그렇게 된다면 이전과는 비교도 안될 만큼 엄청난 혈겁이 도래할 것이 분명했다. 이전의 악마공자는 환물 괴물들을 이용해 무작정 무림을 휩쓸었지만 제이의 악마공자는 풍운장의 모든 자금과 세력, 흑골연합의 방대한 인원, 광룡을 비롯하여 힘들게 만들어놓은 각종 특이한 환물들, 조화석을 응용한 환물 일체 등 실로 이전과는 그 차원부터가 다른 것이었다.

'대체 이 모든 배후의 인물은 누구란 말인가.'

그가 노리는 것이 무엇인지 알 수가 없었다. 다만 이제 조만간 제이의 악마공자가 혈겁을 일으킬 것이 확실하다는 것이었다.

'그러고 보니 밀교의 이혼대법, 이것 또한 결코 우연한 것이 아니었군. 명광도에 있는 본신의 가공할 능력을 누군가가 활용하기 위해서는 본신으로부터 나의 의식을 완전히 분리시켜 버려야 했을 것이다. 밀교 역시 흑의인의 지배하에 있는 것이 분명하다.'

그 생각을 하자 매우 씁쓸한 마음이 들었다.

'육체와 의식의 고리가 끊어지는 그 순간…… 나는 죽게 될 것이다.'

육체가 없이 의식만이 존재할 수는 없는 것이다. 만일 존재한다면 그때의 의식은 육체의 생명을 잃은 영혼일 것이다.

'참, 그것이 환물이라면 어쩌면 나의 본신은 따로 존재할 수도 있지 않을까.'

그럴 가능성도 있었다. 어쩌면 어딘가에 암흑 공간에서 미소 짓고 있던 그 청년. 즉, 원래 모습의 육체가 존재하고 있을 수도 있는 것이다. 그러나 그것 또한 확신할 수는 없었다.

'어쨌든 지금의 나는 이곳에 갇혀 아무것도 할 수 없지 않은가. 이 상태로 영원히 살아 있다 해도 그것은 살아 있는 것이 아니다.'

집을 나온 후 초적토벌에 끼어들었다가 흑의인에 의해 납치당한 후부터 실로 온갖 해괴한 일을 당하면서도 꿋꿋이 살아왔고 결코 좌절하려 하지 않았건만 지금의 경우처럼 절망적인 경우는 처음이었다.

부욱! 부욱!

기를 쓰고 천을 찢으려 했지만 천은 꿈쩍도 하지 않았다.

'제길! 제발 찢어져라!'

설령 환물 쉬파리의 몸이라 할지라도 밖으로 나가 돌아다닐 수 있다면 무슨 일이든 할 수 있을 것 같았다. 그러나 이렇게 갇힌 상태로는 아무것도 할 수 없는 것이다. 내심 자신을 이런 곳에 넣어버린 환가영이 원망스러웠지만 그녀를 탓할 수는 없는 일이었다.

부욱! 북북부욱……!

이유강은 멈추지 않고 계속 앞발을 움직였다.

까앙……!

그러다 결국 앞발에 달린 두 칼이 부러져 버렸다.

'……!'

이유강은 멍하니 부러진 칼들을 응시했다.

'최후의 희망까지 사라져 버렸군.'

한동안 부러진 조각들을 응시하다가 이유강은 문득 예전 임수아가 적어준 명광지기에 대한 두루마리의 내용들이 생각났다.

'명광지기는 환물이 부서져도 복원시키는 능력이 있으니 이럴 경우 다시 붙일 수 있을 텐데.'

아쉽게도 암흑마기에는 그러한 능력이 없었다.

'돌아가면 임 소저와 명광지기에 대해 좀 더 연구해 보고 싶었는데 앞으로 그러한 기회가 다시 올지 모르겠구나.'

이유강은 두루마리에 적혀 있던 명광지기의 흐름을 떠올리며 생각에 잠겼다. 한데 그 순간 갑자기 앞발에서 백색의 환한 빛이 일어나는 것이었다.

'……!'

이유강은 깜짝 놀랐다.

'이것은 분명 명광지기의 백색 광선이 아닌가.'

어찌 환물 쉬파리의 앞발에서 명광지기가 있어야만 발출되는 백색 광선이 일어나는지 도무지 이해할 수가 없었다. 이유강은 잠시 멍하니 있다가 혹시나 하며 환물을 복원시키는 명광지기의 흐름대로 암흑마기를 움직여 앞발에 집중시켜 보았다.

화아아악!

그 순간 조금 전과는 비교할 수도 없을 만큼 환한 빛이 일어나 부러졌던 칼들이 다시 말끔히 복원되어 앞발에 붙는 것이었다.

'어찌 암흑마기를 통해 명광지기가 발출되었단 말인가.'

이유강은 이해할 수 없는 일이 발생하자 잠시 혼란스러웠다.

'설마 나의 암흑마기가 명광지기로 뒤바뀐 것일까.'

무슨 이유인지는 알 수 없지만 그런 것 같은 느낌이 들었다. 그렇다면 현재 환물 쉬파리 내에 존재하는 기의 흐름은 암흑마기가 아니라 명광지기여야 마땅했다.

츠으으읏!

이유강은 환물 쉬파리의 눈으로 기를 발출시켜 보았다. 그러자 주변의 어둠보다 더욱 캄캄한 암흑의 기운이 연기처럼 퍼져 나갔다.

'…이것은 분명 암흑마기다!'

이유강은 다시 앞발에 기운을 집중시켰다.

화아아악!

그러자 다시 백색의 빛이 환하게 일어났다.

'…어찌 된 일인가!'

상상도 못했던 일이 벌어지고 있었다. 분명히 기운은 하나였다. 이유강은 그것을 암흑마기로 여겼건만 그것을 통해 명광지기도 발출되고 있었던 것이다.

'혹시 내가 꿈을 꾸고 있는 것일까.'

꿈을 꿀 수 없는 상황이니 꿈이 아닌 현실일 것이다.

'이론적으로 불가능한 상황이 벌어지고 있다.'

얼마 전 명광도에서 명광지기와 암흑마기가 기실 동일한 기운에서 변형된 것이라는 것을 깨닫게 된 후 조금 전과 비슷한 시도를 해본 적이 있었다. 그러나 아무런 일도 발생하지 않았다. 비록 같은 기운에서 변형된 것이긴 하나 명광지기와 암흑마기는 분명 다른 기운이었다. 한데 지금 암흑마기를 통해 명광지기가 발출되고 있는 것이었다.

'…이런 일이 발생하다니 실로 흥미롭구나!'

이유강은 순간 현재의 처지도 잊고 생각에 몰두했다. 암흑마기와 명광지기에 대한 모든 이론적 내용들을 떠올리며 정리해 보고 있었다. 조환물여의경을 비롯하여 신조환물여의경, 그리고 그것을 넘어서 이유강 스스로 연구하여 깨달은 환물에 관한 모든 내용들을 떠올려 보았다.

츠츠츠읏!

화아아악!

환물 쉬파리의 눈으로부터 암흑의 기운이 발출되다가 다시 앞발에서 백색의 빛이 일어났고 그것이 계속 반복되었다.

'……!'

어느 순간 이유강은 생각했다.

'지금 환물 쉬파리의 체내에 있는 기운은 명광지기도 아니고 암흑마기도 아니다.'

그렇다면 무슨 기운이란 말인가. 이유강은 다시 생각에 잠겼다.

'사실 전혀 다른 기운이다. 하지만 명광지기와 암흑마기와 별개의 기운이라고 보기도 힘들다. 여하튼 이것들과 관계가 있는 기운임이 분명하다.'

다시 한동안 생각에 잠겼고 얼마의 시간이 지났을까.

'…이것을 대체 무슨 기운이라 명해야 한단 말인가.'

명광도에 가득한 기이한 기운. 그것은 암흑마기와 명광지기를 도출하는 근원지기라 할 수 있었다. 한데 그 근원지기는 흡수 방법에 따라 전혀 다른 기운으로 도출이 가능했고, 암흑마기와 명광지기는 바로 그

양극단에 위치한 기운들이었다.

'어찌 된 것인지 모르겠군. 지금 내 안에 있는 기운은 두 개의 속성을 모두 가지고 있다.'

하나의 연속선이 존재한다면 암흑마기는 그 좌측 끝에 존재하고, 명광지기는 우측 끝에 존재하는 극단적인 기운들이었다. 그러나 그 연속선의 정중앙에 위치한 기운이 있었으니 이른바 조화지기(造化之氣)라 할 수 있었다.

'조화지기라……'

두 가지 기운 중 어느 쪽으로도 변형이 가능한 기운이지만 또한 그 자체의 속성도 가지고 있는 제삼의 기운이었다.

'어떻게 이런 일이 발생했단 말인가.'

명광지기와 암흑마기의 완벽한 조화. 이것은 이유강이 음양회회진의 이론을 바탕으로 암흑석과 명광석을 이용하여 조화석을 만든 것과 비슷한 것이었다. 그러나 그것은 암흑마기나 명광지기 자체를 변형시킬 수는 없어서 어쩔 수 없이 만든 것이었다. 그러한 조화석은 명광지기와 암흑마기 그 어떤 기운으로 만들어진 환물이라도 조종이 가능하게 만드는 놀라운 효용이 있었던 것이다.

'…이혼대법으로 인해 비혼으로부터 쉬파리로 들어가는 순간 가공할 충격으로 인해 그 기운 자체가 변형된 것이로군.'

이유강은 내심 미소 지었다.

'그렇다면 비혼의 체내에서 혼돈 상태로 정지된 암흑마기. 현재 그것 역시 암흑마기가 아니라 조화지기가 분명하다.'

근원지기로부터 극단적인 암흑의 기운으로 변형된 암흑마기의 일부

가 예상치 못한 괴이한 술법으로 유출되었고, 그 순간 질서있게 균형을
이루던 비혼의 암흑마기가 완전 혼돈 상태로 빠져 버렸던 것이다.

'그 상태라면 비혼은 즉시 부서지거나 파괴되어야 정상이었다.'

암흑마기로 유지되던 비혼의 신체는 암흑마기가 깨어지면 당연히
부서져 먼지로 화해야 했을 것이다. 아울러 독룡의 내단으로 형성된
오백 년이 넘는 가공할 기운 역시 그것을 통제하는 심맥 역할을 하던
암흑마기의 기운이 사라지면서 폭발해야 하는 것이다. 그러나 비혼은
파괴되지 않고 그대로 존재하고 있었다.

'오백 년이 넘는 가공할 내공……! 그것이 괴이한 술법과 어우러지
며 암흑마기의 흐름이 깨어졌고, 그 순간 혼돈 상태로 변한 암흑마기가
우연히 조화지기로 균형을 이룬 것이 아닐까.'

혼돈 상태가 되면 어떻게든 다시 질서를 이루려 기가 요동쳤을 것이
고 그 와중에 양극단의 중앙에 위치한 기이한 균형 상태인 조화지기로
질서를 이루며 변형된 것일 수도 있었다. 실로 우연이라면 천행이라고
볼 수밖에 없을 만큼 경이로운 일이었다.

'그렇다면 그동안 비혼과 일체되지 못했던 이유가 다름 아닌 조화지
기를 암흑마기로 착각했기 때문이었구나.'

이유강은 갑자기 정신이 맑아지는 것 같았다. 암흑마기와 명광지기
가 다르듯 조화지기 역시 비록 암흑마기와 명광지기의 모든 속성을 가
지고 있지만 조화지기 자체의 고유 속성이 존재하는 것이다.

'흐름을 알아내야 한다.'

즉, 조화지기의 심법을 알아내야 했다. 현재로선 암흑마기와 명광지
기의 심법을 분석해 그 심법을 추정해 내야 했고, 또한 환물 쉬파리의

내에서 움직이는 조화지기의 흐름을 통해 조화지기의 미세한 특성도 알아내야 했다. 이 모든 것을 통해 심법을 도출하게 된다면 다시 비혼과 일체될 수 있을 것도 같았다.

'……'

한참의 시간이 지났다. 이유강은 암흑마기로만 여겼던 환물 쉬파리 내의 기운을 면밀히 감지한 후 명광심법과 암흑심법을 바탕으로 수백여 가지의 심법을 이론적으로 도출해 냈다.

'이 중의 하나를 찾아야 한다.'

예전 암흑석을 만들 때와 마찬가지로 일일이 시행착오를 겪으며 시도해 보는 수밖에 없었다. 수백 가지의 심법 중에 오직 하나만이 조화지기를 움직일 수 있는 진정한 심법인 것이다.

츠츠츠.

'…크윽!'

첫 번째 심법대로 기를 움직이자 환물 쉬파리의 몸이 진동하더니 이유강은 정신이 핑핑 도는 것 같은 충격을 받았다.

'제길! 쉽지 않구나.'

그래도 멈출 수 없었다. 계속 해서 다음 심법을 펼쳤다.

'…으윽!'

실패는 계속되었고, 고통도 연신 느껴졌다. 대략 백 번째 시도를 끝냈을 때 이유강은 더 이상 심법을 펼치기 힘들 만큼 멍한 상태가 되었다. 게다가 연신 진동하던 환물 쉬파리의 몸체에 금이 가고 있어 자칫 부서질 것도 같았다. 기이한 것은 이제 명광지기를 펼칠 수가 없는 것이었다.

'불완전한 심법을 연이어 펼치면서 조화지기도 불완전해진 듯하구나. 지금 상태로는 암흑심법은 물론 명광심법도 펼칠 수 없으니 속히 완전한 심법을 찾아내야 한다.'

이유강은 계속 다음번의 심법을 펼쳤다. 또다시 고통이 엄습했고, 정신은 나락으로 떨어지듯 몽롱해졌다. 잠이 쏟아지며 정신을 붙잡고 있는 무형의 끈을 놓고 싶은 유혹이 들었다. 그러면 아주 편안해질 것 같았다.

'…정신을 놓으면 나는 죽는다. 반드시 이겨내야 한다.'

이렇게 죽을 수는 없었다.

'집을 나와 흑의인에게 납치당한 후 지금까지 조종당하며 살아왔다. 누군지 모르겠지만 받은 대로 반드시 돌려주마. 이와 관계된 그 누구든 용서하지 않겠다.'

이렇게 죽기는 실로 분했다. 본래의 육체가 어디에 있는지도 알 수가 없는 상태로 기억을 잃고 꼭두각시가 되어 살아온 세월이 너무 억울했다. 묵묵히 다음 심법을 펼쳤다. 또다시 고통이 몰려왔다.

'…으으윽!'

정신은 점점 더 나락으로 빠졌다. 그러나 이유강은 의식의 끈을 놓지 않았다.

'절대로…… 포기할 수 없다.'

그렇게 잠시의 시간이 지났을까.

츠츠츠츠.

어느덧 이백팔십오 번째 시도를 하고 있었다.

휘리리이잉!

‘……!’

순간 기이한 음향과 함께 정신이 맑아지며 그동안 한 번도 느껴보지 못한 자유로운 기운이 요동치는 것이었다.

‘…오오, 드디어!’

성공이었다. 드디어 조화지기의 완전한 심법을 찾아낸 것이다. 바로 그때 환물 쉬파리의 몸체가 심하게 진동했다.

푸스스스…….

급기야 부서져 내리고 있었다.

‘이런!’

이유강은 내심 당황했다.

‘환물 쉬파리가 완전 부서져 버린다면 그것에 일체되어 있는 나의 의식 또한 사라져 버릴 것이다. 설마 이렇게 죽는다는 말인가…….’

이제 겨우 완전한 심법을 알아내지 않았던가. 이유강은 참담한 심정으로 조화지기의 심법을 운용했다.

‘……?’

뭔가 이상했다. 이미 환물 쉬파리의 몸은 완전히 부서져 가루로 변해 있었다. 그런데 여전히 의식이 존재하고 있었다.

‘어찌 된 거지?’

죽을 줄 알았건만 조금도 변한 것이 없었다. 환물 쉬파리 때 느꼈던 미세한 공기의 진동도 모두 감지되고 있었던 것이다. 게다가 조금 전과 동일한 수위의 조화지기도 느껴지는 것이었다.

‘설마 무형지체(無形之體)가 된 것인가?’

분명 죽은 것은 아니었다. 죽었다면 영혼만이 존재하지, 지금처럼 조화지기가 느껴질 수는 없었다. 이유강은 한참을 생각하다 이것이 바로 조화지기의 신비한 능력 중 하나라고 결론을 내렸다.

‘앞으로는 형체에 얽매일 필요가 없는 건가? 환물 쉬파리가 사라졌
으나 나는 여전히 무형의 환물 쉬파리와 일체 되어 있는 것 같구나.’

이렇게 단정 짓는 이유는 환물 쉬파리가 부서졌으나 환물 쉬파리의
능력이 고스란히 남아 있기 때문이었다.

‘좋아, 그럼 이 주머니에서 나갈 수 있겠군.’

움직임의 반경과 속도도 환물 쉬파리와 동일했다. 그러나 형체가 없
기에 비단 주머니와 보석함을 그대로 통과해 나갈 수 있었다.

‘신기하구나!’

환가영의 선실 벽을 그대로 통과해 갑판으로 나가보았다. 그런데 배
가 웬 포구에 정박되어 있는 것이었다. 배를 살펴보니 갑판에는 아무
도 없었고, 선실에서 선원들과 호위무사들이 잠을 자며 휴식을 취하고
있었다. 환가영과 제갈수연 등의 모습은 보이지 않았다. 아무래도 섬
에 볼일이 있어 들어간 것 같았다.

‘어쨌든 밖으로 나오니 좋구나.’

얼마 만에 밖으로 나온 것인가. 실로 감개무량했다. 적어도 십여 일
은 지났을 것이다.

‘이제 비혼과 일체되어야겠군.’

비혼이 선실에 들어가니 비혼은 여전히 그대로 서 있었다.

츠츠츠츠웃!

비혼의 이마에 다가가 조화지기를 주입했다.

휘리리리잉!

순간 무색(無色)의 환한 빛이 일어났고 비혼의 체내에 정지되었던
기운 즉, 조화지기가 움직이기 시작했다.

'조화지기가 발하는 색은 흑색도 백색도 아닌 무색이었군.'

비혼의 고개가 끄덕여졌다. 어느새 이유강은 비혼과 일체되어 있었다. 오백 년이 넘는 가공할 내공의 힘도 느껴졌다. 조화지기 또한 환물 쉬파리 때에 비해 비교할 수 없이 많이 늘어나 있었다. 그런데 이상하게도 명광도에 있는 본신이 감지되지 않았다.

'……!'

비혼과 일체되었으니 이제 다시 본신으로 돌아갈 수 있을 것이라 생각했는데 또 무엇인가가 문제가 있는 것 같았다. 이유강은 잠시 고민에 빠졌으나 어렵지 않게 그 이유를 짐작할 수 있었다.

'이미 본신과의 연결 고리가 끊겨 버렸구나. 누군가가 명광도에 있는 본신과 일체된 것이 분명하다.'

그는 분명 흑의인의 하수인 혹은, 흑의인 본인일 수도 있었다. 그러나 이유강은 조금도 아쉬운 생각이 들지 않았다.

'차라리 잘됐구나. 조화지기의 존재를 알았다면 나를 이렇게 방치하지 않았겠지. 내가 죽은 줄로 알고 있는 것이 분명하다.'

흑의인은 명광도에 있는 본신을 그대로 사용하기 위해 완벽한 음모를 꾸미며 이유강의 의식을 쉬파리로 집어넣어 버렸지만 일이 이렇게 될 줄은 꿈에도 짐작하지 못했을 것이다.

'이로써 나는 완벽하게 그놈으로부터 벗어나게 되었군.'

춤이라도 추고 싶은 심정이었다.

'흑의인… 아니, 흑마! 누구라도 좋다. 네놈이 가히 스스로 신이라도 된 것처럼 세상과 나를 우롱하며 완벽한 계획을 세웠다 생각했겠지만 이렇게 내가 살아 있을 줄은 상상도 못했을 것이다.'

비혼의 주먹이 꽉 쥐어졌다.

'암흑마기가 조화지기로 변형되고 조화지기를 운용하는 심법을 깨닫게 된 것 결코 우연이 아니다. 세상 모두가 네놈의 농간에 속고 있지만 하늘이 결코 네놈의 만행을 좌시하지 않음이다.'

조화지기는 의식이 육체를 초월하여 존재하게 해주는 신비로운 능력을 가지고 있었다. 현재로서 조화지기가 사라지면 이유강은 영혼, 즉 귀신이나 마찬가지 일 것이다. 그러나 이유강은 현재 조화지기를 통해 만들어진 무형지체 속에 일체된 상태라 여전히 살아 있는 인간이었다. 다만 육체가 없는 것뿐인 것이다.

'어딘가 존재할지도 모르는 나의 본연의 육체. 어쩌면 명광도에 있던 육체처럼 환물로 변형되어 누군가가 사용하고 있을지도 모른다. 반드시 찾고야 말겠다.'

이미 없어졌다면 어쩔 수 없겠지만, 아직 존재한다면 반드시 찾아낼 생각이었다. 지금 상태는 죽은 것은 아니나 사실 귀신과 다를 바 없었다. 이렇게 영원히 살 수도 있겠지만 육체를 잃어버린 의식, 즉 영혼과 비슷한 상태로 살아가는 것이 무슨 의미가 있겠는가. 그러다 이유강은 문득 끔찍한 생각이 들었다.

'그렇군. 명광도의 본신이 누군가에게 일체되었다면……'

드디어 제이의 악마공자가 움직임을 개시한 것이다. 이유강은 내심 조급해졌다.

'막아야 한다. 실로 전무후무한 대혈겁이 벌어질 수도 있다.'

그러나 지금 상태로는 흑의인과 대적하여 이길 수 없었다. 비록 조화지기로 인해 무형지체를 이루었지만 이것으로 흑의인에게 그 어떤 위해를 가할 수 있겠는가. 더구나 이제 그 누구도 믿을 수 없었다.

'내가 환물에 일체되어 움직였다는 것은 실로 짐작도 못했던 일이다. 그렇다면 내 주위에도 그런 인물이 있었을지도 모르는 것이다. 대체 누구를 믿을 수 있겠는가. 이것은 나 혼자서 해야 할 일이구나.'

소름 끼치는 생각이었지만 분명히 짚고 넘어갈 일이었다.

'섣불리 움직여서는 안 된다. 이제 그는 나를 의식하지 않을 것이므로 철저히 준비해서 확실한 승부를 걸어야 한다.'

실로 그 누구의 협조도 구할 수 없는 상황이었다. 흑의인을 속이려면 세상을 속여야 했다. 누구에게든 존재를 알리게 되면 그 즉시 흑의인도 그 사실을 알게 될 가능성이 높았다.

'외로운 싸움이 되겠군.'

이유강은 내심 씁쓸한 마음이 들었다. 그때였다.

부스스스…….

비혼이 부서져 내리고 있었다. 예상치 못한 일이라 깜짝 놀랐으나 이유강은 이내 그 이유를 알아냈다.

'암흑마기로 만들어진 환물이라 조화지기로 기의 흐름이 바뀌니 결국 부서지게 되는구나.'

비혼은 순식간에 부서져 내렸다. 비혼의 단전으로 사용하던 독룡의 내단 역시 완전히 부서져 가루가 되어 흩어져 버렸다. 그러나 그 속에 담겨 있던 오백 년의 내공은 조화지기에 의한 무형지체 속에 그대로 존재했다.

'오히려 운신이 더욱 자유롭고 좋구나.'

이유강은 현재 투명 비혼이 된 것이나 마찬가지였다. 즉, 움직임은 동일하지만 모습이 보이지 않는 것이었다. 그러나 형체가 없기에 직접적으로 물리적인 힘을 발휘할 수는 없었다.

'오백 년의 내공을 이용한다면, 잘하면 가능할지도 모르겠군.'

그러나 현재 내공이 무형지체 안에 존재하는 것은 느끼지만 아직 그것을 사용할 방법은 알지 못했다. 앞으로 연구해 봐야 할 과제였다. 따라서 흑의인을 상대할 만한 뾰족한 방법이 당장은 떠오르지 않았다.

'서두르지 말자.'

차근차근 준비한다면 뭔가 방법이 있을 것이다. 일단 조화지기에 대해 더욱 연구해 봐야 할 것 같았다.

'그런데 이곳은 어디지?'

포구에는 많은 배들이 정박되어 있었다. 살펴보니 대부분 상선들이었다. 물품들이 배에 오르내리고 있었고, 수많은 일꾼들이 바쁘게 움직이고 있었다.

'섬에 이토록 많은 상선들이라니. 그러고 보니 이곳은 여송이 말했던 교역도인 듯하구나.'

내심 호기심이 들어 방벽으로 둘러싸인 요새 안으로 들어가 보기로 했다. 현재 무형지체 상태라 아무도 알아보는 사람이 없었다. 가볍게 방벽을 통과하니 수많은 전각들이 보였고 거리에는 시장이 형성되어 있었다. 상인들로 보이는 사람들의 표정도 밝아보였고 거래도 활발하게 이루어지고 있었다. 그때 멀리서 낯익은 사람들을 발견했다. 환가영과 제갈수연 등이었다.

'저기에 있었군.'

이유강은 그쪽을 향해 다가갔다.

'아니, 저놈은 무생이가 아닌가?'

비혼의 동상이 늘어서 있는 한 점포 앞에서 점포 주인과 옥신각신하고 있는 청년은 다름 아닌 철무생이었다.

"철 공자! 이런 곳에서 뵙다니 뜻밖이군요."

"…오오, 환 소저 아니십니까?"

"네. 오랜만이에요."

환가영이 철무생을 발견하고 인사를 했고 철무생 역시 환가영을 보고 놀란 듯 호들갑을 떨고 있었다. 철무생은 잠시 환가영과 대화를 나누더니 한턱내겠다고 환가영 일행을 어디론가 데리고 갔다. 이유강은 미소를 지었다.

'녀석! 제법 강해지긴 했는데 순찰함대장이라고 꽤나 거들먹거리는구나.'

유풍룡이 철무생에게 적절한 지위를 부여한 것 같았다. 잠시 후 철무생은 호화로운 반점에 들어갔다.

"하하하, 무엇이든 원하는 대로 시키십시오."

"정말 그래도 될까요?"

"물론입니다. 아무 부담 갖지 마십시오."

철무생은 매우 호탕한 표정으로 얘기하고 있었다. 이유강은 내심 실소를 금치 못했다.

'쯧… 몇 달치 급료는 될 텐데.'

짐짓 호탕한 척하지만 속으로는 속이 쓰릴 것이 분명했다. 잠시 후 요리가 나왔고 모두들 맛있게 먹기 시작했다. 이유강은 그것을 보고 씁쓸했다.

'뭔가를 먹어본 지가 대체 언제인가.'

맛있는 요리들을 그저 멍하니 쳐다볼 수밖에 없다는 것은 실로 고역이었다.

"그럼 저는 가볼게요. 철 공자 이분들을 잘 부탁드려요."

"하하하, 걱정 마십시오. 누구의 부탁인데 소홀히 여기겠습니까?"

요리를 다 먹고 반점을 나가며 환가영은 제갈수연 등과 작별했다. 제갈수연 등은 모두 정중히 환가영을 향해 포권했다.

"환 소저, 우리를 도와주신 은혜 잊지 않겠어요."

"언제든 은혜를 갚겠소. 진심으로 감사하오."

"네. 만나서 즐거웠어요. 뜻하는 바 이루시길 바랄게요. 철 공자, 오늘 대접 잊지 않을게요. 다음에 소주나 항주에서 뵈어요."

"하하하, 물론입니다. 서문 소저께도 안부 전해주십시오."

철무생은 호탕하게 웃었다. 환가영은 다시 모두에게 살짝 고개를 끄덕이고는 포구를 향해 걸어나왔다. 이유강은 환가영의 뒤를 따랐다. 잠시 후 환가영은 배를 출발시켰다. 그러다가 일순 그녀는 선실로 급히 들어가더니 보석함을 열고 주머니 안을 살피는 것이었다.

"이 대인님……!"

그녀는 다시 뛰듯이 비혼이 있던 선실로 들어갔다. 그리고는 흙가루만 남아 있는 빈 선실을 멍하니 쳐다봤다.

'환 소저…….'

이유강은 환가영을 향해 말을 하려 했다. 그러나 아무런 말도 할 수 없었다. 그러고 보니 아직 조화지기를 이용해 말을 할 수 있는 방법을 알아내지 못한 상태였다. 내공이라도 쓸 수 있다면 뭔가 힘을 가해 존재를 알릴 수 있겠지만 내공 역시 존재하는 것만 느낄 뿐, 그것을 쓸 수 있는 방법을 몰랐던 것이다.

'환 소저, 나는 살아 있소. 슬퍼하지 마시오.'

이유강은 환가영이 넋 놓고 있는 모습을 보자 심히 안타까운 마음이 들었다. 지금은 제아무리 소리쳐도 환가영은 듣지 못했다.

'일단은 조화지기의 운용법에 대해 연구하는 게 우선이겠군.'

사람들과 의사소통도 할 수 없고 아무런 물리력도 행사할 수 없는 지금은 실로 죽은 영혼과 다를 바가 없었다. 환가영을 보니 그녀는 갑판에 말없이 서서 멍하니 바다를 쳐다보고 있었다. 이유강은 배에서 내린 후 출렁이는 물살 위에 섰다. 한참이 지나자 환가영의 배는 멀리 수평선 너머로 사라졌다.

'……'

환물 쉬파리가 된 후 비혼을 찾는데 많은 도움을 주었던 환가영이 사라지자 내심 섭섭한 마음도 들었다.

'어디로 가야 하나……'

이유강은 망망한 바다 위에 서서 고민에 빠졌다. 무형지체의 상태이기에 사실 어디에 있든 상관없었다. 사람들은 절대로 이유강을 볼 수 없고, 존재 자체도 느낄 수 없는 것이다. 지금처럼 망망한 바다 위도 좋고, 사람들이 시끌벅적 대는 시장판이라도 상관없었으나 아무래도 아무도 없는 조용한 곳을 찾고 싶었다.

'어디 한적한 섬이 없을까. 혹시라도 환물을 만들게 되면 사람들의 눈에 띄지 않는 게 좋겠지.'

잠시 산책하듯 물결 위를 걸었다. 바람이 부는 것과 물살이 움직이는 것이 느껴졌으나 그것에 영향을 받지는 않았다. 그저 느낄 뿐이었다. 따라서 물살이 흔들렸으나 그것에 전혀 영향을 받지 않고 마치 평평한 땅 위를 걷듯 곧바로 나아갔다.

'새로운 경험이로군.'

어찌 보면 지금의 상황이 다소 막막해 보이기도 했지만 내심 설레는 것도 있었다. 아무것도 거칠 것 없는 진정한 자유 상태인 것이다. 더 이상 흑의인을 두려워할 필요도 없고 어디든 원하는 데를 갈 수도 있었다. 먹고 마시는 생리적인 것에 구애받을 필요도, 추위와 더위에 신경을 쓸 필요도 없었다.

'이것이야말로 진정 내가 원하던 것이 아니었을까. 마치 신선이라도 된 듯한 기분이구나.'

기분이 매우 평안했다.

쏴아아아! 쏴아아!

갑자기 하늘이 캄캄해지고 비가 쏟아지기 시작했다. 바람이 심하게 불고 물살이 요동을 쳤다. 폭풍이었다.

'……!'

이유강은 순간 두려운 마음이 들었다. 그 순간 산더미 같은 물살이 덮쳤고 이유강은 물살에 따라 심하게 이리저리 곤두박질치다가 급기야 시커먼 물속으로 가라앉았다.

'허억……!'

조금 전까지도 전혀 영향을 받지 않았는데 이해할 수 없는 일이었다.

‘으윽……! 이게 어찌 된 일인가.’

파도의 가공할 압력이 느껴졌고 심지어 호흡까지도 가빠오는 것이었다.

‘크으으…….’

고통이 극심해지자 이유강은 더욱 두려움에 빠졌다. 빗줄기는 세차졌고 폭풍은 점점 더 심해졌다. 정신이 아득해지고 있었다.

‘크윽! 이렇게 죽는 것인가.’

죽는다고 생각하는 순간 정신이 번쩍 들었다.

‘그렇군……!’

이유강은 피식 웃음이 나왔다.

‘나는 지금 허상에 속고 있구나. 지금 나를 괴롭히는 것은 나 자신의 상상에서 비롯된 두려움인 것이다.’

물속에서 고통스럽게 허우적거리며 물살에 저항하던 이유강은 일순 모든 저항을 포기하고 담담히 물살의 흐름에 자신을 맡겼다.

‘……!’

그러자 아까와 같은 평안함이 몰려왔다. 물살은 요동치고 있었으나 이유강은 아무런 영향을 받지 않았다. 이유강은 미소 지었다.

‘마음이 흔들리니 두려움이 나를 괴롭히는구나.’

실로 신비로운 경험이었다.

쏴아아아! 철썩! 휘우우우웅!

광풍이 몰아닥치며 삼각파가 밀려왔지만 이유강은 눈 하나 깜빡하지 않았다.

‘이미 육체로부터 자유로워졌는데 내 마음이 나를 육신으로 가두었

구나. 내 스스로 허락하지 않는 한 그 무엇도 나를 괴롭히지 못한다.'

이유강은 다시 묵묵히 걸었다. 해가 동쪽 바다에서 떴다가 서쪽 바다로 사라지기를 반복했다. 이유강은 계속 걷고 있었다.

'…….'

이유강은 잠시 멈춰 섰다. 캄캄한 사위를 서서히 밝히며 떠오르는 태양. 벌써 며칠째 반복해서 보는 일출(日出)이었다.

'멋지군!'

잠시 후 캄캄했던 사위는 환하게 밝아졌다. 해는 수평선 위에 떠 있었다.

'……!'

이유강은 새로운 깨달음을 얻었다.

'빛도 어두움도 지금 내게는 아무것도 아니다. 그것 또한 나 스스로 나를 가두는 것이다. 빛이 있든 없든 나는 동일하다. 모든 사물은 그대로 존재하고 있을 뿐이다.'

이유강은 일순 공중으로 날아올랐다. 바람이 불었다.

'지금 이 순간 나는 바람이다.'

그러자 바람에 밀려 이유강은 매우 빠른 속도로 나아갔다.

'…역시!'

이유강은 미소 지었다. 다시금 바람에서 벗어나 출렁이는 물살 위에 누웠다. 형체는 없으나 누우면 눕는 것이다.

'좋군…….'

물살은 다소 거칠었으나 그것들에 영향을 받지 않고 침상에 누운 마냥 편안했다. 잠시 푸른 하늘에 하얀 구름들이 떠다니는 것을 쳐다보았다.

'지금 이 순간 나는 바다다. 바다가 되어 누워 있는 것이다.'

그러자 뭔가 다른 기분이 느껴졌다. 물살에 전혀 영향을 받지 않았던 무형지체가 물살에 따라 이리저리 흔들리는 것 같았다. 그러나 조금도 불쾌한 기분이 들지 않았고 여전히 편안한 것이었다.

'후훗, 정말 나는 바다가 되었구나.'

즉, 물살 자체에 동화되어 있는 것이었다. 그러므로 더 이상 물살로 인해 신경 쓸 필요가 없었다.

'내가 곧 물살이니 물살이 요동한다 해서 걱정할 필요가 없지. 나는 그저 물살인 것이다.'

그러자 더 더욱 마음이 편안해졌다.

'폭풍이 일어나면 폭풍이 곧 나이고, 파도가 일면 그 파도가 또 나인 것이다. 빛이 비추면 빛이 곧 나이고, 어두워지면 그 어둠이 또 나인 것이다. 모든 선입관을 버리고 자연 자체에 일체(一體)가 되면 되는 것이다.'

두려움을 주던 모든 것들에 일체가 되니 두려움이 사라지는 것이었다. 그러다 문득 이상한 생각이 들었다.

'…혹시 내가 죽어 귀신이 된 것은 아니겠지?'

솔직히 지금의 상태는 상식적으로 이해하기 힘든 경지였다. 그 생각을 하자 섬뜩한 생각이 들었다. 이유강은 고개를 흔들었다.

'쓸데없는 생각! 귀신에게 내공이 존재할 수는 없다. 나는 귀신이 아니라 사람이다. 다만 보이지 않는 무영지체 상태에서 자연과 일체되어 있는 것이다.'

게다가 비록 아직 사용할 수는 없으나 분명히 내공이 존재하고 있었다. 그러나 내공을 확실히 사용할 수 있을 때까지는 계속 이러한 의구

심은 가시지 않을 것 같았다.

　'그렇군. 일체라……'

　그러고 보니 조금 전 막연히 떠오르던 상념들 가운데 실로 놀라운 것이 있었다.

　'자연과 일체를 이룬다면 혹시 자연을 움직일 수도 있지 않을까.'

　황당한 생각이었지만 이유강은 즉시 실행에 옮겼다.

　'다시 바람이 되어보자!'

　바람이 불어오자 이유강은 바람에 몸을 맡겼다. 그러자 어느 순간 바람에 동화되어 있었다. 바람이 부는 대로 몸이 정신없이 움직였지만 조금도 어지럽거나 두렵지 않고 편안했다.

　'…그런데 어떻게 바람을 움직인단 말인가.'

　잠시 고민하다 그냥 몸을 움직인다 생각하고 왼쪽으로 향해 보았다. 순간 바람이 약간 왼쪽으로 흐르는 것이었다.

　'오오!'

　이유강은 흥분을 감출 수가 없었다.

　'이번엔 오른쪽……'

　그러자 바람이 방향이 오른쪽으로 약간 바뀌었다.

　'좋아. 그럼 바다가 되어볼까?'

　원래 물살이란 바람이 움직여야 생기는 것이다. 그러나 물 자체에 동화되니 바람의 힘을 빌리지 않고도 물을 움직일 수 있었다.

　'한데 너무 미약하게 움직이니 답답하구나.'

　아무래도 조화지기의 힘이 미약하기 때문인 것 같았다. 즉, 조화지기로 이룬 무형지체의 특성은 놀랍게도 자연과 일체가 되어 마치 환물을 조종하듯 자연을 조종할 수 있었다. 그러나 그 조종할 수 있는 능력은 조화지기의 수위에 절대적으로 영향을 받는 것이었다.

'흠……'

이유강은 잠시 고민에 빠졌다.

'그렇다면 명광도로 가서 조화지기를 축적해야겠군.'

암흑마기와 명광지기를 축적할 수 있는 신비한 기운이 가득한 명광도. 그곳에서 그 신비한 기운을 흡수하여 조화지기를 축적할 필요가 있었다. 또한 혹시라도 가짜 이유강이 행세를 한다면 무슨 짓을 하는지 볼 수 있을 것 같았다.

'그래, 명광도로 가자. 일단 그곳에 가서 조화지기를 흡수하고 내공을 사용할 수 있는 방법 등을 연구해 봐야겠군.'

그러다 문득 깨달음을 얻었다.

'팔백 번째에서 멈추었던 광마도법의 후반 변화들이 새롭게 떠오르는구나!'

자연과 일체되면서 기존의 변화를 깨뜨리는 새로운 변화들이 도출된 것이었다. 이유강은 손에 도가 있다 생각하고 공간을 막 휘저었다. 바람과 하나가 되고 물살과 하나가 되니 급기야 사방의 모든 자연과 하나가 되는 듯한 기분이 들었다. 초식에는 바람의 변화가 실려 있었고 물살의 변화가 실려 있었다. 대자연의 변화가 초식에 실리기 시작한 것이었다. 팔백일 번째 초식을 펼친 후 이유강은 잠시 멍해졌다.

'오감을 초월한 것인가……'

환물 쉬파리 상태에서의 초감각은 인간의 오감을 초월한 것이지, 오감 자체를 초월한 것은 아니었다. 그러나 지금은 오감이 아닌 전혀 다른 것으로 변화를 느끼고 있었다. 즉, 조화지기를 통한 무영지체, 이른바 조화지체(造化之體) 상태가 아니면 느낄 수 없는 변화인 것이다. 이유강은 문득 광마도법을 창안한 자에 대해 경이감을 느꼈다.

'그는 과연 일천 변화를 모두 깨달았을까. 조화지체가 되고서야 팔백 번째 변화를 깨달았는데 그렇다면 그 역시 조화지체를 이루었던 것일까?'

정말 그렇다면 실로 대단한 인물인 것이다. 그러나 그에 대해서는 아무것도 알려져 있지 않았다. 그러다 문득 한 가지 생각이 들었다.

'그렇군. 천 개의 초식이라는 것이 어쩌면 허상일지도 모른다.'

변화의 깨달음이란 끝이 없는 것이지 천 개까지 변화를 도출한다고 해서 무적의 절대초식이 나타난다는 것은 솔직히 말이 안 되는 소리임에 분명했다.

'세상에 절대무적의 초식이 어디에 있겠는가. 그것이야말로 실로 교만이 아니겠는가.'

하나의 변화를 깨달으면 그 변화를 능가하는 변화가 없을 것이라 생각했지만 어느 순간 깨달음에 의해 새로운 변화를 깨닫게 되고 결국 그 앞에 초식은 깨어지는 것이었다. 이유강은 순간 탄식했다.

'그렇군. 나도 실로 어리석구나. 팔백일 번째 변화를 느끼고서야 이것을 깨닫다니.'

어쩌면 광마도법의 저자가 천 개의 변화를 말했던 것은 광마도법을 익히는 자에게 있어 현재의 성취에 만족하지 말고 끝없이 새로운 초식을 연구하며 정진하기를 바라는 마음에 기이한 것이란 생각이 들었다. 즉, 그 역시도 천 개의 변화는 꿈도 꾸지 못했던 것이다.

'하긴 나 역시도 천 개의 변화가 있다는 말을 듣지 않았더라면 더 이상 도법 연구를 하지 않았을 것이다. 광마도법의 저자는 이런 식으로 광마도법이 더욱 발전되기를 원했을 수도 있겠군.'

일천 변화를 깨달아 절대무적의 초식을 완성하고 싶은 마음이 항상 있었기에 뭔가 새로운 경험을 하게 되면 그것을 곧바로 도법의 변화에 적응시켜 보았던 것이다. 이유강은 미소를 지었다.

'설사 일천 변화를 깨닫는다 해도 절대무적의 초식은 도출되지 않는다. 왜냐면 그 다음 변화, 즉 일천일(一千一) 번째 변화가 존재할 것이기 때문이다. 중요한 것은 현재의 초식에 만족하지 않고 새로운 변화를 연구하는 마음과 끝없이 정진하는 자세인 것이다.'

그렇게 생각하자 마음이 편해졌다. 깨달은 팔백일 번째 초식을 익숙해지도록 반복하며 바람에 몸을 실었다.

'명광도로 가려면 어떻게 가야 하나?'

배도 없고 항해사도 없으니 망망한 대해에서 어디로 가야 할지 알 수 없었다.

'그러고 보니 길을 잃었구나.'

천상 밤에 별자리를 보고 방향을 찾아내 가보는 수밖에 없었다.

'제길, 이럴 줄 알았으면 환가영의 배에 그냥 타고 있을 것 그랬군. 급할 것은 없으니 광마도법의 변화를 익히며 대략이나마 북서쪽으로 계속 가봐야겠구나.'

이유강은 다시 바람에 몸을 실었다. 그렇게 얼마의 시간이 지났는지 알 수 없었다.

‘**팔**백일… 팔백이십이…… 구백이십!’

이유강은 변화의 초식에 몰두하느라 시간의 개념을 잊고 있었다. 어느새 백이십 개의 변화를 깨달아 도합 구백이십 번째 초식까지 도달해 있었다. 하루에 대략 십여 개의 초식을 도출해 냈기에 대략 열흘 정도의 시간이 지난 것 같았다.

‘저 섬은……?’

알 수 없는 시커먼 안개로 가득 뒤덮여 있는 섬이 멀리 보였다. 그러고 보니 왠지 낯이 익었다.

‘설마!’

이유강은 내심 짚히는 것이 있어 빠르게 섬으로 향했다. 외관이 이전에 흑의인에게 끌려가 기억을 잃기 전까지 지냈던 바로 그 섬과 비숫해 보였기 때문이었다. 그러나 암흑마기가 느껴지지 않아 확신할 수가 없었다. 분명 그 섬이 맞다면 암흑마기, 즉 조화지기가 멀리서부터 느껴져야 정상인 것이다.

'이 섬이 분명하군.'

해변에 도착해 주위를 둘러보자 확연히 알 수 있었다. 그런데 이상하게 조화지기가 이제야 느껴지는 것이었다.

'이 안개가 조화지기의 기운이 밖으로 흐르지 못하게 막고 있던 것이로군.'

그래서 그토록 찾고자 해도 찾지 못했던 것 같았다. 조화지기의 기운이 멀리에서도 느껴졌다면 예전에 찾아내지 못했을 리가 없었던 것이다.

'어쨌든 오랜만이구나.'

그토록 찾아 헤매던 곳에 드디어 오게 된 것이다. 실로 감개가 무량했다. 다만 이전에 해변에 가득했던 환물 괴물들은 보이지 않았다. 수천 마리의 환물들이 득실대던 섬의 주변에 아무것도 보이지 않자 내심 허전한 생각도 들었다.

'집은 그대로 있겠지?'

이유강은 섬 안쪽으로 깊숙이 들어갔다. 잠시 후 울타리가 쳐진 집이 보였다. 집은 변한 것이 없었다. 예전에 쓰던 창고도 그대로 있었고, 흑의인이 거하던 방도 그대로였다. 창고 안을 들어가 보니 몇 년 전 조선의 집을 나서기 전 꾸리고 나왔던 배낭이 보였다. 그 안에는 어머니께서 챙겨주신 보석들과 외숙부에게 보낼 서찰 등이 들어 있을 게 분명했다.

‘저게 그대로 있다니.’

현재 상태로는 배낭을 열어볼 수 없기에 창고를 나와 흑의인의 방으로 들어가 보았다. 방은 정돈되어 있었으나 오랫동안 사용을 하지 않은 듯 먼지가 쌓여 있었다. 옆의 욕실도 마찬가지였다.

‘흠……’

이유강은 잠시 방 안을 살펴보다가 지하 석실의 문이 있는 곳으로 내려가 보았다.

‘이전부터 저곳이 항상 궁금했었다. 지금은 조화지체이니 저 안으로 들어갈 수 있겠지.’

이유강은 내심 미소를 지으며 석실 문을 향해 다가갔다.

‘……!’

그러나 무언가의 장벽이 있는 듯 석실 안쪽으로 다가설 수가 없었다. 몇 번을 시도했으나 결과는 동일했다.

‘기이하군.’

형체가 없는 무형지체 상태로도 통과할 수가 없다니. 설령 흙이나 암석으로 가로 막혔다 해도 통과가 가능했으나 석실 안쪽은 어느 방향으로 접근해도 다가설 수가 없었다. 분명 무슨 수작을 부려놓은 것이 분명했다. 잠시 고민을 하다가 조화지기를 최대로 끌어올려 다시 한 번 시도해 보았다.

‘……!’

그러자 석실 안쪽으로 미세하게 몸이 들어서는 듯한 기분이 들었다. 그러나 금세 다시 뒤로 밀려 버렸다.

‘역시 조화지기의 수위가 낮아서 안 되는 것이었군.’

이유강은 고개를 끄덕이고는 지하를 나섰다.

'명광도를 찾기 힘들었는데 차라리 잘됐구나. 이곳에서 조화지기와 내공운용법을 연구하며 지내야겠군.'

앞으로 조화지기가 쌓이면 지하 석실 안에도 들어갈 수 있을 것이다. 괴이한 안개로 조화지기가 섬 밖으로 새어나가지 않았기에 이곳의 조화지기는 명광도에 비해 훨씬 풍부했다. 따라서 명광도에 비해 빠르게 조화지기를 축적할 수 있을 것이다.

'참, 지하 광산에 가득했던 금광석들은 어찌 되었을까?'

궁금한 생각이 들어 산 위로 올라가 보았다. 그러나 지하 광산으로 내려가는 석문을 통과할 수가 없었다. 현재의 조화지기는 매우 낮은 수위이기에 어쩔 수 없었다.

'그렇다면 밑으로 해서 들어가면 되겠지.'

작은 포구가 있는 곳과 연결된 동굴이 섬 한쪽에 있던 게 생각났다. 그곳으로 가보니 여전히 포구가 있었고 광산 안으로 이어지는 동굴도 보였다. 이유강은 동굴을 통해 안으로 들어갔다.

'…금광석들은 거의 그대로 있군.'

흑의인이 깜빡한 것인지 동굴 여러 곳에 금광석이 가득 있었다. 한쪽 동굴에는 예전에 만들다 남은 동물의 뼈들도 약간 있었다. 다만, 열심히 금광석을 캐던 환물들은 아무도 보이지 않았다.

'후훗, 빈털터리가 된 줄 알았더니 다시 부자가 되었군.'

돈이 필요할 일은 없었지만 어쨌든 가득 쌓여 있는 금광석들을 보니 내심 마음이 뿌듯해졌다.

'그럼 이제부터 조화지기를 흡수하자.'

이유강은 밖으로 나가 조화지기의 심법을 운용했다. 그러자 섬에 가득한 조화지기가 서서히 흡수되기 시작했다.

'…오오!'

놀랍게도 조화지기는 매우 빠르게 흡수되고 있었다.

'예전보다 몇 배는 빠른 속도로군.'

아무래도 육체를 초월한 조화지체의 상태라 가능한 일인 것 같았다. 더구나 이전에는 하루에 반 시진 정도 암흑심법을 통해 암흑마기를 흡수했는데 그 이유는 하루에 암흑마기가 그 이상은 쌓이지 않았던 것이다. 그러나 지금은 십이 시진 연속으로 조화심법을 펼쳐도 계속 빠른 속도로 조화지기가 쌓이고 있었다.

놀라운 사실은 한 번 조화지기가 흡수되기 시작하자 따로 심법을 운용하지 않아도 끊임없이 조화지기가 흡수되는 것이었다. 즉, 정좌를 한 채 심법수련만 하지 않고 다른 일을 해도 저절로 조화지기가 늘어나고 있는 것이었다.

'이렇게 일 년이 지나면 대략 백 년의 조화지기를 흡수할 수 있을지도 모른다.'

흑의인을 상대하려면 적어도 백 년의 조화지기가 필요할 테니 이곳에서 일 년은 있어야 할 것 같았다. 그동안 오백 년의 내공을 사용하는 방법을 알아내고 또한 내공을 더욱 늘려 최근 깨달은 광마도법의 구백 번대 초식까지 펼칠 수 있도록 할 계획이었다.

동시에 조화지기를 이용한 환물을 만들 방법도 연구해야 했다. 그 환물은 명광지기나 암흑마기를 이용해 만든 환물과 다른 특성을 가지고 있을 것이 분명했다.

‘일단 내공을 사용할 수만 있다면 그 기운을 움직여 진흙과 뼛가루 반죽을 할 수 있을 것이고, 그런 방법으로 환물을 만들 수 있을 것이다.’

내력만으로 흙이나 뼛가루를 자유자재로 움직여 원하는 모양을 만들려면 적어도 삼백 년 이상의 내공이 필요했다. 환물이 만들어진다면 그것과 일체하여 사람들과 대화를 하는 것도 가능하고 또한 광마도법을 펼치는 것도 가능해질 것이란 생각이 들었다.

석 달이 지났다. 어느덧 조화지기는 삼십 년에 육박하고 있었다. 그동안 조화지기를 이용한 모든 환물 제조 방법을 이론적으로 도출하여 정리했다. 삼십 년 정도의 조화지기가 생기자 내력을 사용하는 것은 의외로 간단했다. 조화지기의 흐름을 인체의 맥과 동일하게 만들어 내공이 움직일 수 있도록 하면 되는 것이었다.

‘이제 하나씩 차근차근 만들어봐야겠군.’

이유강은 해변으로 나와 내공을 발출시켰다. 대략 삼백 년 정도의 내공을 발출시키자 주위의 모래들이 요동을 치며 허공에 떠올랐다. 동시에 그 모래들이 수십 개의 손으로 변해 어지럽게 움직였다.

‘성공이로군……’

이유강은 미소 지었다. 일전에 도를 땅에 던져 흙 뭉치를 허공에 떠오르게 한 후 환수(幻手)를 만들었던 원리였다. 그러나 그때는 얼마 안 가 환수들이 모두 부서져 버렸음에 비해 지금은 일각이 지나도 환수들은 부서지지 않고 멀쩡히 움직였다.

휘이이이잉!

이유강이 다시 내공을 발출하자 마치 돌개바람이 일 듯 모래가 허공으로 휘돌아 올랐고, 순식간에 모래는 사람의 형상으로 만들어졌다.

"후후후……!"

모래 인간은 입을 벌려 웃었다.

"하하하하! 드디어 말을 할 수 있게 되었구나."

실로 감개가 무량했다. 이제 물리력을 사용할 수 있게 된 것이다. 이로써 귀신이 아니라는 것이 증명되는 순간이었다. 조화지체는 결코 허상이 아니었다. 이유강은 내공을 다시 발출시켰다.

쒸이이이이이잉!

조금보다 더욱 거센 바람이 몰아쳤고 주위 십여 장의 모래들이 일제히 허공에 난무하더니 수십여 명의 모래 인간들이 생겨났다.

"으하하하…!"

"하하하하하!"

"으하하하!"

수십여 명의 모래 인간들은 모두 입을 크게 벌려 웃었다. 이유강은 미소 지었다.

'이제 환물 장인 정도는 일각에 수백 개는 만들 수 있겠군.'

크게 웃던 모래 인간들이 무너져 내리며 모래로 화했다. 시험 삼아 만들었던 모래 인간들을 모두 부숴 버린 것이었다. 이유강은 다시 무영지체의 상태로 돌아가 있었다.

'장난은 그만 하고 이제 본격적으로 만들어보자.'

그러다 문득 몸을 움직여 지하 석실로 향했다.

'삼십 년 정도의 조화지기라면 석실을 통과할 수 있지 않을까.'

내심 마음이 설레었다. 이유강은 조화지기를 석실 문에 주입하며 나아갔다. 순간 저항없이 석문을 통과했다.

'오, 드디어!'

그런데 석실은 그저 평범한 연공관으로 텅 비어 있는 것이었다.

'……'

뭔가가 있을 것이라 잔뜩 기대했던 이유강은 실망을 금치 못하며 돌아섰다. 문을 나서려다 문득 이상한 생각이 들었다.

'이런 곳에서 어찌 그토록 오랫동안 처박혀 있었단 말인가.'

다시 돌아서서 석실을 자세히 살폈다. 흑의인은 항상 이곳에서 뭔가를 하는 것 같았다. 심지어 이 년 넘게 이곳에서 나오지 않은 적도 있었다. 이런 밀폐 공간에서 그렇게 오래 있을 수 있다는 것은 아무리 생각해도 쉽게 이해할 수 없는 일이었다.

'흠……'

의혹이 들자 이유강은 계속 석실을 살폈다. 그러다 아주 미세한 기관 장치를 발견했다. 자세히 보지 않으면 찾기 힘들 만큼 작은 돌출 부위가 한쪽 벽 틈에 있었다.

기이이잉!

내력을 발출하여 돌출 부위를 누르자 갑자기 석실 바닥의 한쪽이 움직이더니 지하로 통하는 계단이 나타나는 것이었다.

'…역시!'

이유강은 회심의 미소를 짓고는 지하 계단을 통해 아래로 내려갔다. 지하는 동굴이 이어져 있었다. 그 동굴을 따라 조금 내려가니 앞에 시커먼 것이 불처럼 이글거리는 것이 보였다.

'저게 뭔가?'

이유강은 호기심이 들어 더욱 가까이 가보았다.

'……!'

주변의 어둠보다 더욱 진한 어둠, 그것은 진정한 암흑의 기운이었다. 이유강은 순간 가슴이 철렁했다.

'언젠가 꿈에서 보았던 그 암흑 공간이 분명하다.'

암흑마기로 이루어진 기이한 공간. 이해할 수 없는 현상이었다.

'들어가 봐야 하는가?'

무슨 일이 있을지 상상이 불가능한 괴이한 곳이라 섣불리 들어가기도 꺼려졌다. 그러나 결국 들어가기로 결정을 내렸다.

'무영지체의 상태인 지금 두려워할 만한 곳은 없다.'

이유강은 서슴없이 암흑 공간 안으로 들어갔다.

'……!'

캄캄했지만 사방은 선명하도록 투명했다. 주위에는 아무것도 보이지 않았다.

'이곳이 대체 어디인가…….'

그때였다.

"감히 이곳에 들어오다니 네놈은 누구냐?"

어디선가 갑자기 섬뜩하도록 차가운 목소리가 들렸다. 이유강은 깜짝 놀라 목소리가 들려온 방향을 쳐다봤다.

'……!'

허리까지 내려온 흑발, 시커먼 두 눈, 차가운 인상. 그는 분명 흑의인이었다. 이유강은 가슴이 순간 철렁 내려앉는 것 같았다. 흑의인이

다시 물었다.

"이곳에는 어떻게 들어왔느냐?"

이유강은 현재 무영지체 상태라 말을 할 수가 없었다. 흑의인의 얼굴을 보자 실로 엄청난 분노가 치밀어 올랐다.

'…네놈, 살아 있었군.'

이유강이 말을 하지 않자 흑의인이 약간 의혹에 서린 표정으로 고개를 갸웃거렸다. 그러다가 사방을 둘러보며 말했다.

"이상하구나. 분명 누군가 들어온 것 같았는데……."

"흑마, 무슨 일이오?"

멀리서 누군가의 음성이 들렸다. 그러자 흑의인은 말했다.

"누군가 침입한 것 같아 그랬소."

"허허… 그럴 리가 있겠소. 이곳에 감히 누가 들어온단 말이오."

"하긴, 이곳은 오직 환물만이 들어올 수 있는 암흑마기로 만들어진 공간이니 사람이 들어올 수는 없겠지. 환물이라면 우리가 못 알아볼 리가 없을 것이고."

"허허… 물론이오. 대군께서 부르시니 어서 가십시다."

"알겠소."

그들은 멀리 사라졌다. 이유강은 참담한 심정으로 그들을 노려봤다.

'흑마, 이런 곳에 웅크리고 있었군.'

이곳 암흑마기로 만들어진 사이한 공간으로 오직 환물만이 들어올 수 있는 공간이라고 했다.

'그렇다면 흑마와 그 옆의 인물도 모두 환물이었단 말인가!'

놀라운 일이었다. 그러나 이유강은 그토록 두렵게 생각했던 흑마가 무영지체인 자신을 알아보지 못하자 내심 뿌듯한 기분도 들었다. 그때 멀리 사라졌던 흑마가 다시 이곳을 향해 순식간에 다가왔다. 이유강은 순간 철렁했다.

‘……!’

흑마는 고개를 갸웃했다.

"분명 누군가가 있는 것 같은데 이상하구나."

그 말과 함께 흑마는 팔을 휘저었다. 순간 가공할 암흑마기의 결박이 사방을 옥죄기 시작했다.

‘…이런!’

비록 무영지체이긴 하나 암흑마기의 결박은 여지없이 작용할 것이 분명했다. 이유강은 잽싸게 뒤로 물러났다. 그러나 어느새 몸이 조금씩 굳어지고 있었다.

휘리이이잉!

이유강은 조화지기를 최대한 끌어올렸다. 그러자 결박에서 벗어날 수 있었다. 흑마가 깜짝 놀란 표정으로 외쳤다.

"과연 누가 있었구나."

그의 전신에서 시커먼 기운이 요동치기 시작하더니 이유강이 있는 곳을 향해 빠르게 다가왔다.

‘……!’

이유강은 잽싸게 들어온 입구 쪽으로 몸을 날려 암흑 공간에서 빠져나왔다.

‘흑마가 따라 나오면 끝장이다.’

시커멓게 이글거리는 암흑 공간을 보며 이유강은 가슴을 졸였다.

‘제길! 어쩔 수 없군.’

일순 이유강은 조화심법을 펼쳐 암흑마기를 빨아들였다.

츠으으으!

순간 암흑마기가 물밀듯이 흡수되기 시작했다.

“네, 네놈!”

순간 암흑 공간 안에서 흑마의 당황하는 소리가 들렸다. 이유강은 회심의 미소를 지었다. 될 대로 되라는 식으로 무리하게 암흑마기를 흡수했더니 암흑 공간이 사라지고 있었던 것이다.

후우우웅.

잠시 후 시커멓게 이글거리던 암흑 공간은 완전 사라져 버렸다.

‘……’

이유강은 멍하니 서 있었다. 방금 사라진 것은 암흑 공간으로 들어가는 일종의 출입문인 것 같았다. 즉, 암흑 공간은 어디엔가 존재하는데 그곳으로 들어가는 출입문을 없애 버렸으니 다시는 암흑 공간으로 갈 수 없게 된 것이다.

‘어찌 된 건지는 모르겠지만 어쨌든 흑마가 쫓아오지 못하니 다행이로군.’

내심 안도의 한숨을 쉬고 돌아섰는데 순간, 이유강은 체내에서 암흑마기가 심하게 요동치는 것을 느꼈다. 조화심법으로 무리하게 암흑마기를 끌어들였으니 뭔가 부작용이 날 법도 한 것이다.

‘으으…… 자칫 조화지기가 흐트러질 수 있다. 어디엔가 이 암흑마기를 발출시켜야 하는데…….’

이유강은 급히 밖으로 나갔다. 섣불리 암흑마기를 발출시켰다가 혹시라도 그것이 아까처럼 암흑 공간의 출입문을 형성하게 되면 큰일이기 때문이다. 그렇다고 계속 이대로 간직하고 있을 수는 없었다.

휘이이이잉.

궁리 끝에 해변에서 모래 인간 하나를 만든 후 암흑마기를 모두 발출하여 주입시켰다. 조화지기를 통해 만든 환물이기에 암흑마기를 추가로 주입시키자 모래 인간은 폭발하듯 부서졌다. 그와 함께 암흑마기 역시 성질이 변형되어 공기 중으로 흩어져 버렸다.

'휴우······.'

다행히 암흑 공간과 연결되는 출입문은 나타나지 않았다. 암흑마기가 완전 흩어진 것이 분명했다. 이유강은 내심 안도했으나 한편으로는 답답한 생각도 들었다.

'갈수록 태산이로군. 대체 그 암흑 공간의 정체는 무엇인가. 게다가 흑마 역시 대군이라는 자의 부하인 것 같은데 그는 또 누구란 말인가.'

그런 생각을 하자 한숨이 나왔으나 다시 주먹을 불끈 쥐었다.

'기다려라, 네놈들을 결코 용서하지 않겠다.'

참으로 다행인 것은 흑마가 무영지체를 알아보지 못했던 것이다. 즉, 흑마는 조화지기의 존재에 대해 알지 못하는 것이 분명했다.

'이 섬으로 나오는 문을 없애 버렸으니 당분간 이곳으로 오지 못하겠지. 그러나 이 섬에 가득한 금광석 때문에라도 조만간 찾아올 것이 분명하다.'

방대한 양의 금광석, 그것들은 매우 순도가 높아 상당한 가치가 있었다.

'금광석들을 동원한다면 어디에서든 풍운장 못지않은 세력을 또 세

울 수가 있다. 속히 환물들을 만들어 금광석들을 모조리 어디론가 옮겨 버려야겠다.'

문을 없애 버렸기에 찾아오려면 배를 타고 올 것이니 그동안 꾸준히 조화지기를 흡수하며 환물을 만들어야 할 것 같았다.

'저 금광석들을 어디에 옮겨 놓느냐가 관건이군.'

섣불리 근처의 섬에다 옮겼다가는 걸릴 염려가 있었다. 그렇다고 멀리 돌아다니며 적절한 장소를 찾을 수는 없었다. 섬을 벗어나면 조화지기를 흡수할 수 없는 것이다. 한참을 궁리 끝에 이유강은 결정을 내렸다.

'그래, 바다 밑에 숨겨 놓는 것이다.'

흑의인, 즉 흑마가 마음먹으면 근처의 어지간한 섬이란 섬은 다 뒤질 수 있을 것이다. 환물들을 이용하면 가능한 것이다. 그러나 환물 괴어들을 동원한다 해도 망망한 바다를 다 뒤지기란 불가능했다.

'일단은 금광석들을 모조리 꺼내와야겠군.'

츠으으으웃!

이유강은 내공을 발출해 모래 인간들을 만들기 시작했다. 대략 일각 정도 지나자 모래 인간들이 수백여 개 만들어졌다.

〈금광석들을 모두 가져와라.〉

그러자 모래 인간들은 동굴 속에 들어가 금광석을 한 아름씩 안고 나와 해변 위에 쌓기 시작했다. 금광석의 양은 상당히 많아 모래 인간 수백여 개가 동원되었는데도 꽤 시간이 걸릴 것 같았다. 이유강은 모래 인간을 좀 더 만들까 하다가 그만두었다. 동굴의 폭이 그다지 넓지 않아 더 이상 모래 인간들이 투입되면 혼잡해지기만 할 것이다.

'……!'

그러다 문득 이유강은 해변의 모래사장을 물끄러미 쳐다봤다.

'그러고 보니 일전에 바람이나 물과 일체되지 않았던가. 그렇다면 모래나 땅과도 일체가 가능하지 않을까?

몇 달 전 당시 미약한 조화지기의 힘으로 바람을 비록 미세하게나마 움직일 수 있었던 것이다. 그렇다면 지금 삼십 년에 육박하는 조화지기의 힘이라면 상당히 강하게 바람을 움직일 수 있을지도 모르는 것이다.

'지금 이 순간 나는 모래가 된다. 이 모래사장이 되는 것이다.'

이유강은 그 즉시 모래들과 일체가 되어 있었다.

'그렇다면……!'

이유강은 조화지기를 일으키며 모래들을 움직여 보았다. 순간 모래들이 반응을 하는 것이었다.

'오……!'

이유강은 설레는 마음으로 조화지기를 더욱 일으켜 모래들을 원하는 형상으로 만들었고, 그것들에 조화지기를 주입시켰다. 그러자 동시에 수십여 개의 모래 인간들이 만들어지는 것이었다.

'하하하, 대단하구나.'

놀랍게도 내공을 전혀 사용하지 않고 오직 조화지기만으로 모래 인간들을 만들어낸 것이다. 더구나 조화지기를 이용하니 내공의 힘으로 압력을 가해 만든 모래 인간보다 훨씬 정교했다.

파스스스.

이유강은 방금 만든 모래 인간들을 부숴 버린 후 다시 하나의 모래 인간을 만들었다. 여인이었는데 외모가 환가영과 동일한 모습이었다.

'흠… 역시!'

내공으로 애써 빚을 필요 없이 조화지기를 통해 생각만으로 그와 동일한 모습의 모래 인간이 만들어지는 것이었다. 이유강은 미소를 짓고는 다시 조화지기를 발출했다. 그러자 환가영의 모습을 한 모래 인간이 서문소혜의 모습으로 바뀌었다. 그리고 다시 임수아의 모습으로, 제갈수연, 주소영의 모습으로 연이어 바뀌었다.

"호호호……!"

주소영의 모습을 한 모래 여인은 교소를 터뜨렸다. 이유강은 어느새 그것에 일체되어 있었다. 여자의 목소리를 내는 것은 어려운 일이 아니었다. 암흑마기와 명광지기에서 가능한 모든 특성들을 조화지기에서는 발휘할 수 있는 것이다.

"하앗!"

모래 여인은 날아오르더니 팔을 기이하게 휘둘렀다. 동시에 두 발이 허공에서 교차하며 현란하게 움직였다.

휘잇! 파팟! 파파팟!

강력한 각풍(脚風)이 일어나 사방의 모래들이 요동쳤다.

타악!

모래 여인은 내려서서 만족한 표정으로 사방을 쓸어봤다.

"흠……."

오백 년의 내공. 이것은 예전에 오직 비혼과 일체되었을 때만 사용이 가능했다. 그러나 조화지체를 이룬 지금, 그 어떤 환물과 일체가 되던 오백 년의 내공을 사용할 수 있게 되었다. 따라서 지금의 모래 여인으로도 광마도법 칠백 번 대 초식을 펼칠 수 있는 것이다.

푸스스스.

주소영의 모습을 한 모래 여인이 부서지며 허공에 흩날리고 이유강은 다시 무영지체 상태로 돌아왔다. 모래 인간들은 아직도 부지런히 금광석을 해변에 나르고 있었다. 이유강은 섬을 둘러싸고 있는 시커먼 안개를 해치고 잠시 바다 위로 나와 넘실거리는 물결을 고요히 응시했다.

'이 순간 나는 바다가 된다……'

순간 이유강은 물결과 동화되어 하늘을 바라보고 있었다. 몇 번 했더니 이제는 이런 자연과의 일체도 익숙해지는 것 같았다. 이유강은 다시 여인들의 모습을 생각했다.

좌아아아.

그러자 물이 소용돌이치듯 솟아오르며 순식간에 다섯 여인의 모습으로 화했다.

'흠……!'

물로 만들어진 다섯 여인의 모습은 햇살에 비추어 실로 신비롭게 빛나고 있었다. 이유강은 그중의 하나에 일체되어 무공을 펼쳐 보았다. 서문소혜의 모습을 한 여인의 손에 물로 만들어진 도가 쥐어짐과 동시에 도는 공간을 수없이 가르기 시작했다.

파파파파파팟! 파파파팟……!

물로 만들어진 도, 즉 수도(水刀)의 그림자들이 마치 폭포가 쏟아지듯 사방으로 퍼져 나갔다. 폭풍처럼 바람이 몰아쳤고 물살은 사납게 요동치며 출렁거렸다. 수천 개의 투명한 도의 잔영. 그것들이 햇살에 비추며 실로 아름다운 기경을 이루었다.

'멋지군……!'

서문소혜의 모습을 한 물의 여인이 아름답게 웃더니 다시 물로 화해 사라져 버렸다. 다른 여인들도 마찬가지로 모두 사라졌다.

휘이이잉!

이유강은 이번에 바람이 되어 있었다. 바람은 이유강의 의지대로 사방팔방으로 불었다. 바람이 심하게 움직이자 물살이 바람에 의해 난폭하게 파도치기 시작했다.

휘이이잉! 휘이잉! 휘이이이이이잉!

바람은 급기야 자그마한 용권풍(龍卷風)을 형성했고, 이로 인해 물이 바람을 타고 허공으로 휘돌아 올랐다.

촤아아아아……!

비록 작은 용권풍이었으나 물은 가히 수십 장 높이까지 솟아올랐다.

'대단하군. 오백 년의 내공으로도 이렇게까지는 하지 못할 텐데 고작 삼십 년의 조화지기로 이런 능력을 발휘하다니…….'

조만간 백 년의 조화지기가 모이면 가히 구름이 있는 높이까지 물을 끌어 올리는 거대한 용권풍을 만들 수 있을지도 몰랐다.

'……'

바람이 멈췄고 물살도 잔잔해졌다. 이유강은 멍하니 바다 위에 서 있었다.

'조화지기… 알면 알수록 조금씩 두려움이 생기는구나. 인간인 내게 이런 능력이 생기다니.'

암흑마기의 환물에 대해서 알게 되고 광룡과 비혼을 만들 때도 이런 느낌은 없었다. 오히려 그때는 호기심이 더욱 불타올랐던 것 같았다. 그러나 지금은 상당히 두려움이 느껴지고 있었다.

'음…….'

물론 강해져서 나쁠 것은 없었다. 그러나 지금과 같은 것은 실로 인간의 경지를 초월한 가공할 능력인 것이다. 자칫 악한 마음을 먹기라도 한다면 천하는 감당할 수 없는 대재앙을 맞게 될 수도 있었다.

'두려워할 필요 없다. 하늘이 내게 이런 능력을 부여한 것은 결코 우연이 아닐 터. 그 어떤 상황에서도 나 자신을 잃지만 않으면 되는 것이다.'

세상을 향해 음부에서 끔찍한 음모를 꾸미고 있는 흑마 일당을 제거하는 것은 어쩌면 하늘의 뜻일 수도 있었다.

'하긴… 흑마와 싸우려면 지금으로는 턱없이 부족하다.'

조화지기가 보통 사람들에게는 대단할지 몰라도 아직 그 수위가 낮아 흑마 앞에서는 통하지 않을 것이다. 암흑마기의 수위가 어느 정도인지 짐작조차 가지 않는 흑마와 싸우려면 꾸준히 조화지기를 흡수하여 그 수위를 높여가는 수밖에 없었다.

'지금쯤은 금광석을 다 옮겼겠지.'

이유강은 다시 섬의 해변으로 돌아왔다. 해변에는 금광석이 실로 산더미같이 쌓여 있었다. 모래 인간들은 금광석 앞에 모두 모여 있었다.

'이것을 바다 속으로 넣으려면 어떻게 하는 것이 좋을 것인가.'

여러 동굴의 공터에 쌓여 있던 금광석들을 한데 모아 놓으니 그 양은 엄청났다.

'일단 너무 덩치가 크니 열 개로 나누어야겠군.'

모래 인간들을 시켜 금광석들을 열 군데로 고르게 나누었다. 이유강은 그중의 하나 앞에 서서 잠시 고민을 하다 모래를 움직여 금광석 더미를 둥글게 둘러 덮었다. 다른 금광석 더미들도 모두 그렇게 했다. 그러자 해변에는 구슬 모양의 커다란 구형체(球形體) 열 개가 생겨났다. 이유강은 구형체들을 움직여 바다로 굴러가게 했다. 잠시 후 구형체들은 모두 바다 속으로 사라졌다.

'굳이 멀리 숨길 필요는 없겠지.'

이유강은 물로 일체되어 바다 밑으로 들어간 구형체들을 적당한 장소로 몰았다. 그리고는 구형체들의 위에 다른 암석들을 수북이 올려놓았다. 그러자 주변과 비교하여 조금도 어색하지 않은 자연스러운 경관이 되었다.

'이 정도면 거의 완벽하군.'

이유강은 미소를 지으며 섬으로 돌아왔다.

'이제 동물의 뼈를 이용하여 환물을 만들어볼까.'

암흑마기를 통해 만든 것은 강력한 전투력을 가졌고, 명광지기를 통해 만든 것은 사람을 치유하는 능력을 가지고 있었다. 그렇다면 조화지기를 주입하여 만든 환물은 어떠한 능력이 있는지 실로 궁금했다. 이미 이에 대한 조화지기의 주입 방식은 알아냈기에 이제 직접 만들기만 하면 되었다.

빠지직! 빠직!

동물의 뼈는 동굴 안에 제법 쌓여 있었다. 맹수의 뼈로 추정되는 뼈들이 대략 삼백 마리 분량 존재했다. 이유강은 모래 인간들을 동원해 뼈들을 종대로 분류한 후 부서뜨리라 지시했다. 모래 인간들은 단단한 돌멩이를 들고 뼈를 후려쳐서 가루로 만들었다.

‘문득 예전의 일이 생각나는구나.’

흑의인에 의해 이곳에 끌려와 혼자 조환물여의경을 연구하며 환물 인형을 만들었을 때가 생각났다. 암흑마기를 이용하여 처음 환물을 만들었을 때의 감격을 아직도 잊을 수 없었다.

‘하나가 다 되었군.’

잠시 옛 생각을 하며 미소 짓고 있는 동안 눈앞의 모래 인간들이 늑대의 뼈 한 마리 분량을 완전히 가루로 만들어놓았다.

‘시작해 볼까.’

이전 같으면 뼛가루와 진흙을 배합하여 반죽한 후 원하는 모양을 만들며 암흑마기를 주입해 환물을 만들었지만, 지금은 내공으로 뼛가루와 진흙을 물과 배합한 후 반죽을 해야 했다. 그런 후 그 반죽을 원하는 모양으로 만들어야 했는데 이때는 굳이 내공을 사용할 필요 없이 반죽과 일체되어 원하는 모양을 생각하기만 하면 순식간에 그 모양이 완성되었다.

후리리이잉!

따라서 환물 늑대가 만들어지는 데 걸리는 시간은 숨을 서너 번 쉬는 시간 정도밖에 걸리지 않았다. 이 속도라면 일각에 대략 삼십 마리 정도를 만들 수 있는 것으로 이전에 이백 년의 암흑마기를 이용해 환물 괴어를 만드는 속도보다 훨씬 빠른 것이었다.

‘대략 한 시진 정도면 여기 있는 모든 뼛가루로 환물을 만들 수 있겠군.’

실로 놀라운 일이었다. 만일 하루 열두 시진 쉬지 않고 작업을 한다면 하루에 수천 마리라도 만들 수 있는 가공할 속도인 것이다. 즉, 예전에는 휴식도 필요하기에 하루에 환물 괴어의 경우 백 마리 정도씩 만들었지만, 지금은 하루 작정하면 삼천 마리 넘는 환물 괴어를 만들 수 있는 것이다.

'내친김에 모두 만들어 버려야겠군.'

대략 한 시진이 지났을 때 환물 괴물 이백팔십오 마리가 완성되어 동굴 안을 뛰어다녔다. 특이한 것은 조화지기를 통해 만든 환물 괴물들은 암흑마기를 이용한 환물처럼 흉측하고 시커멓게 변하지 않았고, 또한 명광지기를 이용한 환물처럼 백색으로 빛나지도 않았다. 그저 덩치만 커질뿐, 외모는 원래 살아 있을 때와 거의 흡사한 것이었다.

'흥미롭군.'

이유강은 환물 괴물들을 모두 해변 쪽으로 이동시켰다.

'강도를 시험해 봐야겠군.'

이유강은 모래 인간 하나를 만들어 그것과 일체했다. 모래 인간의 손에는 모래로 만들어진 칼, 즉 기다란 사도(沙刀)가 쥐어져 있었다.

츠으으읏!

이유강은 약간의 내공을 도에 실어 조금 전 만든 환물 늑대를 후려 갈겼다.

까앙!

그러자 마치 쇳소리가 부딪치는 소리가 났고, 환물 늑대의 몸체에는 약간의 흠집이 생겨 있었다.

"흠… 꽤 쓸 만하구나."

이유강은 만족한 웃음을 지었다. 암흑마기를 이용해 만든 환물 역시 방금과 비슷한 내공을 실어 가격했을 때 이와 비슷한 흠집이 생겼기

때문이었다. 내구 강도에 있어서 암흑마기로 만들어진 환물 못지않다
는 것이 증명되는 순간이었다.

"서로 전투력은 비슷하겠군."

이유강은 문득 큼직한 물고기 한 마리를 잡아왔다.

푸득!

물고기는 모래 인간의 손에서 파닥거렸다. 이유강은 일부러 물고기
한쪽 배를 칼로 찔러 상처를 냈다.

푸득― 푸드득!

그러자 물고기는 괴로운 듯 더욱 파닥거렸다.

〈치료해라!〉

이유강은 환물 늑대를 향해 지시했다. 그러자 환물 늑대의 몸에서
푸른색 빛이 나가 물고기를 감쌌다. 그로 인해 물고기의 상처가 멀쩡
히 회복되는 것이었다.

'…역시!'

예상했던 대로 조화지기를 이용한 환물은 암흑마기를 이용한 환물
과 명광지기를 이용한 환물의 특성을 모두 가지고 있었다.

'멋지군.'

그러다 이유강은 문득 생각에 잠겼다.

'뭔가 새로운 환물을 만들 수는 없을까.'

만들기는 쉬웠지만 이러한 환물들은 너무 평범했다. 혹시라도 흑마
를 비롯한 암흑 공간의 인물들과 환물 전쟁이 벌어질 경우 뭔가 우위
를 점할 수 있는 특별한 환물들이 필요할 것 같았다. 즉, 지금 만들어
진 환물은 암흑마기와 명광지기의 특성을 모두 가지고 있으나 전투력

에 있어서 암흑마기를 이용한 환물과 별다른 차이가 없으므로 별다른 우위를 점하기가 쉽지 않을 것이다.

'물론, 작정하고 한 달 정도면 가히 십만 마리에 육박하는 환물 군단을 만들 수 있겠지만 그렇게 하려면 십만 마리의 동물을 죽여야 하지 않은가.'

환물의 수로 승부한다면 절대 밀리지 않을 자신이 있으나 동물을 대량 학살하지 않고는 만들 수 없었다. 뼛가루가 필요없이 만들 수 있는 모래 인간들은 일각에 수백 개도 넘게 만들 수 있으나 그것들은 전투에 별다른 능력을 발휘하기 힘들었다.

'광룡과 같은 환물을 만들어야 한다. 가히 그 한 마리가 수천의 환물을 상대하기에 조금도 부족함이 없다.'

명광도에 있는 광룡. 이미 그것은 제이의 악마공자가 유용하게 사용하고 있을 가능성이 높았다. 심혈을 기울여 만든 광룡이 이제 적이 된 것이다. 만일 광룡이 나타난다면 현재로서는 그것을 당해낼 환물은 없었다. 물론 이유강이 직접 자연에 일체되거나 혹은, 환물에 일체되어 오백 년의 내공으로 광마도법을 펼친다면 상대할 수 있을 것이다.

'그러나 만일 암흑 공간의 인물들이 총공격이라도 해온다면 내가 그들과 싸우는 동안 광룡과 같은 환물과 맞서 싸울 만한 강력한 환물들이 내게도 필요하지 않을까.'

가공할 암흑마기를 보유하고 있는 흑마, 그리고 흑마를 부하로 부리는 대군이라는 자와 몇 명인지 알 수 없는 암흑 공간의 인물들을 모두 상대해야 하는 것이다. 또한 그들이 그 어떤 괴이한 환물을 만들고 있는지도 알 수 없는 상황이었다.

'분명 그들은 사람들의 뼈를 이용해서도 환물을 만들었을 가능성이 높다. 어쩌면 그 능력은 상상을 초월할지도 모른다.'

악마공자의 혈겁 당시에 없어졌던 수많은 무림인의 시신들. 그것들이 모두 환물로 화했다면 실로 끔찍한 일이었다.

'그 암흑 공간 안에 그것들이 존재하겠지…….'

그 생각을 하자 이유강은 마음이 무거워졌다.

'어쩌면 나는 수만이 넘는 환물들과 싸움을 해야 할 수도 있겠군.'

그러나 조급해서는 안 되었다. 현재로서는 조화지기의 수위를 최대한 높이는 수밖에 없었다.

'적어도 암흑마기의 결박에 대항할 수준은 되어야 한다. 결박에 붙들리면 모든 것이 끝이다.'

얼마 전 암흑 공간에서도 체험했지만 암흑마기의 결박은 육체의 유무와 상관없이 그 힘을 발휘했다. 당시 재빨리 피했기에 망정이지 조금이라도 늦었으면 큰 낭패를 당할 뻔했던 것이다. 이유강은 그때를 생각하며 내심 가슴을 쓸었다.

'흠…… 그러고 보니 예전에 구자삼이 고대 괴룡들의 뼈가 있는 장소를 발견했다고 하지 않았던가.'

그러한 고대 괴룡들의 뼈를 이용해 환물을 만든다면 광룡 못지않은 환물들을 만들 수 있을 수도 있었다.

'그것들을 구할 수 있다면 좋을 텐데…….'

지금 상태로 구자삼에게 가서 그곳의 위치를 물어볼 수는 없는 일이었다.

'일단 지금의 환물들을 조금 더 강하게 만들 수는 없는지 연구해 봐

야겠구나.'

현재 만들어진 환물은 환물 늑대 백수십 마리, 환물 호랑이 스무 마리, 환물 괴어 백수십 마리, 환물 괴조 수십여 마리로 늑대와 물고기들이 압도적으로 많았다.

'암흑마기의 환물로는 두 마리 이상, 혹은 다른 종의 뼈를 서로 합쳐서 만드는 환물을 만들 수가 없었지만 혹시 조화지기로는 가능하지 않을까?'

이것은 예전에 숱한 실험을 했음에도 모두 실패했던 것이었다. 즉, 호랑이나 늑대에 날개를 달아 하늘을 날아다니며 공격을 할 수 있는 강력한 환물을 만들어보려 했던 것이다. 그러나 암흑마기를 주입하자 모두 부서져 버렸다.

푸스스스스.

환물 독수리와 환물 호랑이가 공중으로 떠오르더니 부서졌다. 이유강은 내공으로 부서지는 가루들을 흩어지지 않게 모아 놓은 후 반죽을 했다. 허공에서 큼지막한 반죽이 이루어졌고 이유강은 그 반죽에 일체한 후 하나의 형상을 떠올렸다.

휘리리이잉!

그러자 반죽은 날개 달린 호랑이로 변했다.

'오오……! 된 것인가?'

날개 달린 호랑이는 부서지지 않고 날개를 파닥였다. 그러나 약간 날아오르는 듯하더니 곧바로 밑으로 곤두박질치는 것이었다.

'흠… 날개가 너무 작구나.'

덩치에 비해 날개가 작아, 보기에도 우스꽝스러웠다. 이유강은 호랑이를 부순 후 다시 환물 독수리 두 마리를 더 합체시켰다. 그렇게 다시 반죽을 만들어 결국 환물 비호(幻物飛虎)를 완성시켰다.

크르르릉!

환물 비호는 커다란 날개를 펴 하늘을 자유롭게 날아다녔다.

'…성공이군!'

이유강은 내심 흥분한 상태였다.

'호랑이가 날개를 달았을 뿐, 그다지 전투력 자체가 올라갔다고 볼 수는 없다.'

물론 공중에 있는 적을 공격할 수 있는 장점은 있었다. 이유강은 잠시 고민하다가 주변을 배회하는 환물 늑대들을 쳐다봤다.

'흠… 서로 다른 종끼리 합체시키는 것보다 차라리 같은 종끼리 합체시키는 게 전투력이 극대화되지 않을까?'

푸스스스스.

환물 늑대 백여 마리가 일시에 부서졌다. 그것은 커다란 반죽으로 화했고 곧바로 거대한 환물 늑대로 변했다.

'하하핫……!'

이유강은 통쾌한 웃음을 지었다.

크워어엉! 크워어엉!

거대한 환물 늑대는 힘차게 허공을 향해 짖었다. 이유강은 환물 호랑이 열아홉 마리를 합체시킨 후 거대한 환물 괴호를 만들었다. 원래 늑대에 비해 호랑이 덩치가 커서인지 환물 괴호의 크기는 백여 마리의 환물 늑대를 합체한 것과 비슷한 크기였다. 이어서 환물 괴어 백여 마리를 합체시켜 거대한 환물 괴어를 만들었다. 원래 큼직한 물고기들이었던 환물 괴어들이 합쳐지자 그 크기는 가히 커다란 배 한 척에 육박했다. 마지막으로 환물 독수리 수십여 마리를 합쳐 커다란 환물 독수리를 만들었다.

'그럭저럭 쓸 만하겠군.'

삼백 마리에 육박하던 환물 괴물들이 도합 다섯 마리로 합체되어 있었다. 거대한 환물 늑대, 환물 괴호, 환물 괴어, 환물 괴조, 그리고 조그만(?) 환물 비호 한 마리였다. 이유강은 문득 이전에 임수아가 그녀가 만든 환물들에 이름을 붙인 것이 기억났다.

'흠… 나도 한 번 붙여볼까?'

거대한 환물 늑대는 낭왕(狼王), 환물 괴호는 호제(虎帝), 환물 괴어는 어룡(魚龍), 환물 괴조는 봉황(鳳凰)이라 이름 지었다. 마지막으로 날개 달린 조그만 호랑이는 그냥 비호(飛虎)라 부르기로 했다.

'후훗.'

이름을 붙여 놓으니 제법 그럴듯했다. 이유강은 만족한 미소를 짓고는 낭왕에게 섬의 서쪽 해변을, 호제는 동쪽 해변, 즉 포구가 있는 곳을 지키도록 지시했다. 어룡은 물속에서 섬 주위를 배회하며 돌게 했고, 봉황은 섬 중앙 산꼭대기에 두었다.

섬 근처에 누군가 나타난 것은 한 달이 좀 더 지난 후였다. 이유강은 호제를 통해 섬의 동쪽 해변, 즉 포구가 있는 곳을 향해 시커먼 배가 다가오는 것을 담담히 지켜보고 있었다. 이유강은 그동안 꾸준히 조화지기를 흡수했다. 어느덧 조화지기의 수위는 사십 년을 넘어서고 있었다.

'…암흑마기의 기운이 서린 선박이로군.'

내심 예상했던 터라 마음은 담담했다. 이유강은 어룡을 심해로 잠수시킨 후 낭왕과 호제, 봉황 등은 서쪽 해변으로 이동시켰다. 그리고 모래로 뒤덮어 은신시켰다. 산을 돌아다니던 비호 역시 모래 속에 파묻었다. 당장 싸우기보다는 적들이 누구인지 파악할 필요가 있었다.

'흠… 이렇게도 배를 만들 수 있다니 놀랍구나.'

이유강은 무형지체 상태로 다가가 배를 이리저리 훑어보았다. 배는 대략 수백 명의 사람이 승선 가능할 만큼 커다란 배였다. 배의 아래에는 십여 마리의 환물 괴어들이 배와 연결되어 있었다.

특히 놀라운 것은 선체를 이루는 대부분의 재료가 환물이란 사실이었다. 선체뿐만 아니라 심지어 갑판에서도 암흑마기의 흐름이 느껴지고 있었다.

'무엇을 재료로 해서 만든 것일까.'

다소 호기심이 생겼으나 지금은 그런 것을 생각할 때가 아니었다. 배가 포구에 도착하자 갑판 위로 흑색 옷을 입은 수십여 명의 무사들이 나오더니 섬으로 내려가고 있었다.

'……!'

이유강은 약간 흥분되었다.

'분명 흑마와 관계된 자들이겠군. 한데 왜 그놈은 나타나지 않은 것일까.'

배를 샅샅이 훑었으나 더 이상은 아무도 없었다. 지금 포구에 내린 자들 외에 다른 사람은 없는 것 같았다. 이유강은 포구로 돌아가 무사들이 하는 행동을 조용히 지켜봤다.

"이상하군. 분명 누군가 있을 것이라 했는데……."

사십대 중반쯤 되어 보이는 사내가 포구를 둘러보며 말했다. 그러자 그 옆에 있던 삼십대 사내가 고개를 갸웃했다.

"…섬에 사람의 기척은 느껴지지 않습니다. 일단 수색은 해보겠습니다."

삼십대 사내는 무사들을 이끌고 어디론가 사라졌다. 사십대 중년인은 포구에 홀로 남아 조용히 주위를 살폈다. 그때 동굴 쪽으로 사라졌던 무사들이 급히 뛰어나와 중년인에게 말했다.

"큰일났습니다! 금이 모두 없어졌습니다!"

"뭣이!"

중년인은 대경실색했다. 그는 즉시 동굴 안으로 뛰어들어 갔다. 동굴 안은 어두웠지만 중년인은 물론 이곳에 온 모든 무사들은 어둠 속을 훤한 대낮인 양 자유롭게 다니고 있었다. 이유강은 의혹이 들었다.

'캄캄한 동굴 속을 저리 자유롭게 움직이다니 모두 암흑마기를 가지고 있는 자들인가?'

보통의 환물과 같은 경우는 굳이 접촉해 보지 않아도 암흑마기의 흐름을 감지할 수 있으나 인간의 상단전에 축적되어 있는 암흑마기는 직접 조화지기를 조금이라도 주입해 봐야 알아챌 수 있었다.

'흠… 흥미롭군.'

이유강은 조금씩 조화지기를 주입해 보았다. 과연 모두에게 암흑마기가 존재했고, 특히 중년인과 삼십대 사내에게는 매우 많은 암흑마기가 느껴지는 것이었다.

"대체 어찌 된 일이냐? 누가 감히 이곳에 와서 금을 훔쳐 갔단 말이냐?"

중년인은 매우 분노한 표정을 지었다. 무사들은 그가 화를 내자 두려운 듯 눈치를 봤다. 삼십대 사내가 조심스레 말했다.

"잠깐 찾아봤지만 섬에는 아무도 없습니다. 또한 냄새로도 사람이 왔던 흔적은 없습니다. 그리고 예상했던 대로 흑천으로 통하는 환문이 사라졌습니다."

“…….”

중년인은 말이 없었다. 삼십대 사내는 말했다.

“환물 또한 만들어진 적이 없습니다. 적어도 몇 달 이내에 암흑마기를 이용해 환물을 만들었다면 그것을 파악할 수 있습니다만 그러한 기의 흐름은 느껴지지 않습니다.”

“그런 것 같다.”

중년인은 무겁게 고개를 끄덕였다. 그리고는 말했다.

“환물들을 동원하여 근처의 섬들도 샅샅이 수색해라.”

“알겠습니다. 흑골연합의 본진에 연락을 해 해상을 왕래하는 배들도 수색하라 말하겠습니다.”

“물론이다. 그 정도의 금을 가져가려면 적어도 수십 척의 선박이 필요할 터. 분명 꼬리가 드러날 것이다.”

“예.”

삼십대 사내는 공손히 포권을 하고는 무사들에게 뭐라고 지시를 했다. 그러자 수십여 명의 사람들은 흩어지듯 어디론가 사라졌다. 이유강은 내심 씁쓸한 마음이 들었다.

‘흑골연합을 마음대로 조종하고 있다니……. 그 가짜 놈이 풍운장의 모든 세력을 장악했구나.’

그러나 한편으로는 통쾌한 생각도 들었다.

‘네놈들이 별짓을 다해도 금을 찾을 수는 없을 것이다.’

그때 미리 금을 숨겨놓기 정말 잘한 것 같았다.

‘한데 어찌 몇 개월 전 암흑마기로 환물을 만든 것까지 감지가 가능하단 말인가……!’

그것이 가능하다면 실로 무서운 일이었다.

'그렇다면 이전의 나는 완전 꼭두각시였군. 내가 만든 모든 환물과 나의 모든 행적을 낱낱이 파악하고 있었던 것이다.'

그때 중년인이 문득 중얼거렸다.

"금광석들 따위야 얼마든 구할 수 있지만 감히 누가 섬에 들어와 그것을 훔쳐 갈 생각을 했단 말인가. 게다가 흑천으로 통하는 환문까지 없애 버리다니……."

그는 그렇게 말한 후 포구 쪽을 향해 나갔다. 이유강은 그를 따르며 내심 생각했다.

'아까도 들었는데 흑천(黑天)으로 통하는 환문(幻門)이라면……?

짐작해 보건대 흑천은 곧 암흑 공간이고, 환문은 그때 없애 버렸던 암흑 공간으로 들어가는 문을 의미하는 것 같았다. 드디어 정체가 밝혀지는 순간이었다.

"며칠 동안 주변 수백 리 내에 존재하는 팔십여 개의 모든 섬들을 수색해 봤지만 금광석들의 흔적을 발견할 수 없었습니다. 또한 섬에는 그 누구도 없습니다. 사람은 물론 환물도 존재하지 않는 것으로 확인되었습니다. 이제 속히 흑천으로 통하는 임시 환문을 만들어야 합니다."

"그래야겠군."

삼십대 사내의 말에 중년인은 고개를 끄덕이고는 말을 이었다.

"임시 환문을 만들면 흑마님께서 나오실 것이다. 모두 그분의 비위를 거스르지 않도록 조심하도록."

"…예."

흑마라는 말이 나오자 삼십대 사내를 비롯한 모든 무사들의 표정에 공포가 서렸다. 이유강은 순간 호기심을 느꼈다.

'흑마를 모두 두려워하고 있군. 대체 환문을 통해 들어가는 암흑 공간, 즉 흑천은 대체 어떠한 곳이란 말인가.'

이전에 들어갔을 때는 그저 캄캄한 공간일 뿐이었다. 환문이 없으면 들어갈 수 없는 암흑 공간. 그것은 상식적으로 이해할 수 없는 신비의 공간이었다. 어쨌든 지켜보기로 했다.

잠시 후 중년인을 비롯한 수십 명의 무사들은 포구 앞 해변에 원형으로 마주보고 앉았다.

츠츠츠춧!

츠츠츠!

츠츠츠츠……!

그들의 몸에서 일제히 암흑마기가 발출되었고, 그것은 원형의 중앙에서 모여 소용돌이쳤다. 그리고 잠시 후 마치 암흑이 불처럼 이글거리는 듯한 형체가 조그맣게 나타나기 시작했다.

'흠…… 저렇게 만드는 것이었군.'

이유강은 흐름을 모두 기억하고 있었다. 암흑형체, 즉 환문은 점점 커지고 있었다.

'제길! 저것을 막아야 하는가.'

이유강은 내심 갈등이 생겼다. 아직 환문은 완성되지 않았기에 그때까지의 암흑마기의 흐름을 지켜보고 싶은 생각이 간절했던 것이다. 그러나 흑마가 나타나면 무슨 일이 벌어질지 몰랐다. 그래도 한 번 모험을 해보고 싶은 것이 지금의 심정이었다.

'과연 흑마가 무형지체인 나를 감지할 수 있을까?

어쩌면 당시에는 암흑 공간 속이라 발견한 것일 수도 있었다. 아니, 그곳에서도 짐작만 했을 뿐 확실히 자신을 발견한 것도 아니었다.

'멀리서 지켜본다면 알아볼 수 없을 것이다.'

환문은 점점 커지고 있었다. 이유강은 내심 작정한 터라 담담히 암흑마기의 흐름을 지켜봤다.

츠츠츠! 츠츠츠츳!

어느 순간 환문은 이전에 보았던 것만큼의 크기로 변했다. 그리고 그 안에서 한 명의 인물이 밖으로 나왔다.

'……!'

흑의인, 즉 흑마였다. 그가 나오자 환문은 꺼지듯 사라져 버렸다. 동시에 중년인을 비롯한 원형으로 포진한 수십 명의 무사들이 그 자리에 오체투지했다.

"수고했다."

흑마는 나직이 말하며 주위를 쓸어봤다. 중년인이 조심스레 일어나 말했다.

"금광석들이 모두 사라졌습니다. 그런데 이상하게도 이 섬에 누군가 다녀간 흔적이 느껴지지는 않았습니다."

"알았으니 이제 그만 너희는 가봐라."

"존명!"

중년인 등은 흑마의 말이 끝나자마자 잽싸게 일어나 포권을 하고는 배에 올라탔다. 그들이 모두 올라탐과 동시에 배는 빠른 속도로 포구를 떠나 어디론가 사라졌다.

"……."

흑마는 말없이 멀리 사라지는 배를 쳐다보다가 문득 차갑게 소리쳤다.

"이제 그만 나타나라."

'……!'

흑마의 말에 이유강은 가슴이 철렁했다.

'설마 내가 있는 것을 알아챈 것인가?'

그러나 이유강은 섣불리 존재를 드러내지 않고 잠자코 있었다. 그러자 흑마는 사방을 둘러보며 더욱 크게 외쳤다.

"속히 나오지 못하겠느냐?"

이유강이 계속 잠자코 있자 흑마의 눈에서 흑색 빛이 폭발하듯 사방으로 확산되기 시작했다.

'……!'

이유강은 급히 무영지체를 움직여 뒤로 물러났다. 그러나 흑색 빛은 매우 빠른 속도로 섬 전체를 뒤덮었다.

'가공하군. 대체 어느 정도의 암흑마기를 가지고 있기에 섬 전체를 결박으로 뒤덮는다는 말인가.'

더 이상 물러날 곳이 없었다.

'여기서 물러난다면 섬을 벗어나게 되고 그렇게 된다면 조화지기를 흡수하지 못한다.'

이대로 있다가는 결박에 묶일 것이 분명했다. 이유강은 할 수 없이 섬 밖으로 물러났다. 낭왕과 호제 등의 환물 역시 물속으로 뛰어들어

가게 한 후 어룡을 이용해 심해까지 잠수시켰다. 암흑마기의 결박은
섬 밖으로까지 뻗어 나오지는 않았다.

'다행히 빠져나오기는 했지만 섬 밖으로 나오니 조화지기가 더 이상
흡수되지 않는군.'

이유강은 내심 속이 쓰렸다. 이게 겨우 사십 년의 암흑마기를 흡수
했을 뿐이었다. 이것으로는 아직 많이 부족한 것이다.

'조화지기가 있는 곳을 찾아야 한다.'

그렇다고 이곳을 떠나 명광도로 가자니 그것도 실로 막막했다.

'낭패로군.'

일단은 기다려 보기로 했다. 섬 전체를 샅샅이 훑고 있던 암흑마기
의 결박이 조금씩 엷어져 가고 있었기 때문이다. 잠시 후 살펴보니 암
흑마기의 결박은 모두 사라져 있었다. 이유강은 조심스레 다시 섬 안
으로 들어갔다. 그러자 흑마의 눈에서 다시 흑색 빛이 일렁였고 섬 전
체는 암흑마기로 뒤덮여 버렸다.

'…허억!'

이유강은 순식간에 결박에 묶여 버리고 말았다. 흑마가 냉소하며 다
가왔다.

"크흐흐… 어리석은 놈!"

'으윽……!'

이유강은 움직일 수 없었다. 무영지체 상태였지만 암흑마기의 결박
에는 무력했던 것이다.

'크으으, 대체 이 엄청난 힘이라니……!'

도저히 상상할 수 없는 압력이었다. 조화지기를 끌어올려 저항하려

했으나 조화지기를 끌어올릴 수도 없었다.

　"네놈이 바로 흑천에 들어왔다가 도망간 놈이구나. 환문을 없애고 금광석을 훔쳐 간 것도 네놈이 한 짓이냐?"

　흑마는 거의 지척에 이르고 있었다. 압력은 매우 거세어져 이유강은 정신이 혼미해졌다.

　'으… 견뎌내야 한다.'

　조화지체 상태에서 의식을 놓은 순간 그것은 곧 죽음이었다. 그러나 의식을 놓고 싶을 만큼 거대한 고통이 연신 밀려들었다.

　'……!'

　문득 얼마 전 폭풍우에 휘말려 숨이 막혀 죽을 뻔했던 기억이 났다. 그때 느꼈던 고통도 지금과 유사하지 않았던가. 순간 이유강은 정신이 번쩍 들었다.

　'그렇군. 어쩌면 이 결박 또한 그때처럼 내 스스로 가진 두려움에서 비롯된 것일지도 모른다.'

　이유강은 즉시 결박에 저항하려는 마음을 버리고 주위의 바람에 자신을 일체시켰다.

　'이 순간 나는 그저 바람일 뿐이다.'

　순간 결박의 고통에서 자유로워지는 것이었다.

　"이 무슨?"

　흑마는 대경실색했다. 실체는 알 수 없으나 무언가가 분명히 결박에 걸려 있는 것을 느끼고 있었는데 일순 그것이 사라져 버린 것이었다. 흑마는 황급히 암흑마기를 더욱 끌어올렸다.

　츠츠츠츠으으읏!

가공할 검은 폭풍이 회오리치듯 사방으로 퍼져 나갔다. 순식간에 섬 전체가 시커멓게 뒤덮였다.

"…아무도 없다."

흑마는 이해할 수 없다는 표정으로 인상을 찌푸렸다.

"분명 누군가 있었는데 어찌 갑자기 사라져 버렸단 말이냐?"

츠으으읏! 츠으으읏!

그는 몇 번이고 다시 확인하려는 듯 수차례 암흑마기의 결박을 풀었다가 다시 시전했다. 그러나 아무것도 느껴지지 않았다.

"괴이한 일이군……."

흑마는 갸웃거리며 직접 섬을 샅샅이 뒤져 보았다. 한참이 지난 후 결국 그는 더 이상 찾는 것을 포기하고 지하 석실이 있는 곳으로 들어갔다.

기이이잉!

석문이 열렸고, 그는 동굴을 따라 내려갔다. 한참을 가자 이전의 환문이 있던 곳이 나타났다.

츠츠츠으으읏!

흑마의 눈에서 암흑마기가 쏟아져 나갔고 그의 전면에 이글거리는 검은 형체가 생겨나기 시작했다.

'환문이로군.'

이유강은 흑마의 뒤에서 담담히 암흑마기의 흐름을 지켜봤다. 암흑마기의 결박에 저항하지 않고 바람으로 일체되자 결박에서 자유롭게 되었고, 그 후 은밀히 흑의인의 뒤를 따라올 수 있었다.

'흠…… 환문을 만드는 방식이 조금 다르군.'

중년인 등이 모여서 만들었던 환문은 순식간에 사라져 버렸으니 지금 흑마가 만드는 환문이야말로 진정한 환문인 것이 틀림없었다.

'그러고 보니 그들이 임시 환문이라는 말을 했었던 것 같았다.'

이유강은 내심 고개를 끄덕이며 흑마가 일으키는 암흑마기의 흐름을 빠뜨리지 않고 기억했다. 잠시 후 환문이 완성되었는지 흑마는 암흑마기의 발출을 중지했다. 그리고는 슬쩍 주위를 둘러보더니 환문 안으로 들어가 버렸다.

'…따라가 봐야 하나?'

이유강은 다시 갈등이 생겼다. 그러다 내심 고개를 저었다.

'암흑 공간, 즉 흑천 안에는 자연지기가 존재하지 않았던 것 같았는데……'

잠깐이었지만 자연지기, 즉 대자연의 여러 기운들이 느껴지지 않았던 것 같았다. 그렇다면 흑천 안에서는 지금처럼 바람에 일체하여 피할 수 없을 수도 있었다.

'어쩌면 지금 그가 서슴없이 환문을 통해 흑천으로 들어간 이유는 내가 따라 들어오기를 바라서였는지 모른다.'

그 생각을 하자 섬뜩한 마음이 들었다.

'아직은 때가 아니다.'

호기심은 들었으나 흑마의 유인대로 따라 들어갈 수는 없었다. 이유강은 환문 안으로 들어가지 않기로 작정하고 환문의 암흑마기를 흡수하기 시작했다.

'후훗! 이것이 없으면 한동안 나타나지 못하겠지?'

체내에서 요동치는 암흑마기를 이전과 같이 밖으로 나가 모래 인간을 만들어 그것에 주입했다.

파스스스스.

모래 인간은 곧바로 부서지며 암흑마기는 허공 중에 흩어져 버렸다.

'흠…….'

이유강은 잠시 고민에 빠졌다.

'환문을 없애면 흑마가 나오지 못하고 그 흑마가 나타나려면 사람들이 와서 임시 환문을 만들어야 가능하다. 그리고 흑마는 완전한 환문을 만들어 이곳과 흑천을 왕래하는 것이로군.'

그렇다면 흑마가 나타나지 못하게 하려면 또다시 이곳에 사람들이 들어왔을 때 임시 환문을 만들지 못하도록 방해하면 되는 것이다.

'무슨 이유인지 모르겠으나 흑마는 흑천이란 곳에 있고, 세상으로 나오려면 환문이라는 것이 있어야 한다. 한데 이 환문이라는 것은 아무래도 암흑마기, 즉 조화지기가 존재하는 곳에만 만들 수 있는 것이 분명하다. 그렇지 않다면 그들이 군이 이곳에 와서 환문을 만들 필요가 없었겠지.'

이유강은 내심 고개를 끄덕였다.

'앞으로 누구든 이곳으로 들어오지 못하게 막아야겠군. 이 섬에 다시는 환문이 만들어지지 않게 해야 한다.'

일단 시간을 벌어야 했다. 이곳에서 될 수 있는 한 많은 조화지기를 흡수해야 하는 것이다. 물론 이 섬에서 조화지기를 흡수하는 것은 이제 흑마가 눈치채지 못하기에 군이 환문을 없애지 않아도 되는 일이었다. 그러나 이유강이 환문을 없애 버린 데에는 다른 이유가 있었다.

'암흑마기를 통해 만들어진 환문이 존재한다면, 조화지기를 통해 환

문을 만들 수도 있을 것이다. 그렇다면 그렇게 만들어진 환문은 어디와 통하는 것일까.'

중년인 등이 만든 임시 환문과 흑마가 만든 완전한 환문을 이루었던 암흑마기의 흐름을 모두 기억하고 있기에 호기심이 들었던 것이다.

'일단 섬에 누구든 접근하지 못하게 해야 한다.'

이유강은 밖으로 나가 낭왕과 호제 등의 환물들을 본래의 위치로 복귀시켜 섬을 지키도록 시켰다. 또다시 중년인 등이 나타난다면 이제는 주저없이 공격을 해, 쫓아낼 생각이었다.

'그럼 이제 환문을 만들어볼까.'

이유강은 호기심 어린 심정으로 지하 석실로 향했다. 동굴을 통해 한참 내려가던 이유강은 순간 다시 밖으로 향했다.

'그들이 왔군.'

배를 타고 돌아갔던 중년인 등이 돌아온 것이었다.

거대한 호랑이, 즉 호제 앞에 수십 명의 무사가 경악한 표정으로
내려서고 있었다. 모두가 내려섰을 때였다.

콰지직! 콰콰쾅!

커다란 굉음이 나며 중년인 등이 타고 왔던 환물 선박이 부서지고
있었다. 어룡이었다. 어룡은 배를 이빨로 물어뜯음과 동시에 배와 연
결되어 있던 환물 괴어들도 모조리 물어뜯어 박살 내버렸다.

와지직! 콰작! 콰직!

무사들이 미처 뒤를 돌아보기도 전에 배는 순식간에 부서져 물속으
로 가라앉아 버렸다. 중년인을 비롯한 사람들이 멍한 표정을 지었다.

크르르르!

그런 그들을 호제가 으르렁거리며 노려보고 있었다. 그러나 중년인

은 담담히 호제를 쳐다보며 말했다.

"누군지 정체를 밝혀라."

그러자 해변에 갑자기 심한 바람이 일어나더니 하나의 모래 인간이 나타났다.

"그쪽부터 정체를 밝히는 게 어떻소?"

중년인은 미간을 찌푸렸다.

"괴이한 사술이군. 밀교의 인물인가?"

"이것은 환물이오."

그러자 중년인의 안색이 변했다.

"환물이라니 믿을 수 없다. 암흑마기가 느껴지지 않는 데 무슨 헛소리를 하는 것이냐?"

"후후후, 믿을 수 없다면 마음대로 생각하시오."

"음… 그렇다면 혹시 명광지기로 만든 환물인가?"

모래 인간, 즉 이유강은 고개를 저었다.

"그런 것은 중요한 게 아니오. 섬으로 돌아온 이유가 무엇이오?"

"네놈이야말로 우리 배를 부순 이유가 무엇이냐?"

"당신들은 이제 돌아갈 수 없소."

"크흣, 우리를 죽이겠다는 소리로군?"

중년인은 비웃는 듯한 표정을 지었다. 이유강은 말했다.

"물론이오. 나의 부하가 되든 죽든 둘 중의 하나를 택하시오."

"크하하하, 착각하고 있구나. 네놈은 모습을 드러낸 것을 후회하게 될 것이다."

중년인은 그렇게 말하며 옆의 삼십대 사내를 쳐다봤다. 그러자 삼십대 사내는 끄덕이고는 뒤의 사람들을 향해 소리쳤다.

"모두 저놈을 공격하라."

순간 수십 명의 인물들 눈에서 살기가 번뜩이더니 마치 바람과 같
은 속도로 이유강의 주위를 둘러싸는 것이었다. 이유강은 깜짝 놀랐
다.

'가공할 빠름이로군.'

평범해 보이는 사람들이 이토록 빠른 신법을 구사할 줄은 미처 예상
하지 못했던 것이다.

휘이잇! 파파팟!

서너 개의 검이 팔방을 모두 차단하며 쇄도했다. 이유강이 피하자
다시 서너 개의 검이 순식간에 이유강의 전신을 수십 조각으로 갈라
버렸다.

부스스스.

이유강, 즉 모래 인간은 부서지며 먼지로 흩날렸다.

'놀랍군. 한 명 한 명이 하토 못지않은 실력을 가지고 있다니……'

휘이이이잉.

바람이 불며 모래 인간이 다시 나타났다. 그러자 중년인의 안색이
놀라움으로 가득 찼다.

"그러한 시술을 부리는 곳은 밀교밖에 없다. 네놈은 역시 밀교의 인
물이었구나."

"마음대로 생각하시오."

이유강은 호제와 낭왕에게 공격 명령을 내렸다.

〈이들을 공격하라.〉

낭왕 역시 근처에서 대기하고 있던 터라 이유강의 명령이 떨어지자
마자 호제와 낭왕은 사람들을 향해 돌진했다.

어흥! 크웡! 크웡!

호제와 낭왕은 오자마자 각각 한 명씩의 사람을 이빨로 짓이겨 버렸
다.

"크아악!"

"크악!"

미처 방비도 하지 못한 채 이빨에 짓이겨진 두 명의 사람은 처참한
비명 소리를 지르며 죽었다.

"헉……!"

"이런 괴물이 있다니!"

무사들은 대경실색을 하며 뒤로 물러났으나 진세가 흐트러지지는
않았다. 그들은 곧바로 날아올라 낭왕과 호제를 향해 검기를 날렸다.
십여 명이 동시에 쏟아내는 검기가 낭왕의 전신에 작렬했다.

파파파팍! 파파팍……!

순간 낭왕의 몸체가 떨리더니 부서져 내리기 시작했다. 이유강은 씁
쓸한 표정으로 그것을 쳐다봤다.

'제길! 역시 보통 짐승의 뼈로 만든 환물이니 그다지 단단하지 않
군.'

합체하여 덩치는 커졌으나 강도는 크게 달라진 것이 없었던 것이다.
광룡이라면 끄떡도 없을 것이다.

파파팍! 파파파팍!

다시 호제를 향해 십여 명의 무사가 검기를 날렸고, 호제 역시 검기

에 부서져 내렸다.

‘일개 무사들이 검기까지 사용하다니!’

무사들의 실력은 실로 놀라울 지경이었다. 낭왕과 호제의 급작스런 기습에 두 명이 희생된 것이지 그것이 아니었다면 아무런 희생자도 없었을 것이 틀림없었다.

‘어쨌든 애써 만든 것들을 저대로 둘 수 없지.’

낭왕은 이미 반쯤 부서져 내렸고, 호제 역시 머리가 거의 부서져 내리고 있었다. 이유강은 조화지기를 발출하여 낭왕과 호제를 복원시켰다. 그러자 무사들은 놀란 표정을 지었다.

〈뒤로 물러나라.〉

이유강의 지시에 의해 낭왕과 호제는 뒤쪽으로 물러났다. 무사들은 이유강을 향해 시선을 보냈다.

부스스스.

이유강이 일체되어 있던 모래 인간이 부서져 사라졌고, 그와 동시에 무사들의 주위에 다시 모래 인간이 나타났다. 모래 인간은 조금 전 호제에 의해 죽임을 당했던 무사의 검을 들고 있었다.

우우우우웅!

검신이 떨리며 울리는 소리가 남과 동시에 둥글게 포진해 있던 무사들을 향해 심상치 않은 기운이 느껴졌다. 순간 중년인이 대경실색하여 소리쳤다.

“속히 피해라!”

“……!”

중년인의 외침에 무사들은 황급히 뒤로 물러났으나 모래 인간의 손에 있던 검에서 뻗어 나오는 가공할 기운은 이미 십여 명의 무사를 날려 버렸다.

콰아아아아앙!

"크아악……!"

"끄윽!"

"크악!"

십여 장의 커다란 웅덩이가 생겼고, 웅덩이 안에는 산산이 부서진 시체 조각들이 널브러졌다. 이유강은 차갑게 말했다.

"모두 환물이었군."

부서진 시체 조각들. 그러나 그 어디에도 피가 보이지 않았다. 사람이 아닌 환물임에 틀림없었다. 이유강은 경악한 표정으로 쳐다보고 있는 중년인을 향해 말했다.

"당신 역시 환물인가?"

"으으… 그러한 가공할 무공이라니. 네놈은 대체 누구냐?"

중년인의 얼굴에는 두려움이 배어 있었다.

"후훗, 내가 누군지는 조만간 알게 될 것이다."

이유강은 다시 검을 들고는 내공을 주입했다. 그러자 검이 심하게 진동하더니 팍 하고 부서져 버렸다. 조금 전 펼쳤던 광마삼식의 초식을 감당하기 힘들었던 것 같았다. 이유강이 들고 있던 검이 부서지자 중년인은 회심의 미소를 지었다.

"크흐흐, 모두 즉시 저놈을 공격해라!"

그의 명령에 따라 도망갔던 무사들은 이유강을 향해 일제히 검기를 날리며 쇄도했다.

파파파팍! 파파팍!

이유강이 일체되어 있던 모래 인간은 수십 개의 검기에 맞아 가루가 되어 흩어져 버렸다. 중년인과 무사들은 일순 어이없는 표정을 지었다. 그러나 그 순간 갑자기 한차례 바람이 불었고 주변의 모래가 심하게 허공으로 흩날렸다.

"…허억!"

"허어억!"

일순 무사들이 헛바람을 들이키며 다시 뒤로 물러나기 시작했다. 흩날리던 모래들이 수백 개의 도로 변해 허공에서 춤을 추고 있었던 것이다.

휘리릭! 휘릭! 휘리리릭……!

팍! 파팍! 파파파팍!

"크악……!"

"카아아악!"

"아악!"

마치 소나기가 우수수 쏟아지듯 수백 개의 사도(沙刀)들이 바닥에 내리 꽂혔다. 이에 피하지 못한 무사들은 도에 몸이 박살나며 쓰러지고 있었다.

휘이이이잉! 파파파파팟!

"크아악……!"

"크아아악!"

바닥에 내리 꽂혔던 도들이 다시 떠오르며 폭풍처럼 사방을 휘감아 버렸다.

"……."

“으……!”

중년인과 삼십대 사내는 망연자실한 표정으로 앞을 바라보았다. 전멸이었다. 무사들 중 살아남은 자는 아무도 없었다.

파앗!

“크아악!”

이유강이 날린 도가 삼십대 사내의 목을 베고 지나갔다. 순간 붉은 선혈이 솟구쳤고 사내는 경련을 하더니 바닥에 쓰러졌다.

“환물이 아니었군.”

이유강은 다소 놀란 표정으로 말했다. 방금 쓰러진 삼십대 사내는 사람이었던 것이다. 중년인이 싸늘한 표정을 짓더니 그의 눈에서 시커먼 기운이 흘러나와 이유강의 전신을 뒤덮었다. 이유강은 피식 웃었다.

‘암흑마기로군.’

수십 년의 암흑마기였으나 이유강에게는 아무런 힘도 끼치지 못했다. 이미 조화지기의 본질을 깨달은지라 심지어 수백 년의 수위로 추정되던 흑마의 암흑마기조차도 이유강에게 아무런 힘을 발휘하지 못한 것이다. 이유강은 즉각 도를 휘둘러 중년인의 몸을 베어버렸다.

“크아아악!”

중년인의 가슴에서 피가 분수처럼 쏟아져 나왔고 그는 원통한 듯 이유강을 바라보다 바닥에 쓰러졌다.

‘이자 역시 사람이었군…….’

이유강은 잠시 묵묵히 바닥에 쓰러진 중년인의 시체를 쳐다봤다. 그래도 사람이었으니 묻어주는 것이 도리일 것이다. 중년인의 시체와 그 옆에 쓰러진 삼십대 시체를 함께 집어 들고는 산기슭으로 올랐다. 땅을 파고 각각의 시체를 묻은 후 뒤덮으니 작은 두 개의 무덤이 생겨났다.

'또다시 오기까지는 시간이 걸릴 테니 일단 그 환문을 만들어봐야겠군.'

이유강은 호제와 낭왕 등에게 섬의 경비를 서게 했다. 그러다 문득 모래사장에 널브러진 환물 무사들의 시체 조각들을 쳐다봤다. 비록 환물이라 해도 산산이 조각되어 부서진 모습들을 보니 끔찍했다. 피만 안 나왔을 뿐이지 사람과 다를 바 없기 때문이었다. 그러다 문득 생각했다.

'두려움도 느끼고 암흑마기도 가지고 있으며, 가공할 무공을 지닌 환물들이었다.'

이유강 자신은 아직 이러한 환물을 만들어본 적이 없었다.

'대체 이런 환물은 어떻게 만드는 것인가. 혹시 인간의 뼈를 재료로 해서 만든 것이 아닐까.'

생각하기도 싫은 끔찍한 상상이었지만 이유강은 그러한 의혹을 버릴 수 없었다.

'악마공자의 혈겁 당시 흑천으로 수많은 시체들을 집어넣지 않았던가. 분명 그 시체들을 이용해 무엇인가를 만들었을 것이고 그것은 바로 환물일 것이다.'

순간 전율이 느껴졌다.

'언젠가 예상대로 이들은 엄청난 능력을 가지고 있었다.'

사람을 재료로 해서 만드는 환물. 사람의 뼈를 갈아 진흙과 배합하여 만든 후 암흑마기를 주입해서 인간 환물을 만들었을 것이다. 그것은 이유강이 가장 가증스럽게 여기고 있는 강시와 다를 바가 없었다. 죽은 자의 시체와 혼을 불러 사용하는 사악한 대법이었다. 물론 환물은 그와는 분명히 달랐다. 적어도 혼을 부르는 소혼술(召魂術)까지 이용하는 사악한 대법은 아닌 것이다.

'그렇다면 인간 환물이 두려움을 느끼고 상황 판단을 하는 것은 무엇 때문인가.'

분명 보통의 환물과 다른 능력이 존재했다. 그러나 조환물여의경 상의 이론상 죽은 자의 혼과 환물을 연계시키는 그 어떤 것도 불가능했다. 환물 일체는 오직 살아 있는 자만이 가능한 것이다.

'그렇다면 뼈에 남아 있는 인간 본유의 본성이 그대로 환물에도 이어지는 것일지도 모르겠군.'

보통 동물로 만든 환물에도 그 동물 특유의 본성이 나타나는 것처럼 인간 환물 역시 그러한 것이 나타날 수도 있는 것이다. 어쩌면 그가 살아서 쓰던 내공이나 무공까지도 그대로 사용할 수 있을지도 몰랐다. 물론 그 능력은 생시보다 몇 배 이상 증폭되어 있을 것이다.

'실로 끔찍하구나. 가히 수만에 달하는 그 시체들이 모조리 환물이 되었다면……'

이유강은 내심 몸서리가 쳐졌다. 그러나 그것보다 더욱 소름 끼치는 것이 있었다.

'제이의 악마공자, 그가 또다시 혈겁을 일으켜 마교는 물론, 서장과 천외무림의 모든 무사들을 죽이고 그 시체들을 가져간다면……'

수십만의 마교 무사, 서장과 천외무림을 합한다면 그 수는 헤아릴 수 없을 것이다. 이유강은 소름이 끼치다 못해 전율이 느껴졌다.

'이제야 확연히 알겠군. 흑천이 원하는 것은 무림인들의 시체다. 일차 혈겁 시에는 수만 정도였지만, 이차에서는 백만이 넘을지도 모른다.'

정파와 사파를 불문하고 중원무림이든 천외무림이든 세상에 존재하는 모든 무림인들이 대부분 죽임을 당할 수도 있었다. 앞으로 천하의 모든 해역을 장악하게 될 풍운장의 세력에 수만의 인간 환물이 흑천에서 나와 합세한다면 그것은 불가능한 일이 아닌 것이다.

'참으로 이해할 수가 없군. 이미 천하를 장악하려면 수십 번도 넘게 장악했을 텐데 왜 굳이 무림인들을 죽여 모두 환물로 만들려 한단 말인가…….'

흑천의 대군이라는 자의 심중을 도무지 이해할 수가 없었다. 이미 모든 것을 얻고도 남을 만큼의 능력을 가진 자가 흑천이라는 곳에 숨어 더욱 힘을 기르고 있는 것이다.

'대체 그는 무엇을 원하는 것일까.'

이유강은 다소 머리가 복잡해졌고, 씁쓸한 생각이 들었다.

'내가 헛짓을 하고 있는 것이 아닌지 모르겠군. 그런 가공한 자와 싸울 수가 있을까?'

그 능력의 끝을 알 수 없는 흑마를 부하로 삼고 수만의 인간 환물 군단을 거느리고 있는 흑천의 군주인 대군이라는 자를 어찌 상대할 수 있겠는가. 그 생각을 하자 마음이 매우 답답해졌다.

'제길! 오늘 이들을 죽였으니 앞으로는 얼마나 많은 환물 무사들이 이곳으로 들어올지 상상이 안 되는구나.'

오늘 죽인 자들은 생전에 평범한 무공을 지닌 무사들인 것 같았다. 그들을 건드렸으니 이제 이곳으로 올 무사들은 실로 상상할 수 없는 능력을 가졌을 가능성이 높았다.

'이젠 어쩔 수 없군.'

이유강은 바람을 날려 환물 무사들의 흩어진 조각들을 한데 모아 묻어주었다. 그리고는 아까 중년인과 삼십대 사내를 묻었던 무덤 앞으로 갔다.

"죽은 자의 육체를 훼손하는 것은 사람으로서 할 도리가 아님을 잘 알고 있소. 그러나 천하를 도탄에 빠뜨리는 흑천에 대항하기 위해서는 어쩔 수 없으니 부디 양해해 주시오. 모든 일이 끝나면 뼈는 다시 묻어 주겠소."

이유강은 무덤을 향해 담담히 말했다. 그리고는 모래 인간 수십 명을 만들어 그것들에게 무덤을 파헤치고 두 시체를 처리(?)하라 지시했다. 차마 스스로는 할 수 없는 끔찍한 일이었다.

　잠시 후 두 사람 분량(?)의 하얀 가루가 수북이 쌓였고 무덤은 원래대로 복원되어 있었다. 이유강은 진흙을 가져와 뼈와 함께 배합하여 반죽을 했다. 잠시 후 반죽이 완성되자 그것과 일체한 후 삼십대 사내의 모습으로 변화시켰다.

　휘리리이잉!

　조화지기를 주입하자 살아 있을 때와 거의 유사한 모습으로 화했다. 나체로 있는 모습이 보기 흉해 진흙을 다시 빚어 옷 모양을 만들어 몸체에 붙였다. 어차피 환물이니 입고 벗을 일도 없는 것이다.

　"흠……."

　이유강은 내심 마음에 들어 고개를 끄덕였다. 비록 다소 퀴퀴한 듯했으나 겉으로 보기에는 영락없이 옷이었다.

　"이제 그 능력이 어떤지 알아봐야겠군."

　환물 인간은 우두커니 서 있었다. 이유강은 환물 인간을 향해 말했다.

　〈가서 물고기를 잡아와라.〉

　그러자 환물 인간이 다소 곤란한 표정을 지으며 말했다.

　"물고기를 말씀이십니까?"

　"……!"

　이유강은 순간 잠시 멍하게 환물 인간을 쳐다봤다.

　"말을 할 수 있느냐?"

　"큭, 당연한 걸 묻다니 황당하군요."

　환물 인간은 어이없다는 표정이었다. 이유강은 환물 인간을 노려보며 물었다.

　"네놈은 내가 누구라 생각하느냐?"

"당신이 누군지 내가 어찌 알겠소? 다만 내가 당신 말을 들어야 한다는 것만 알뿐이오."

"흠… 말투가 별로 마음에 들지 않지만 어쨌든 그것을 알고 있다니 다행이구나."

"크큭, 뭐든 시키는 대로 할 테니 걱정 마시오.

환물 인간은 묘한 표정으로 웃었다. 이유강은 고개를 끄덕이고는 말했다.

"그럼 네놈의 이름은 무엇이냐?"

"나도 모르오."

"좋다. 이제부터 네놈의 이름은 장팔이다."

"알겠소. 나는 이제 장팔이오."

장팔은 흔쾌히 고개를 끄덕였다. 이유강은 물었다.

"장팔, 네가 할 수 있는 것은 무엇이냐?"

"그럭저럭 싸울 줄 알고, 환물도 만들 줄 알며, 글도 쓸 줄 알고…….."

이유강은 말을 끊었다.

"지금 환물이라 했느냐?"

"그렇소."

"어디 한 번 만들어봐라."

"알겠소."

장팔은 주위를 돌아보더니 중년인의 뼛가루가 있는 것을 보고는 가까이 다가갔다. 이유강은 급히 외쳤다.

"그 뼛가루는 건드리지 말아라."

"제기랄! 환물을 만들려면 뼛가루가 필요하오."

장팔은 약간 짜증난다는 표정이었다. 이유강은 장팔을 노려보며 외쳤다.

"네놈! 말투가 불손하구나. 공손하게 말하지 않으면 없애 버리겠다."

"…알겠습니다. 그럼 진흙만으로 만들지요."

없애 버린다는 말에 장팔은 찔끔하더니 공손한 태도로 변했다.

'쯧! 평소의 성격도 그대로 나오나 보군.'

이유강은 내심 실소를 지었다. 장팔은 진흙을 꾸물꾸물 반죽하더니 한 명의 인형을 만들었다. 그리고는 조화지기를 주입하는 것이었다. 그러나 진흙 인형은 미동도 없었다. 장팔은 고개를 갸웃거렸다.

"이상하네, 이렇게 하면 만들어질 텐데……."

장팔은 계속해서 몇 번 조화지기를 주입했으나 여전히 인형은 그대로였다. 그러나 이유강은 상당히 놀란 상태였다.

'어찌 장팔이 조화지기를 발출한단 말인가!'

아무래도 장팔이 조화지기를 통해 환물이 되면서 생전에 축적한 암흑마기가 조화지기로 변형된 것이 분명했다. 이유강은 즉각 조화지기를 발출해 장팔의 조화지기 수위를 알아보았다. 그러자 대략 사오 년 정도의 조화지기가 느껴지는 것이었다.

"흠……."

장팔은 계속 조화지기를 주입하며 고개를 갸웃거리고 있었다. 당연히 안 될 수밖에 없었다. 장팔이 알고 있는 방식은 암흑마기를 통해 환물을 만드는 것이었기에 조화지기로 기가 변형된 이상 그 방식으로는 환물을 만들 수 없는 것이었다. 이유강 역시 그것을 알아내는 데 숱한 시행착오를 거치면서 한참의 시간이 걸렸던 것이다.

"그만둬라. 그렇게 해서는 만들 수 없다."

"알겠습니다."

장팔은 고개를 끄덕이고는 일어났다. 이유강은 장팔을 보며 인간 환물의 특징을 대략 파악할 수 있었다. 인간 환물은 환물을 만든 자가 굳이 조화지기를 통해 명령을 내리지 않아도 그냥 보통의 대화를 알아듣고 행동을 하는 것이었다. 다소 성격이 드러나기는 하지만, 지시를 거부하지는 않았다. 즉, 보통의 말로 해도 철저히 명령에 복종을 하는 것이었다. 자신을 만든 자의 말이 곧 법인 것이다.

또한, 생전에 습득한 지식의 대부분은 그대로 가지고 있었다. 그러나 본인의 자아에 대해서는 그 어떤 개념도 존재하지 않았다. 모르는 사람이 보기에는 보통의 사람과 다를 바가 없지만 실제는 그저 제한된 사유만 가능한 환물인 것이다.

휘리리이잉!

이유강은 중년인의 뼛가루를 이용해 다시 환물 인간을 만들었다.

"너의 이름은 장삼이다."

"알았소. 나는 장삼이오."

장삼의 음성은 살아 있을 때와 거의 흡사했다. 장삼의 체내에는 조화지기가 대략 십수 년 정도 존재했다. 수십 년의 암흑마기가 환물이 되면서 십수 년 정도의 조화지기로 변형된 것 같았다.

'어쨌든 의외의 수확이로군.'

장삼으로부터 십 년, 장팔로부터 이 년의 조화지기를 체내로 흡수했다. 한 달 넘게 걸릴 조화지기가 순식간에 쌓인 것이다. 이로써 이유강의 조화지기는 오십 년을 넘어가고 있었다. 그래도 여전히 장삼과 장팔의 체내에는 삼 년 정도 수준의 조화지기가 남아 있었다.

'이들에게 조화지기로 환물 만드는 방법을 가르쳐서 환물을 만들게 해봐야겠구나.'

과연 환물이 새로운 지식을 습득할 수 있을지가 의문이었다.

"장삼, 장팔! 지금부터 조화지기의 운용법을 가르쳐 주겠다."

"예."

이유강은 한참 동안 암흑마기와 다른 조화지기의 새로운 흐름에 대해 설명했다. 장삼과 장팔은 묵묵히 듣고 있었다.

"이제 그럼 한 번 만들어봐라."

"예."

장삼과 장팔은 즉시 진흙을 반죽하여 인형을 만든 후 조화지기를 주입했다. 그러나 여전히 암흑마기의 방식대로였다.

"이런 멍청한 놈들! 다시 한 번 설명할 테니 정신 똑바로 차려라."

"예."

한참을 다시 설명하고 다시 시켰으나 결과는 동일했다. 몇 번을 반복해도 소용없었다. 이유강은 결국 포기할 수밖에 없었다.

'역시 이들에게 새로운 지식의 습득은 거의 불가능하구나.'

물론 간단한 것들은 기억했다. 그러나 고도의 지적 능력이 필요한 새로운 지식의 습득은 불가능한 것이었다. 그러다 문득 이유강은 문득 한 가지 생각이 떠올랐다.

'그렇군. 이놈들은 사람이 아니라 환물이다. 설명을 하지 말고 지시를 하는 것은 어떨까?'

이유강은 조화지기를 끌어올려 장삼과 장팔을 향해 외쳤다.

〈환물을 만들 때 조화지기의 흐름은…….〉

마치 기억 속에 주입하듯이 조화지기를 통해 지시하자 장삼과 장팔은 묵묵히 듣고 있었다. 잠시 후 이유강은 말했다.

"이제 환물을 다시 만들어봐라."

"예."

장삼과 장팔은 곧바로 다시 진흙을 반죽했고, 조화지기를 주입해 환물을 만드는 데 성공했다. 이유강은 대소했다.

"하하하. 수고 했다."

이유강은 천군만마라도 얻은 심정이었다.

'기억 속에 주입하면 되는 것이니 오히려 설명하는 것보다 편하구나.'

물론 개별적 능력의 차이는 있었다. 둘 다 삼 년 정도의 조화지기였지만 장삼이 장팔보다 훨씬 먼저 환물을 만들었다.

'자연과 일체하여 만드는 상위 환물은 만들지 못하겠지만 그래도 진흙과 뼛가루를 이용해 환물을 만드는 것만으로도 내게는 큰 도움이 되어줄 것이다.'

이유강은 장삼에게 봉황과 호제를, 장팔에게 낭왕과 어룡을 관리하게 했다.

"내가 그만두라고 할 때까지 너희들은 이 섬을 지켜야 한다. 봉황과 호제, 낭왕과 어룡을 이용하여 섬을 경비하고, 또한 계속 환물을 만들어 섬을 철저히 지키도록 해라."

"예!"

장삼과 장팔은 공손히 고개를 끄덕이며 대답했다.

이유강은 지하 석실로 들어왔다. 장삼과 장팔이 섬을 경비하고 있으므로 누군가 나타나더라도 최소한의 시간을 벌어줄 것이었다. 이유강은 이제 조화지기를 통한 환문을 만들어볼 생각이었다.

'혹시 조화지기를 이용해 환문을 만들어도 흑천과 연결되는 것은 아니겠지?'

그렇게 된다면 십중팔구 흑마를 만나게 될 것이고 낭패를 겪을 수도 있었다.

'만일 그렇다면 들어가자마자 재빨리 돌아 나와서 환문을 없애 버리면 되는 것이니 걱정할 필요는 없다.'

이유강은 이미 환문을 만들기로 작정한 터였다.

휘리리이잉!

흑마가 환문을 만들던 흐름을 기억한 후 그 흐름을 조화지기의 특성
에 맞게 정리해 놓았기에 특별한 시행착오는 하지 않아도 될 것 같았
다.

'…으읍!'

환문을 만들자 거의 십여 년의 조화지기가 빠져나가는 것이었다. 보
통의 환물을 만들 때와는 달리 조화지기의 십 년 수위가 체내에서 빠
져나가 버린 것이다. 이유강은 씁쓸한 미소를 지었다.

'이건 함부로 만들 게 아니로군.'

잠시 후 마치 불이 이글거리는 것과 같은 무색(無色)의 환문이 생겨
났다. 흑색이나 백색의 기운을 뿜는 암흑마기와 명광지기 등과는 달리
조화지기는 아무런 색이 없었다. 따라서 조화지기를 가지고 있는 사람
외에는 누구도 이 환문을 알아볼 수 없었다.

'과연 어떤 곳일까.'

이유강은 설레는 마음으로 환문으로 들어섰다.

'흑천이라면 급히 나가야 한다.'

흑마가 미처 눈치채기도 전에 나가서 환문을 없애 버려야 하는 것이
다. 이유강은 잔뜩 긴장한 채로 주위를 둘러봤다.

'아무것도 없다……!'

사방이 모두 그냥 텅 빈 공간뿐이었다. 어디가 끝인지 알 수도 없는
무한의 공간 같았다. 뒤를 돌아보니 무색의 환문만 눈앞에 보였다. 그
환문은 조금 전의 지하 석실과 통하는 문이었다. 그밖에 아무리 사방
을 살펴도 또 다른 환문이나 그 어떤 것도 보이지 않았다.

'계속 가보면 뭔가 있지 않을까?'

　이유강은 빠른 속도로 앞으로 전진했다. 그러나 곧바로 멈출 수밖에 없었다. 공간이 막혀 있었던 것이다. 그러고 보니 생각보다 매우 좁은 공간이었다.

　‘흑천의 공간은 매우 넓었는데 이곳은 이토록 좁다니 괴이하군…….’

　뭔가 특별한 것이 있을 줄 알고 십 년의 조화지기를 환문에 주입하고 들어왔는데 불과 십여 장 정도의 좁은 창고 같은 공간이었던 것이다. 이유강은 실망을 금치 못했다.

　‘돌아가야겠군.’

　이유강은 다시 환문이 있는 곳으로 향했다.

　‘만일 내가 이곳에 있는데 누군가 밖에서 환문을 없애 버린다면 어찌 되는 것인가.’

　아마도 이 공간에서 영원히 갇혀 있게 될 수도 있었다. 누군가 환문을 만들어주지 않으면 나갈 수 없을 것이다. 다소 두려운 생각도 들었지만 걱정할 필요는 없었다.

　‘조화지기로 만든 환문은 조화지기를 가진 자가 아니면 아무도 없앨 수가 없다.’

　따라서 설령 흑마라 해도 조화지기의 환문을 없앨 수가 없었다. 아니, 발견할 수조차 없는 것이다.

　‘이제 그만 밖으로 나가자.’

　환문을 통해 밖으로 나온 후 이유강은 환문의 조화지기를 다시 흡수했다. 그러자 사라졌던 십 년의 조화지기가 다시 복원되었다.

　‘암흑마기를 통한 환문은 이런 곳에 숨겨두었지만 조화지기를 통한

환문은 굳이 이곳에 만들 필요는 없겠지.'

이유강은 포구가 있는 해변으로 나갔다. 포구에는 큼직한 물고기들이 수십여 마리나 쌓여 있었는데 환물 장인 서넛이 물고기 살을 발라내고 있었다.

'장팔이 어룡을 통해 물고기를 잡고 있는 모양이군.'

이유강은 내심 흐뭇했다. 장삼과 장팔이 알아서 일을 열심히 하고 있었다. 환물 장인까지 만들어서 작업을 하고 있는 것을 보니 상당히 체계적으로 하고 있는 듯했다.

'대략 한 달쯤 지나면 제법 많은 환물들이 모일 것이다. 아예 이 섬을 요새로 만들어 버리는 게 좋겠군.'

조만간 이 섬을 탈환하러 많은 무리들이 몰려올 것이 분명했다.

'왠지 이 섬을 빼앗기면 안 될 것 같은 예감이 든다.'

이유강은 포구가 있는 근처에 미환진을 설치하고 그 안에 조화지기를 통한 환문을 만들었다. 장삼과 장팔이 환물을 만들고 있는 동안 이유강은 다시 환문에 대해 연구해 볼 작정이었다.

'……!'

잠시 후 환문이 완성되었고 이유강은 환문을 통해 안으로 들어갔다. 안은 아까 들어왔을 때와 똑같았다. 대략 십여 장 정도의 텅 빈 공간이었던 것이다.

'일단 이 안으로 가지고 들어올 수 있는 것이 무엇인지 알아봐야겠군.'

이유강은 섬에서 살아 있는 곤충 몇 마리와 돌멩이, 흙, 그리고 장팔이 만들어놓은 환물 장인 하나를 데리고 환문 안으로 들어갔다. 그러

자 살아 있는 곤충들은 환문 안으로 들어가지 못하고 퉁겨지는 것이었
다. 나머지는 모두 들어올 수 있었다.

'흠……'

예상했듯이 생명체는 들어올 수 없는 모양이었다. 문득 흑마가 한
말이 떠올랐다.

'오직 환물만이 들어올 수 있는 공간이 흑천이라 했었지. 그러니까
이 안에는 환물이나 혹은, 죽은 것들만 들어올 수 있는 것이로군.'

텅 빈 공간에서 환물 장인은 멀뚱히 서 있었다. 이유강은 환물 장인
을 데리고 다시 밖으로 나왔다. 환물 장인을 장팔에게 돌려주고 동굴
안에 들어가 이전에 비혼을 처음 만들 때처럼 진흙에 오랫동안 조화지
기를 주입하여 환물을 만들기 시작했다.

대략 오 일이 지났을 때 하나의 환물이 완성되었다. 비혼의 부활이었
다. 환물 자체로 본다면 최근에 부서진 비혼에 비해서는 약했지만 맨 처
음 만들었던 비혼에 비해서는 상당히 강했다. 일체했을 경우 내공을 사
용하지 않고도 광마도법 사백 번 대 초식까지 펼칠 수 있을 정도였다.

'이제는 모래 인간에 일체되어 다니지 말고 가급적 비혼과 일체되어
다녀야겠군.'

검기에만 맞아도 쉽게 부서져 버리는 모래 인간에 비해 지금의 비혼
은 검기를 능히 감당할 수 있을 만큼 단단했다. 모래로 도를 한 자루
만들어 허리에 차고 다시 환문으로 들어갔다.

'……!'

이유강은 안으로 들어섰다가 공간이 넓어진 것을 보고 놀랐다. 십여
장의 방원에 불과했던 공간이 수십 장으로 늘어나 있던 것이었다.

'어찌 된 일이지……?'

황당한 일이었다. 그러다 이유강은 문득 한 생각이 들었다.

'환문을 통해 조화지기를 흡수하면 이 공간이 커지는 것이 아닐까.'

다소 엉뚱한 생각이었지만 왠지 신빙성이 있는 것 같았다.

'환문을 없애보면 알 수 있겠지.'

이유강은 다시 환문의 조화지기를 모조리 흡수하고 오 일 동안 비혼과 같은 환물을 하나 또 만들었다. 오 일 후 다시 환문을 만들어 안으로 들어가 보니 과연 예전처럼 십여 장 정도의 공간으로 줄어 있었다.

'역시 그 안의 공간은 조화지기의 힘을 필요로 하는 것이었군.'

그렇다면 흑천 역시 마찬가지 일 것이다. 흑천으로 통하는 환문은 단순히 통로의 역할만이 아닌 암흑마기를 흡수하여 흑천의 공간을 넓히는 역할을 하고 있었던 것이 분명했다. 그때 장팔이 조화지기를 통해 뜻을 전해왔다.

〈섬에 적이 나타났습니다.〉

〈알았다.〉

이유강은 즉시 환문을 통해 밖으로 나갔다. 과연 섬을 향해 다가오고 있는 십수 척의 배들이 멀리 보였다. 빠르게 다가오고 있는 속도로 보아 환물 선박인 것 같았다.

'꽤나 많이 몰려왔군.'

작정을 하고 온 것 같았다. 이전과는 비교도 안될 만큼 강한 고수들이 몰려왔을 것이다. 이유강은 내심 긴장했다.

'절대로 섬을 뺏길 수 없다.'

십수 척의 선박들은 매우 빠른 속도로 다가왔다. 그때 돌연 물속에서 소용돌이가 일더니 하나의 선박이 그것에 휘말렸다.

우지끈! 콰지직……!

"크악!"

"크아악!"

어룡이었다. 순식간에 하나의 선박이 완전히 부서져 수장되었다. 어룡은 환물 괴어들과 배에 있던 인물들을 무자비하게 물어뜯었다. 그러나 배에 있던 백여 명의 무사들 중 죽은 자들은 당황하여 미처 피하지 못했던 십여 명에 불과했고, 다른 자들은 곧바로 물 위를 딛고 움직이며 어룡의 공격을 피했다. 그리고 수십여 명의 무사들이 어룡을 향해 검기를 발출했다.

파악! 파파팍! 파팍!

어룡은 큰 충격을 입고 심해로 잠수했다. 그런 어룡을 향해 무엇인가가 빠르게 다가왔다. 환물 수룡이었다.

꽈아악! 우득! 우두둑!

순식간에 어룡은 환물 수룡의 이빨에 갈기갈기 찢겨 박살나 버렸다.

카아악!

봉황이 빠르게 날아가 물 위에 떠 있는 무사들을 공격했다. 포구 근처에 잠복해 있던 수백 마리의 환물 괴어들도 무사들을 향해 진격했다.

"크아아악!"

"크어억!"

서너 명의 무사가 봉황에 의해 하늘로 끌려 올라갔다. 그러나 환물 괴어들은 무사들에게 접근도 하기 전에 그것들의 앞을 가로막은 환물 수룡들에 의해 무력하게 박살나고 있었다. 봉황 역시 다시 공격하러 내려왔다가 무사들이 발출한 검기에 맞아 박살이 나고 말았다.

"……!"

장삼과 장팔은 모든 환물을 잃자 두려운 듯 이유강을 쳐다봤다. 현재 남아 있는 환물은 호제와 낭왕, 그리고 어딘가 처박혀 있는 조그만 호랑이, 비호뿐이었다. 어차피 비호는 쓸모가 없기에 부르지 않았다. 부서진 배에서 살아남은 팔십여 명의 무사는 물을 차고 도약하며 빠르게 다가왔다. 십여 척의 배들은 벌써 포구 수십여 장 가까이 도착해 있었다.

'안 되겠군.'

배가 상륙하면 적어도 천여 명이 넘는 환물 무사들이 섬에 내려설 것이다. 그렇다면 그들을 미처 해치우기도 전에 그들 중 일부가 흑천으로 통하는 환문을 만들 것이 분명했다.

'흑마가 흑천에서 나와서는 안 된다!'

이유강은 급히 포구 주위의 물에 일체한 후 물을 이리저리 요동시켰다. 순간 포구 근처의 바다는 난동이라도 벌어진 듯 괴이하게 날뛰기 시작했다.

촤아아! 철썩! 촤아아아!

거대한 삼각파가 일어나고 소용돌이가 치며 아수라장으로 변했다.

"으아악!"

"으아……!"

십여 척의 배들은 모두 전복되어 물속으로 가라앉아 버렸다. 물을 딛고 다가오던 환물 무사들 역시 난폭한 물살에 휩쓸려 종적을 찾을 수 없었다.

'후후… 간단하군.'

이유강은 회심의 미소를 짓고는 다시 섬으로 돌아와 비혼과 일체했다. 그런데 물살이 잔잔해지자 죽은 줄 알았던 환물 무사들이 물 위로 모습을 드러냈다. 순식간에 수백 명의 환물 무사들이 해변에 올라왔다. 무사들의 숫자는 점점 많아지고 있었다.

'……!'

폭풍에 배가 전복되는 난리통에서도 환물 무사들은 거의 대부분 건재했다. 이유강은 씁쓸한 미소를 지었다.

'그렇군. 보통 사람들이라면 숨이 막혀 죽었거나 몸이 부서져 죽었겠지만, 저것들은 환물이니 끄덕도 없는 것이다. 게다가 풍기는 기세

를 보니 모두 고수급의 환물들이 분명하다.'

다가오는 환물 무사들의 주위에 막대한 기세가 어려 있었다. 이유강은 장삼과 장팔을 환문 안에 밀어넣었다. 애써 만든 인간 환물들을 잃을 수는 없었기에 환문안의 공간, 즉 조화 공간 안에 넣어놓은 것이다. 그리고 환문을 흡수해 조화지기를 갈무리했다.

'기왕 이렇게 된 것 모조리 없애주마!'

이유강은 도를 빼 들고 무사들을 향해 다가갔다. 이유강이 다가가자 환물 무사들은 즉각 자세를 잡더니 공격해 들어왔다. 수십여 명의 환물 무사가 공중으로 날아올랐고, 무수한 검기들이 쇄도했다.

파파팟! 파파팟팟!

'……!'

이유강은 급히 피하며 오백 년의 내공을 모조리 끌어올렸다.

'최대한 빨리 해치워야 한다.'

도에서 강한 빛이 번뜩였다. 그 순간 가공한 폭발이라도 일어난 듯 사방으로 도의 폭풍이 몰아쳤고 폭풍의 반경 안은 캄캄한 암흑으로 변했다.

"크아악!"

"으악!"

"아아아악!"

앞으로 달려오던 환물 무사들과 허공으로 몸을 날렸던 환물 무사들은 폭풍에 휘말려 갈기갈기 찢겨져 버렸다. 대략 오륙십 명의 환물 무사가 모두 가루가 되어 흩어졌다.

'가공하군!'

이유강은 새삼 칠백 번째 초식의 위력에 감탄했다. 다시금 내공을 끌어올렸다.

휘리리릿! 휘리릿! 파파파팟!

수백 개의 도영이 사방으로 뻗어나가며 십여 명의 환물 무사에게 작렬했다.

"크아아악!"

"카악!"

환물 무사들은 처참한 비명을 지르며 박살났다. 끊임없이 몰려드는 환물 무사들을 해치웠지만 해변 위로 올라오는 환물 무사들은 점점 늘어났다.

"……!"

대략 백여 명의 환물 무사들을 해치우자 무사들은 가까이 다가오지 않고 원형으로 포위하는 것이었다. 그와 함께 심상치 않은 기운이 느껴졌다.

'…검진인가?'

이전에 마교의 무사들이 펼쳤던 천마초극검진 못지않은 강력한 압력이 밀려왔다. 이유강은 다시 오백 년의 내공을 끌어올렸다.

'쉽지 않겠군.'

조화지기와는 달리 내공은 무한으로 쓸 수 있는 것이 아니었다. 따라서 오백 년의 내공이 있어야 펼칠 수 있는 칠백 번째 초식을 연달아 사용하다 보면 내력이 상당히 소모되어 원래로 돌아오는 데 시간이 걸리는 것이었다. 그러나 지금은 어쩔 수 없었다.

번쩍!

휘휘휘휘휙! 파파파파파팟!

가공할 도의 폭풍이 빛처럼 사방으로 퍼져 나갔고, 검진을 펼쳤던 환물 무사들은 채 공격을 펼치기도 전에 가루로 변해 버렸다.

"크아아악!"

"아악!"

"…카악!"

보통의 환물들과 달리 인간 환물들의 경우 부서질 때 비명을 질렀다. 고통이기보다는 두려움에서 오는 비명 소리인 것 같았다. 대략 오십여 명의 환물 무사가 박살나자 검진이 와해되었고 강력하게 느껴졌던 압력은 사라졌다.

'……!'

그러나 부서져 사라진 환물 무사들의 위치에 또 다른 환물 무사들이 잽싸게 들어서며 검진을 펼쳤다. 다시 압력이 밀려들었다.

'…으음!'

이유강은 내심 당황했다. 이번에도 오백 년의 내공을 끌어올렸다가는 자칫 내력을 통제하고 있는 조화지기의 흐름에도 충격이 올 수 있었다. 즉, 현재의 조화지기는 마치 인간에 있어 심맥이나 마찬가지였다. 무영지체 상태에서 내력이라는 강력한 힘을 발휘하기 위해서는 그 통로가 필요한데 조화지기가 그 통로인 심맥의 역할을 하고 있었다.

그런데 무리하게 내력을 사용하다 보면 심맥이 손상되거나 기혈이 흐트러져 내상을 입듯이, 자칫 내력을 통제하고 있는 조화지기가 흐트러질 수도 있었다. 그렇게 되면 어딘가 은밀한 곳에 가서 조화지기가 정상적으로 흐르도록 조식을 취해야 하는 것이다.

‘이번에 검진을 파괴하면 다시 검진을 펼치지 못하도록 재빨리 위치를 변경해야겠군.’

바로 그때였다.

“네놈이 어찌 광마도법을 알고 있느냐?”

검진 밖에서 한기 서린 목소리가 들려왔다.

‘…이 목소리는?’

이유강은 가슴이 철렁했다.

‘흑마가 분명하다.’

검진에 포위되어 싸우는 동안 다른 환물 무사들이 벌써 환문을 만들어 흑마를 부른 것 같았다. 목소리는 다시 들려왔다.

“광마도법의 상위초식을 알고 있다니 속히 네놈의 정체를 밝혀라!”

그와 함께 검진에서 느끼던 압력이 사라졌다. 그리고 환물 무사들이 좌우로 비껴남과 동시에 한 명의 인물이 그 사이로 걸어오고 있었다.

‘흑마!’

치렁한 흑발을 휘날리고 다가오고 있는 인물은 흑마가 분명했다. 그의 뒤에는 흑마 못지않은 기세를 풍기고 있는 회색옷의 중년인이 한 명 서 있었다.

“쥐새끼 같은 놈, 이제 네놈이 도망갈 방법은 없다. 어디서 광마도법을 훔쳐 배웠는지 말하지 못하겠느냐?”

흑마의 눈이 강하게 번뜩였다. 한기가 펄펄 풍기는 목소리로 보아 화가 단단히 난 것 같았다. 두 번이나 연거푸 환문을 없애 버려 골탕을 먹었으니 화가 날만도 했다.

이유강은 냉소했다.

“쥐새끼는 바로 네놈이 아니더냐? 흑천에서 무슨 일을 꾸미는지 모르겠지만 내가 있는 한 결코 뜻대로 되지 않을 것이다.”

“뭣이? 네놈이 흑천을 어찌 아느냐?”

흑마뿐 아니라 회의 중년인 역시 깜짝 놀라는 표정을 지었다.

“다 아는 수가 있다. 어쨌든 오늘 네놈 잘 만났다.”

이유강은 내공을 전력으로 끌어올렸다.

‘일단 흑마라도 제거할 수 있다면…….’

어차피 비혼이 부서지면 무영지체로 돌아가 잠시 피하면 되는 것이다. 이유강은 전력을 다해 광마도법의 칠백 번째 초식을 펼쳤다.

번쩍!

가공할 도의 폭풍이 회오리쳤는데 그것이 순간 오직 한 곳 흑마에게로 집중되었다.

“……!”

급작스런 기습에 흑마의 표정이 급변했다.

파파파파파파팟!

일순간에 수백 번의 파공음이 들렸고 흑마가 있는 곳은 마치 공간이 도에 찢긴 듯 일그러져 있었다. 그러나 흑마는 그것을 모두 피해내고 언제 들었는지 도를 꺼내 들어 이유강의 도를 내려치고 있었다.

까아앙!

“…크윽!”

“으음……!”

흑마는 뒷걸음질 치며 뒤로 물러났다. 그의 안색은 창백해져 있었다. 그러나 이유강 역시 막대한 충격을 입고 가까스로 조화지기의 흐름을 다스리고 있었다.

'…가공할 내공이군.'

흑마 역시 적어도 오백 년 수위의 내공을 가지고 있는 것 같았다.

부스스스스.

이유강이 일체되어 있는 비혼의 몸에 균열이 일더니 부서져 내리고 있었다. 이유강은 급히 외쳤다.

"흑마! 다음에는 네놈을 결코 살려두지 않겠다."

"크큭! 네놈이 여기서 도망칠 수 있을 성 싶으냐?"

흑마는 약간의 선혈을 토하고는 곧바로 이유강을 향해 다가왔다. 이유강은 대소했다.

"하하하, 네놈은 결코 나를 잡지 못한다."

"감히!"

흑마는 반쯤 부서져 내리고 있는 비혼의 머리를 도로 내려쳤다.

파악!

비혼은 산산조각이 나 사라졌다.

"크크큭, 눈에 보이지 않는다고 도망칠 수 있을 줄 아느냐?"

흑마의 눈에서 시커먼 연기가 회오리치듯 사방에 퍼져 나갔다.

'으음…….'

이유강은 현재 바람에 일체되어 가까스로 암흑마기의 결박을 피하고 있었다. 그러나 내력의 흐름을 통제하기가 쉽지 않았다. 마치 내상을 입은 것처럼 내력이 조화지기의 통제를 쫓지 않고 이리저리 뒤엉켜 있었던 것이다. 이대로 계속 있다간 조화지기의 흐름이 깨져 바람과 일체 될 수 없기에 암흑마기의 결박에 걸릴 수밖에 없었다.

'도망가야 한다.'

어딘가로 도망가 한동안 조식을 취하고 내력과 조화지기의 흐름을 정상으로 돌려놓을 필요가 있었다.

"이 무슨 사술인지 알 수 없군. 눈앞에서 사라져 버리다니."

흑마는 분한 듯 고개를 두리번거렸다. 그러자 회의 중년인이 말했다.

"잠시 기다려보시오. 내가 찾아보겠소."

그의 눈이 빛나더니 이유강이 바람으로 일체되어 있는 곳을 향해 다가왔다.

"여기 있었군."

순간 이유강은 가슴이 철렁했다. 자연과 일체되어 있는 자신을 어찌 찾았단 말인가. 흑마가 중년인에게 물었다.

"그것을 어찌 아시오?"

"어떻게 모습을 감췄는지는 모르나 기의 흐름이 흔들리고 있소. 이것은 내력이 분명하오."

"그렇군."

흑마는 탄복하는 듯한 표정을 지었다. 그는 그동안 암흑마기의 흐름만 신경 쓰다 보니 미처 그것을 간과했던 것이다.

"크흐흐, 네놈! 여기에 있구나. 내상을 입었는지 기의 흐름이 크게 흔들리고 있군."

흑마는 이유강을 바라보며 말했다.

'…이런!'

이유강은 급히 바람을 움직여 물러났다. 그러자 흑마가 곧바로 따라오며 손을 휘저었다. 그러자 가공할 경력이 몰려왔다. 수백 년의 내공이었다. 저항하지 않으면 내력이 통제를 잃고 날뛸 것이 분명했다. 이유강은 할 수 없이 내공을 최대한 끌어올려 막았다.

파아아앙!

막대한 수위의 내공끼리 서로 격돌하자 공기가 흔들리며 가공할 충격파가 주위를 휩쓸었다.

"크아악!"

"아악!"

주위에 있던 수십여 명의 환물 무사들이 충격파에 휩쓸려 날아갔고 흑마 역시 뒤로 몇 발자국 물러섰다.

'…으윽!'

이유강은 급히 바람을 타고 멀리 섬 밖으로 물러났다. 내력이 제멋대로 날뛰어 더 이상 조화지기로 통제하기 힘들었다.

'할 수 없이 이 섬을 잠시 떠나 있어야겠군.'

이유강은 씁쓸한 마음으로 섬에서 멀어지고 있었다. 더 이상 있다가는 조화지기의 흐름마저 깨질 수 있었다. 그것이 심화되면 조화지기 자체가 사라지게 되고 무영지체 상태에서 그것은 곧 죽음인 것이다. 그렇게 되지 않으려면 내력 자체를 무영지체에서 완전히 몰아내야 했다. 즉, 내공이 사라지게 되는 것이다.

'내력을 잃을 수는 없다.'

이유강은 계속 속력을 냈다. 내공을 잃어버리면 광마도법의 상위 초식을 펼칠 수 없기에 평범한 환물 무사들조차 상대하기 힘들게 되는 것이다. 그때였다.

“크흐흐, 네놈이 그대로 도망칠 수 있을 것 같으냐?”

어느새 흑마가 물을 차며 따라오고 있었다.

‘제길!’

이유강은 바람을 더욱 심하게 움직였다. 내력은 점점 더 심하게 요동치고 있었다.

‘속히 조식을 취해야 한다······.’

흑마는 끈질기게 따라오고 있었다. 이유강은 바람을 움직여 상공으로 높이 날아올랐다. 현재 조화지기의 대부분이 요동치는 내력을 가까스로 억제하고 있기에 바람을 강력하게 움직여 흑마를 밀어낼 수도 없었다. 다행히 상공으로 따라오던 흑마는 어느 정도 높이에 이르자 힘에 부친 듯 따라오지 않았다.

‘···휴우!’

바람을 임의로 움직이는 것도 조화지기가 소요되기에 이유강은 흑마가 보이지 않자 바람이 그대로 움직이도록 내버려 두었다. 그리고 내력의 흐름을 통제하며 조화심법에 모든 정신을 집중시켰다.

'**얼**마나 시간이 지났는지 모르겠군.'

내력과 조화지기의 모든 흐름이 정상으로 돌아온 것 같았다. 그동안 바람이 움직이는 대로 내버려 두며 조화지기를 운용하는데 정신을 집중했기에 어느 정도의 시간이 지났는지 알 수 없었다. 그러다 언뜻 해가 뜨고 지는 것이 십여 차례 반복된 것이 기억났다.

'그렇다면 십여 일 정도 지난 것 같기도 한데… 대체 이곳은 어디지?'

주위는 망망대해가 아닌 광활한 숲이 우거진 밀림 지대였다.

'별 이상한 것들이 다 있구나.'

낯익은 것들도 있었지만 그동안 한 번도 보지 못했던 괴이한 동식물들이 많이 보였다. 이유강은 잠시 호기심이 들어 밀림을 살펴보았다.

커다란 뱀이 큼직한 들짐승을 몸체로 둘둘 말고는 혀를 날름거리고 있
었다.

『크크크, 맛있게 생겼구나!』

『살려주세요! 끄워억!』

짐승은 눈물을 흘리며 사정했으나 뱀은 들은 척도 하지 않고 통째로
삼켜 버렸다. 다른 곳을 보니 기이하게 생긴 커다란 곤충이 한 마리의
큰 나방을 잡아놓고 입맛을 다시고 있었다.

『카카카! 어디부터 먹어줄까?』

『……..』

나방은 기절했는지 아무 대답도 없었다. 여기저기서 먹고 먹히는 동
물들의 음성이 귀에 수없이 들렸다.

'쯧!'

괴이하게도 쉬파리로 일체된 이후부터 동물들의 음성을 듣는 능력
은 여전히 존재했다. 무영지체로 돌아다닐 때도 그 능력은 사라지지
않았다. 언제든 들으려면 들을 수 있었지만 듣지 않으려고 하면 또한
들리지 않았다.

'……..'

도처에서 벌어지는 살벌한 약육강식의 살육 현장을 느끼고 있는 것
은 그다지 유쾌하지 않았다. 계속 듣고 있을 필요가 없어 이유강은 그
런 음성들에 대한 청각을 닫았다.

'조화지기를 흡수해야 하는데 낭패로군.'

현재 조화지기의 수준은 오십 년을 상회하는 수준이었다.

'섬을 벗어났으니 더 이상 조화지기가 늘어나지 않는구나.'

물론 섬을 찾을 수는 있었다. 모래 속에 파묻어놓은 비호에게서 느껴지는 조화지기가 있는 방향으로 끝없이 가다 보면 조만간 섬을 찾을 수 있을 것이다.

그러나 이제는 그곳에 간다 해도 흑마로 인해 다시 쫓겨나올 가능성이 높았다. 내력의 미세한 흐름까지 감지하는 괴이한 회의 중년인으로 인해 섬의 은밀한 곳에서 몰래 조화지기를 흡수할 수도 없는 것이다.

'흑마를 상대하려면 내력이 더 필요하다.'

직접 격돌해 보니 흑마의 내력은 오백 년을 넘어서고 있는 것 같았다. 그러나 흑마 역시 안색이 창백해지며 물러난 것을 보면 내력이 크게 우위에 있는 것은 아니었다.

'광마심법을 운용하면 내력이 좀 더 흡수되지 않을까?'

그동안은 조화지기를 흡수하기 위해 내공심법에 신경을 쓰지 않았지만 지금은 조화지기를 흡수할 수 없는 상황이기에 내공에 관심을 가질 수밖에 없었다.

한 달에 십 년의 내공을 얻을 수 있는 광마심법은 주변의 기를 감지하여 일시에 흡수하는 괴이한 방식의 내공심법이었다. 익히기가 까다롭고 매우 고통스러웠지만 무영지체 상태에서는 그러한 고통이 느껴지지 않았기에 정신을 집중하는 것 외에는 별다르게 신경 쓸 일이 없었다.

'음… 무영지체 상태이니 조화지기와 마찬가지로 내공 역시 매우 빠르게 흡수될 수 있겠군.'

이유강은 당분간 광마심법을 펼치며 내력을 쌓는데 모든 정신을 집중하기로 했다. 즉, 다른 조화지기가 있는 장소를 찾을 때까지 내공 수

련에 전력할 작정이었다.

'······!'

광마심법을 펼치자 과연 내력이 흡수되기 시작했다.

'특별히 빨라진 것은 아니구나.'

조화지기의 경우처럼 육체의 제약이 없으니 내력이 더욱 빠르게 흡수되지 않을까 기대했지만 광마심법의 경우에는 육체가 있었을 때와 그다지 차이가 나지 않았다. 따라서 하루 한 시진 이상 그것에 매달려 있을 필요가 없었다.

하루에 한 번 한 시진 정도 광마심법을 운용하고 나면 하루종일 기의 흐름이 움직이며 주변의 기를 빨아들이는 것이었다.

'환문은 아무 데서나 만들 수 없겠지?'

이유강은 문득 조화 공간 안에 갇혀 있는 장삼과 장팔이 생각난 것이다.

휘리리이잉!

그러나 조화지기를 발출해도 환문은 만들어지지 않았다.

'역시 조화지기가 흐르고 있는 지역에서만 가능하군.'

하긴 아무 곳에서나 환문이 만들어졌다면 환물 무사들이 그 섬까지 배를 타고 올 필요가 없었을 것이다.

'조화지기가 있는 장소를 찾아야 한다.'

현재의 오십 년 수위의 조화지기로는 흑마를 상대하기 불가능했다. 할 수 있는 한 많은 조화지기를 흡수해야 할 것 같았다.

'명광도를 찾아볼까?'

그러나 명광도 역시 지금은 흑마의 세력권 안에 있었다.

‘어딘가 다른 장소를 찾아야 한다. 그것이 아니면 환물 군단을 만들어 섬을 습격하는 수밖에 없을 것이다.’

그것도 쉽지 않았다. 살아 있을 때 무림 고수였던 자들이 환물이 된 것이니 그 위력은 어지간한 환물로는 감당할 수 없는 것이다.

‘광룡 같은 환물이 많이 필요하겠군.’

광룡으로 일체되어 광룡박투술을 펼칠 수 있다면 내공을 사용할 필요도 없었다. 흑마 정도의 고수가 아니라면 어지간한 검기에는 흠집 하나 나지 않을 것이다. 또한 파괴력이 엄청나 제아무리 환물 무사들이라 해도 광룡의 공격을 받으면 무력하게 부서질 것이었다.

‘제길! 광룡을 빼앗기다니 실로 분하구나.’

사실 광룡으로 공격을 해온다면 지금 상태로 그것을 상대할 수 있을지도 의문이었다. 내력을 최대한 끌어올려 광마삼식을 펼친다면 다소 충격을 줄 수 있을지 모르지만 그래도 흠집 정도만 날 가능성이 많았다. 이미 살아 있는 상태에서도 그것의 피부는 어지간한 검기에도 끄떡없을 만큼 딱딱했다. 하물며 환물이 된 지금은 말할 필요도 없었다.

‘구자삼이 말한 그곳을 찾아야 한다. 고대 괴룡들의 뼈를 이용한다면 비록 광룡만큼은 아니어도 그에 버금가는 환물들을 제법 만들 수 있을 것이다.’

이유강은 바람을 이용해 빨리 움직였다. 어느새 밀림 지대를 벗어나고 푸른 물결이 넘실거리는 바다가 다시 나타났다. 알고 보니 이곳은 매우 거대한 섬이었다. 간혹 사람들도 보였지만 주로 부족 단위로 살아가는 원주민들이었다.

‘…북쪽으로 가야겠군.’

휘이이이이잉! 휘이이이잉!

조화지기를 최대한 끌어올려 바람을 조종하니 매우 빠르게 움직일 수 있었다. 그렇게 한참의 시간이 지나갔다.

'…저들은?'

물살을 가르며 나아가고 있는 한 척의 배가 보였다. 한데 그 깃발이 눈에 익었다.

'흑골연합의 배로군.'

실로 반가운 생각이 들었다. 이유강은 즉시 배의 주위로 내려가 배에 타고 있는 인물들을 살펴보았다. 배의 선수에서 바다를 묵묵히 바라보고 있는 한 명의 아름다운 여인이 있었다.

'저 여인은 제갈 소저가 아닌가?'

갑판에는 도상과 주소영, 청허자와 무송도 보였다. 얼마 전 환가영의 배에 타고 있던 자들이 모두 이곳에 있었던 것이다.

"제갈 소저, 무슨 생각을 하시오?"

제갈수연을 향해 도상이 다가와 물었다.

"그냥 그 유 맹주란 자에 대해 생각하고 있어요."

"흠… 그는 그다지 우리를 탐탁지 않게 생각하고 있는 것 같소."

"녹림 출신이라 정파에 대한 감정이 남아 있는 것이겠죠."

제갈수연은 다소 씁쓸한 표정으로 말했다. 도상은 끄덕였다.

"그렇지 않았다면 우리를 이토록 박대하지 않았을 것이오."

"그렇소. 무인도에 정착하라는 것은 실로 우리를 무시하는 행위요."

무송이 흥분한 기색으로 다가와 말했다. 그러자 주소영이 말했다.

"흥분을 가라앉히세요. 그래도 무인도는 아니라 했어요. 사람들이 살고 있다 하니 일단 기대를 해보는 게 어떨까요?"

"고작 수십 명의 사람들이 살고 있는 곳이 어찌 무인도가 아니오? 차라리 이 배를 빼앗아 다른 곳에 가는 게 좋지 않겠소?"

무송의 말에 도상이 고개를 저으며 답했다.

"그래도 일단은 가보는 게 좋을 것 같소. 하나 도저히 희망이 없다면 그때는 무 대협의 말대로 배를 뺐는 것도 생각해 볼 작정이오."

"역시 도 대협이오."

무송은 도상이 마음에 드는 듯 미소를 지었다. 배는 계속 어디론가 나아갔다.

'유풍룡이 이들에게 무인도에 정착하라 했단 말인가?'

이유강은 약간 의혹이 들었다. 유풍룡은 비록 녹림 출신이지만 제갈수연 등을 정파무림인이라는 이유로 차별할 인물은 아니었다.

'일단 따라가 봐야겠군.'

무인도라는 곳이 어떤 곳인지 수상한 생각이 들었다. 그러다 일순 제갈수연 등을 쳐다봤다.

'내가 아닌 가짜가 풍운장을 장악한 이상 그 누구도 믿을 수 없다.'

흑마가 살아 있고 수많은 환물 무사들이 활약하는 것을 본 이상 이제는 환물인지 아닌지부터 확인할 필요가 있었다.

'이들부터 확인해 봐야겠군.'

이유강은 무영지체로 슬며시 다가가 제갈수연 등에게 은밀히 조화지기를 조금씩 주입해 보았다. 물론 이것은 전혀 눈치챌 수 없었다.

'…모두 사람이 맞군.'

이유강은 내심 씁쓸한 생각이 들었다. 제갈수연과 주소영은 예전에 자신의 생명을 구해준 생명의 은인이었던 것이다. 그러나 자신이 흑마에게 조종당한 것을 알게 된 이후부터는 우연히 만나 자신을 구해준 이 두 여인 역시 의심의 범주에서 제외시킬 수 없었던 것이다.

'다행히 암흑마기 역시 감지되지 않는다.'

제갈수연과 주소영이 환물이 아닌 사람이 맞을지라도 그녀들의 체내에 암흑마기가 존재한다면 흑마와 관련이 있을 것이었다. 그러나 그녀들의 체내에는 조금의 암흑마기도 없었다.

'……!'

내친김에 배 안에 있는 선원을 비롯하여 모든 인물들을 다 훑었는데 그중의 몇몇 인물로부터 암흑마기의 기운이 감지되었다.

'환물 무사들이로군.'

이유강은 순간 버럭 달려들어 해치우고 싶은 충동을 눌러 참았다. 일단 이들이 가는 무인도라는 곳이 어떤 곳인지부터 알아본 후 죽여도 늦지 않은 것이다.

대략 십여 일 후 배는 조그마한 섬에 도착했다. 섬은 기이한 검은 안개에 뒤덮여 있었는데 이유강은 섬에 도착한 후 깜짝 놀랐다.

'조화지기가 흐르고 있다니!'

더구나 이전의 섬에 비해 매우 강력한 조화지기가 흐르고 있었다. 이곳에서 조화지기를 흡수한다면 한 달에 대략 이십 년 정도의 기운을 축적할 수 있을 것 같았다.

'일단 섬을 살펴봐야겠군.'

섬의 크기는 명광도보다 작아 살펴보는 것은 순식간이었다. 섬의 지

하에 역시 밀실이 있었고, 그것과 연결된 동굴을 따라가자 암흑마기로
만들어진 환문이 하나 있었다. 게다가 섬의 곳곳에 수백 명의 강력한
환물 무사들이 도사리고 있었다.

'비록 섬의 크기는 작으나 이곳의 암흑마기가 강력하기에 많은 수의
환물 무사들이 이 섬을 지키고 있구나.'

이전의 섬에서는 섬의 크기가 크고 요새화할 수 있는 지형을 가지고
있었으나 이 섬에 비해 암흑마기의 농도가 약하기에 그곳을 지키는 환
물 무사들이 없었던 것 같았다. 그러다가 이유강이 환문을 없애 버리
자 이에 놀란 흑천에서 환물 무사들을 파견했던 것이다.

'흑마가 나오지만 않으면 내가 이곳에서 조화지기를 흡수해도 절대
알 수 없겠지?'

이유강은 회심의 미소를 지었다. 이제 섬의 은밀한 곳에 숨어서 조
용히 조화지기를 흡수하기만 하면 되는 것이다. 그때였다.

"네놈들은 누구냐?"

도상이 검을 빼 들고 외치는 소리가 들렸다. 제갈수연과 주소영 등
도 모두 검을 빼 들었다. 배에서 내린 그들을 향해 수십 명의 인물들이
다가오고 있었다.

"호호… 고것들 그냥 죽이기엔 아깝군."

문사풍의 사내 두 명이 침을 흘리며 제갈수연 등을 쳐다봤다. 그들
의 옆에는 강한 기운을 풍기는 수십 명의 무사들이 서 있었다. 무송이
외쳤다.

"이곳은 대체 어디냐?"

"호호, 곧 죽을 놈들이 그것을 알아서 무엇 하겠느냐?"

"닥쳐라!"

도상이 크게 소리치며 내공을 끌어올렸다. 그러자 그의 검이 황색으로 빛났다.

"유 맹주가 우리를 배신했군요."

"이런 짓을 할 줄이야……."

제갈수연과 주소영도 최대한 내력을 끌어올렸는지 그녀들의 검이 떨리며 강한 기세를 품어냈다. 무송이 발악하듯 외쳤다.

"크으, 유 맹주 네놈을 결코 용서하지 않겠다."

"허어, 이토록 우리를 기만하다니 실로 간악한 자로다."

청허자의 검은 푸른색으로 빛나고 있었다.

"크흐흐, 제법 괜찮은 것들이 왔군."

문사풍의 사내 중 한 명이 도상과 청허자를 보며 음침하게 웃었다. 그가 오른손을 들자 수십 명의 무사들이 무기를 빼어 들고 도상 등을 향해 다가왔다.

"…으윽!"

"윽……!"

가공할 압력이 밀려들었고 제갈수연과 주소영, 무송은 몇 발자국 뒤로 밀려나 비틀거렸다. 도상과 청허자는 그대로 서 있었으나 그들의 표정에는 절망이 어려 있었다. 믿을 수 없게도 수십 명의 무사들 각각에게서 느껴지는 기도가 무림의 절정고수인 청허자에 버금가는 것이었다.

'저들을 죽여 환물을 만들려 하고 있군.'

이유강은 비로소 제갈수연 등이 이 섬에 오게 된 이유를 알게 되었다. 그녀들은 물론 그것을 알지 못하고 왔을 것이다.

'흠…….'

모래 인간을 만들어 그것에 일체 한 후 광마도법을 펼친다면 제갈수연 등을 포위한 수십 명의 환물 무사들 정도는 어렵지 않게 해치울 수 있을 것이다. 그러나 계속해서 밀려드는 수백 명의 환물 무사들을 감당하기는 쉽지 않을 것 같았다. 게다가 흑마가 환문을 통해 나오기라도 한다면 큰일이었다.

〈제5권 끝〉